小学館文庫

本能寺異聞

信長と本因坊

坂岡 真

小学館

本能寺異聞

信長と本因坊

目次

序

慶長《けいちょう》十二（一六〇七）年師走《しわす》、駿府《すんぷ》城。

御座所《ござしょ》の上段から気軽に降りてきたのは、この城の主人、いや、今や天下人と目される人物にほかならない。

「名人は白石と定まっておるが、今日はわしが白石を所望いたそう」

「かしこまりましてござりまする」

「世間はわしを腹黒い狸《たぬき》なぞと呼ぶ。あらぬ噂《うわさ》を立てられてもかなわぬからの、碁石くらいは白でありたい」

「五子《ごし》の手合でよろしゅうござりますな」

「ふむ」

算砂《さんさ》が促《うなが》すまでもなく、家康《いえやす》は唐桑《からくわ》の盤上に白石を配していった。

「されば、まいるぞ」

手順さえも無視してぱちりと小気味よく白石を打ち、家康はかたわらの薬草茶に手を伸《の》ばす。

「早いものよの、そうはおもわぬか」

やんわりと問われ、算砂は黒石を打つとともに、家康の意図するところをはかりかねた。

天下人の脳裏にあるのは七年前に関《せき》ヶ原《はら》で繰りひろげられた天下分け目の戦《いく》さなのか、それとも、生まれてからの来《こ》し方《かた》を回顧しているのか、一介の棋士ごときが得手勝手におもいめぐらし、安易な返答をすることは控えねばならぬ。

「あれから二十五年、光陰は矢のごとしよ」

どきりとして、算砂は息を呑《の》んだ。

天正《てんしょう》十（一五八二）年六月二日、天下に覇を唱えた類《たぐ》い希《まれ》なる巨星が堕《お》ちた。

「琵琶《びわ》湖に足を向けて眠れぬ。ふふ、安土《あづち》ではなく、坂本《さかもと》よ。勘の良いおぬしなら察しはついておろうが、わしはあのとき、光秀《みつひで》に生かされたのじゃ」

からだじゅうの毛穴がひらき、冷や汗が吹きだしてくる。

石を持つ手の震えを止めようと、算砂は奥歯を食いしばった。

「世間に流布《るふ》しておるはなしとちがい、伊賀《いが》越えは気楽な旅であった。穴山梅雪《あなやまばいせつ》に腹を切らせたこと以外はな」

火災から突貫普請《ぶしん》で再建された御殿の格天井《ごうてんじょう》をみつめ、家康は事の真相らしきものを淡々と語りはじめる。

穴山梅雪は武田勝頼《たけだかつより》を裏切って武田家を滅亡に導いた策士にほかならず、伊賀越えでは家康主従と離れて別の道をたどり、落ち武者狩りに遭って非業《ひごう》の死を遂げたものとされていた。

算砂は耳をふさぎたくなったが、腕を伸ばして右上隅に黒石を打った。

「ん、どうした。石がずれておるようじゃが」

「いいえ、さようなことは」

動揺を悟られまいと、盤上を睨《にら》みつける。

交点よりずれてはおらぬが、好手とは言い難い一手となった。

「何故《なにゆえ》、光秀はわしを救うてくれたのか。わかるか、おぬしに。ふふ、猿じゃ。わしを救えば、猿は躊躇《ためら》う。家康が光秀の背後に控えておるのかどうか、そこを見極めるべく慎重になり、水没に瀕《ひん》する備中高松《びっちゅうたかまつ》城を面前にして、かならずや様子眺《なが》めを決めこむにちがいない。そうなってくれるものと、光秀は期待した。ところが、猿は動いた。果敢にな」

果敢な判断を仕損なったのは、越後《えちご》の上杉《うえすぎ》勢と対峙《たいじ》していた柴田《しばた》勝家《かついえ》のほうだった。一方、丹羽《にわ》長秀《ながひで》は織田《おだ》家三男の信孝《のぶたか》を補佐して四国攻めに繰りだすべく、畿内《きない》に数万の軍勢を集めていた。にもかかわらず、光秀と戦って勝てるかどうかの算段すら立てられず、異変勃発《ぼっぱつ》の急報に接した兵らの離散を招いた。

「諸将を迷わせ、しばしのときを稼ぐ。わしは光秀にとって、そのための布石になるはずじゃった。されど、猿は動いた。一片の躊躇いもみせずに動き、ものの見事に天下を掌中におさめた。ふん、太閤《たいこう》殿下は紛《まご》うかたなき天下人よ。四つに組めば泥沼の戦いになることがわかっておったからこそ、わしは猿が死ぬのを待った」

関ヶ原の戦いの二年前に秀吉《ひでよし》は逝去し、大坂《おおさか》城には淀《よど》殿と忘れ形見の秀頼《ひでより》が遺《のこ》った。その秀頼を討《う》つべく、今から二年前に家康は秀忠《ひでただ》へ将軍職を譲り、みずからは大御所として駿府へ出張ってきた。

安倍川《あべがわ》の氾濫《はんらん》を抑える目途《もくと》で、城下を三つに分断していた支流をひとつにまとめて西へ移し、関ヶ原の戦いでは敵方についた島津《しまづ》家に命じて薩摩《さつま》土手を築かせた。全国津々浦々の諸侯に向けて「天下普請」の大号令を掛け、古びた中村《なかむら》氏の居城を三重の濠《ほり》に守られた堅城に仕立てあげた。五層七階の天守閣も、着々と築《きず》かれつつある。あと二年もすれば百ヶ町からなる町割りも整備されようし、駿府は京《きょう》大坂、江戸《えど》につづく壮大な城下町へと変貌《へんぼう》を遂げるはずだった。

家康は薬草茶を口にふくみ、盤上の中央近くに白石を置く。

一見すると無謀な手にみえて、じつは奥深い意図が隠されているようにおもわれてならない。

算砂は長らく住んだ塔頭《たっちゅう》の名称から「本因坊《ほんいんぼう》」の尊号を与えられ、四年前、徳川家《とくがわ》の定めた碁所《ごどころ》に任ぜられるとともに、五十石《こく》五人扶持《ぶち》を下賜《かし》される身分となった。日海《にっかい》という耳馴《みみな》れた法名《ほうみょう》で呼ぶ者も多いが、洛中《らくちゅう》の寂光寺《じゃっこうじ》は法弟の日常《にちじょう》に譲り、囲碁をおこなう者のなかでは頂点に立った。

江戸でも駿府でも碁を打ってきたし、囲碁好きな家康と朝まで何度となく盤を囲んできたが、あの日の出来事を詰問されたことは一度もない。

「おぬし、いくつになった」

「五十にござります」

「あのお方との目見得《めみえ》は」

「二十一のときにござります」

「なるほど、二十九年前と申せば天正六（一五七八）年、荒木村重《あらきむらしげ》の謀反《むほん》があった年か」

村重が謀反に至る以前より、織田軍は播磨《はりま》と丹波《たんば》で苦戦を強いられていた。そうした年の長月《ながつき》、日海は堺《さかい》に行き、津田宗及《つだそうぎゅう》の天王寺屋において囲碁の対局をおこなったのだが、そこへ上洛していた「あのお方」がふらりとあらわれた。

「おぬしの打つ碁をご覧になり、名人の称号を賜《たまわ》ったのであったな」

「いかにも、さようにござります」

そのおかげで、算砂の今がある。山よりも重い恩義を抱いている相手は「あのお方」しかいない。

「織田家右筆《ゆうひつ》の武井《たけい》夕庵《せきあん》をおぼえておろう。天正九（一五八一）年如月《きさらぎ》の御馬揃《おうまぞろ》えで、おぬしは夕庵に告げたらしいの。あのお方が神にみえると」

ちがう。馬上のお姿《すがた》が神々《こうごう》しいと申しあげたのだ。が、算砂は明確に否定することもできない。

「おもえば、あのときが絶頂であったな。わしとて神と仰いだものよ。されど、心の何処《どこ》かで死を予感しておった。間近で目にすることのできたわしにしかわかるまい。あのお方のご尊顔には、死に神が宿っておった。もしや、おぬしも死に神をみたのではないのか」

「御意《ぎょい》にござります」

たしかに、みた。

盤上を睨みつける眼差《まなざ》しの奥に、底知れぬ闇《やみ》をみつけていた。

――ぱちり。

白石を打つ音に胸を突《つ》かれる。

家康は眉間《みけん》に皺《しわ》を寄せ、じっとつぎの一手を考えていた。

盤上に交差するます目が波紋のように揺《ゆ》らぎ、白や黒の石から蓮《はす》の茎がするすると伸びていく。

錯覚だ。

くねるように伸びた蓮は、艶《つや》やかな花を咲《さ》かせていった。

花の色は淡《あわ》い赤ではなく、鮮烈な血の色にほかならない。

今から二十五年前のあの日、算砂は本能寺《ほんのうじ》にいた。前日から宿坊に呼ばれ、めずらしくも「あのお方」とふたりきりで盤を囲んだ。

家康はそのとき堺へおもむき、三度も茶会に招《まね》かれ、さながら「茶攻め」に遭っていたという。なるほど、少数の重臣たちともども堺にあった家康の命は「あのお方」の掌中にあった。

ごくっと、茶を呑む音がする。

「あの年の春、十八万の軍勢で武田を滅ぼしたあと、卯月《うづき》の好日を選んであのお方を富士への遊山《ゆさん》にお誘いした。十二日間じゃ。長いようで短い旅であった。終始、あのお方は上機嫌でな」

無論、ただの遊山ではない。源 頼朝《みなもとのよりとも》の先例を繙《ひもと》くまでもなく、天下を治める者は東国を治めねばならぬ。そのための富士遊覧であった。

「されど、一度だけ逆鱗《げきりん》に触れたことがあった。わしはふと、公家《くげ》衆が随行しておらぬことを訝《いぶか》しみ、太政大臣《だいじょうだいじん》の近衛《このえ》さまはいかがなされたのでしょうと、うっかり問うてしまった。そのときじゃ。あのお方はわしに近づき、耳許《みみもと》で囁《ささや》かれた。『恵林寺《えりんじ》の坊主《ぼうず》を焼いたからよ』とな。さらに、こうもつづけられた。『坊主の身を案ずるより、おのれの身を案ずるがよい』と、三保《みほ》の松原から霊峰富士をご覧になりながら、呵々《かか》と笑ってみせたのじゃ」

恵林寺の快川紹 喜《かいせんじょうき》は徳の高い僧として知られるも、武田家と深い縁があったがゆえに寺を焼き払われた。火中にあっても「心頭滅却すれば火も自ずから涼し」と発し、潔く死んでいったのである。そのことが近衛前久《さきひさ》はじめ公卿《くぎょう》たちの心証を悪くさせ、離反を招いたとも噂されていた。

「あのお方の勘気を蒙《こうむ》り、はっきりとわかった。武田が滅び、わしは用無しになったのだとな」

それが光秀に同調した理由だったとでもいうのか。

「堺で茶攻めに遭った晩、光秀重臣の斎藤利三《さいとうとしみつ》が秘《ひそ》かに訪ねてまいった。光秀の密書を読ませたあげくに返《かえ》してほしいと請《こ》い、あやつめは密書を丸めて飲み干してしもうた。光秀は抹殺の命を受けておったのじゃ。あのお方ならばやりかねぬ。わしごときは眼中にないのだとあらためて気づかされ、無謀とも言うべき奇策に乗った。されど、今にしておもえば、あれは光秀の謀事《はかりごと》であったのやもしれぬ。未《いま》だに、わからぬのじゃ。いったい、あのお方は何を望んでおられたのか。そして、わしのことを、どうおもっておられたのか。できることなら髑髏《されこうべ》に対峙し、まことのお気持ちを伺《うかが》いたい。それが積年の懸念、死ぬまでに為《な》さねばならぬ唯一の望みなのじゃ」

家康は盤上から顔をあげ、おもむろに低い声で問うてきた。

「ときに、信長《のぶなが》公の首級《みしるし》は何処《いずこ》にある」

心中深く見通すような眼光で睨まれ、算砂は息が止まりかけた。

眼光の奥には、死に神が宿っている。知らぬと応じれば、まちがいなく首を刎《は》ねられるにちがいない。されど、知っていると応ずれば所在を明らかにせねばならず、そうなれば生前に「あのお方」と交わした約束を破ることになる。

沈黙は重く、永遠にも似たときが流れた。

――ぱちり。

家康は気迫を込め、黒石を弾《はじ》く勢いで白石を打った。

堅固な盤を打ち抜くその音が、炎の記憶を呼びさます。

「本能寺にて……」

算砂は、惚《ほう》けたようにつぶやいた。

英傑《えいけつ》は鬼と化す

一

遡《さかのぼ》ること三十六年前、元亀《げんき》二（一五七一）年長月《ながつき》十一日。

日海《にっかい》はわずか十四歳で、引く手あまたの碁打ちとなっていた。

そもそもは洛中の長者町にある舞楽師の家に生まれ、幼名は與三郎《よさぶろう》と称したが、七つで叔父《おじ》の日淵《にちえん》が住職をつとめる本行院《ほんぎょういん》に出されて得度《とくど》し、翌年には落飾して日海と名乗るようになった。

本行院は法華《ほっけ》宗の本能寺に列する塔頭のひとつで、御所の南にひっそり佇《たたず》んでいる。幼い與三郎は経《きょう》のおぼえも早かったし、僧坊の掃除やさまざまな雑事もきちんとこなすことができた。が、何よりも日淵や先達《せんだつ》の僧たちを驚かせたのは、宗学の余技として親しまれていた囲碁の才に長《た》けていたことだった。

「盤上にある碁石の配置を、瞬時におぼえることができる」

まるで、写し絵のごとき記憶の正確さは、囲碁では洛中の法華随一と評された師の仙也《せんや》さえ舌を巻くほどのものであった。

日海は仙也のもとで囲碁の才を伸《の》ばし、ほどなくして師を凌駕《りょうが》する力量を身につけ、洛中の囲碁好きのあいだでは知らぬ者がおらぬようになった。御所の周囲に屋敷を構えた公家衆からも「打ちにきてくれ」と、連日のように声が掛かる。他宗派の僧侶や名のある武将からも望まれ、まだ声変わりもしていない小坊主と手合わせを願う者は列をなすほどになっていた。

数日前から比叡山延暦寺《ひえいざんえんりゃくじ》の宗仁上人《そうじんしょうにん》に招かれ、師の仙也ともども僧坊の小部屋に座を占めている。今日も昼の八つ過ぎから盤を囲んでいるのだが、対座する宗仁はみるからに落ちつかない様子だった。

無理もあるまい。比叡山東麓《とうろく》の登攀口《とうはんぐち》まで二里《り》足らずしかない琵琶湖の南西は、織田信長の軍勢で埋め尽くされていた。信長本人が「寺門《じもん》」と通称される三井寺《みいでら》の山内に本陣を構え、比叡山に攻めのぼる構えをみせているのだ。

「なあに、案ずるにはおよばぬ。信長は攻めてこぬさ」

　宗仁は血の気の失《う》せた顔で、みずからに何度も言い聞かせる。

　延暦寺は「寺門」にたいして「山門《さんもん》」と通称され、桓武《かんむ》天皇の御代《みよ》より八百年もの長きにわたって王城の鬼門を鎮護しつづけてきた。僧たちが「鬼畜」に喩《たと》える信長といえども、仏門の総本山ともいうべき「山門」を蹂躙《じゅうりん》せんとする愚だけは冒すまい。それは比叡山延暦寺に集う僧たちの信念でもあったが、一方では大いなる不安を拭《ぬぐ》いさることができずにいた。

「おぬし、天下布武《てんかふぶ》ということばを存じておるか」

「はい」

　信長が用いる印章の印文である。四年前に美濃《みの》を平定したころから使いはじめた四文字を、今や市井《しせい》においても知らぬ者はおるまい。

「武によって天下を統一するという意味ではないぞ。戈《ほこ》を止めると書いて武。武とはすなわち無益な戦いを止《や》めるという意味でな、天下布武とは七つの徳によって泰平の世をもたらすという唐《もろこし》の古い書物から引用されたことばなのじゃ」

「存じあげませんでした」

　信長の名付け親でもある沢彦宗恩《たくげんそうおん》が贈ったことばらしい。信長は「天下布武」の四文字をえらく気に入り、みずからの指針と為すことにした。

「ふふ、信長のことなら、たいていのことはわかっておる。天下布武を奉じる以上、むやみやたらと攻めてはこぬわ」

そうであろうか。日淵に聞いたはなしでは、止は足のことで、武には武器を持って進むという意味もある。そちらの解釈でいけば、信長は躊躇《ちゅうちょ》なく「山門」に攻めのぼってくるものと考えられた。

——じゃー、じゃー、じゃー。

山中から響いてくる濁った声は懸巣《かけす》の鳴き声であろうか、それとも、懸巣をまねて百舌鳥《もず》が鳴いているのだろうか。

杣道《そまみち》のごとき登攀路をたどってくる途中、尖《とが》った木の枝に百舌鳥の早贄《はやにえ》をみた。串《くし》刺《ざ》しにされた蜥蜴《とかげ》の腹がやけに白く、木漏れ陽《び》を浴びたその腹に赤い血が流れるのを想像しただけでも吐き気をおぼえた。

織田軍が攻めてくるとわかっていたら、わざわざ苦労して登らなんだろうに。いかに徳の高い宗仁上人の誘いであろうと、戦禍《せんか》に巻きこまれるのを理由に峻拒《しゅんきょ》できたであろうに。今さら後悔しても遅い。一度登った山から下りるのは、そう容易《たやす》いことではなかった。

「東麓に押しよせる軍勢は三万、先鋒の旗印は水色桔梗《ききょう》だそうじゃ」

「明智《あけち》光秀か」

僧たちは右往左往しながら、刻々と変わる情勢を告げあっている。

囲碁など打っている場合ではないと、日海も仙也もわかっていた。

だが、宗仁上人は「山を下りろ」と言ってくれず、焦燥や恐怖や胸の底から滲《にじ》みでるあらゆる負の感情を碁盤のなかに封じこめようとしているかのようだ。

仙也としても宗仁に許しを請うのが忍びないようで、辞去する機会を捉《とら》えあぐねていた。日海はすぐにでも逃げだしたい気持ちであったが、我慢してじっと盤上をみつめるしかない。

宗仁は憎々しげに語りはじめた。

「信長は盗人《ぬすっと》や。平気な顔で山領の一部を奪いとった」

どうやら、確執の根はそこにあるらしい。一昨年、天台座主《てんだいざす》の応胤法親王《おういんほっしんのう》が朝廷にはたらきかけ、山領を返すように命じてほしいと訴えた。朝廷はさっそく寺領回復の綸旨《りんし》を下したものの、信長はしたがおうともしなかった。裏返せば、朝廷をもないがしろにできるほどの地位を、武力によって築きあげつつあるということだ。

すでに、信長は足利義昭《あしかがよしあき》を奉じて上洛を果たしていた。畿内にあった三好《みよし》三人衆を四国へ放逐し、大和《やまと》国を治める松永久秀《まつながひさひで》も配下にくわえ、伊勢《いせ》国の北畠具教《きたばたけとものり》とは和《わ》睦《ぼく》を結び、征夷大将軍《せいいたいしょうぐん》の宣下《せんげ》を受けた義昭の御所として壮麗な二条《にじょう》城も築きあげた。まさに、日の出の勢いの信長であったが、洛中の鎮護者を自任する延暦寺の僧たちは「信長ごとき何するものぞ」という気概に満ちていた。

大人たちのはなしを聞けば、日海にも時々刻々と変わる戦況は理解できる。

昨年の卯月二十日、信長は上洛の命にしたがわぬ朝倉義景《あさくらよしかげ》を討伐すべく、越前《えちぜん》国に向けて兵を動かした。ところが、同盟を結んでいた北近江《きたおうみ》の浅井長政《あざいながまさ》に裏切られ、合戦場からの離脱を余儀なくされた。

命からがら岐阜《ぎふ》城に逃げかえってふた月後、信長はふたたび兵を起こし、北近江の姉川《あねがわ》における戦いで浅井朝倉勢に勝利をおさめたものの、さらにふた月後、今度は京都奪回を狙《ねら》う三好三人衆と干戈《かんか》を交えることとなった。三人衆の築いた野田《のだ》城や福島《ふくしま》城の攻城戦では、一向《いっこう》宗門徒という新たな強敵を迎えるとともに、それらの敵対勢力と連携した浅井朝倉勢に背後を突かれるという失態を演じたのである。

諸将は飢虎のごとく領地を求めて戦いを仕掛け、離合集散を繰りかえしながら覇権争いを繰りひろげている。信長は傀儡《かいらい》将軍として足利義昭を利用することで甲斐《かい》の武田信玄《しんげん》や越後の上杉謙信《けんしん》を出しぬき、並外れた知略と強靱《きょうじん》な武力に物を言わせて覇権の座に近づいた。

ところが、傀儡であるはずの義昭が実権を握るべく、事ある毎《ごと》に信長と対立しはじめた。石山本願寺《いしやまほんがんじ》座主の顕如《けんにょ》は、義昭の要請に応じるかたちで信長討伐の大号令を発したとも聞く。いずれにしろ、摂津《せっつ》、河内《かわち》、近江、伊勢、さらには尾張《おわり》の一向宗門徒までもが織田軍に向けて一斉に牙《きば》を剝《む》いた。

信長にしてみれば、たまったものではなかろう。摂津と河内は放逐したはずの三好三人衆に抑《おさ》えられ、甲賀《こうか》では六角義賢《ろっかくよしかた》に鬱陶《うっとう》しい夜戦を仕掛けられ、伊勢からは鉄砲を備えた雑賀衆《さいかしゅう》も参戦するなか、息を吹き返した浅井朝倉勢は比叡山に立てこもり、延暦寺の屈強な僧兵たちをも味方につけて徹底抗戦の構えをみせた。

今からちょうど一年前、洛中にあった信長は四面楚歌《しめんそか》とも言うべき苦境に陥った。後方の岐阜城へ戻ることすら困難となったあげく、恥を忍んで正親町《おおぎまち》天皇の袖《そで》に縋《すが》り、諸勢力に向けてその場しのぎの休戦を告げさせたのである。

だが、おめおめと引きさがる信長ではない。

新たな年を迎え、織田軍はさっそく動いた。

横山《よこやま》城の城主となっていた秀吉に命じ、石山本願寺、浅井朝倉、六角の諸勢力を分断すべく、まずは大坂から越前に通じる陸海路を封鎖させた。さらには、迅速果敢に佐和山《さわやま》城を奪い、岐阜城から琵琶湖の湖岸平野にいたる通路を確保したうえで、浅井長政の小谷《おだに》城を攻め、六角氏と一向宗の諸城をつぎつぎに攻略していった。

一進一退を繰りかえす戦況は、石を置いたり取ったりする盤上の戦いにも通じ、対岸から眺めているぶんにはじつにおもしろく、強い者に憧《あこが》れを抱く小坊主の気持ちをわくわくさせるものでもあった。

血湧《ちわ》き肉躍《にくおど》るとは、おそらく、こうした気持ちのことを言うのであろう。日海にとって、信長は敵でも味方でもない。常に壮大な国盗《くにと》り物語の中心にあって、強烈な向かい風をものともせず、たったひとりで断崖《だんがい》絶壁に立っている。孤高の将星こそが、脳裏に描きつづける信長であった。

今月、重陽《ちょうよう》の節句も終わったころ、信長はみずから精鋭を率いて岐阜城を起《た》ち、琵琶湖南西の三井寺周辺まで進軍してきた。

代替わりした延暦寺座主の覚恕法親王《かくじょほっしんのう》は、正親町天皇の弟君にほかならない。誇り高き延暦寺側は昨年来、寺領返還を約した信長の和睦条件を拒み、浅井朝倉勢に助力しつづけている。近江一国の平定と洛中の完全なる掌握を目論《もくろ》む信長にしてみれば、比叡山延暦寺の焼き討ちはどうしても通らねばならぬ関門にちがいなかった。

「そろりと、おひらきにいたすか」

宗仁上人がようやく終局を告げたのは、すっかり暗くなってからのことだった。

今から山を下りろと言われても足許《あしもと》すらおぼつかず、なかなかに決断はつかない。しかも、織田軍の兵らが何処に潜んでいるかもわからず、出会い頭《がしら》に斬《き》られる不安もあった。

「静かなものよ」

鳥の鳴き声はおろか、風にざわめく葉擦れの音すら聞こえてこない。

「法親王さまは仰《おっしゃ》った。いざとなれば使いに判金《ばんきん》を持たせ、信長の本陣へ向かわせるとな。命乞《いのちご》いや。麓《ふもと》の坂本や堅田《かたた》の名主らも、山門の方針にしたがうはず。さしもの信長とて、降参を申し出た相手を無闇《むやみ》に攻撃はすまい」

宗仁は自信ありげに言いつつも、不安の隠せぬ眼差しを宙に泳がせた。

壁の向こうには根本中堂《こんぽんちゅうどう》があり、耳を澄ませば荘厳《そうごん》な読経の声が聞こえてくる。

静寂はいっそう際立ち、みずからの置かれている情況が嘘《うそ》と真実《まこと》のあわいに溶けこんでしまう。

開基より永遠に燃えつづける不滅の法灯が消えることなど、まかりまちがってもあり得まいし、いざとなれば御本尊の薬師瑠璃光如来《やくしるりこうにょらい》がかならずや仏門の徒を守ってくれよう。

僧たちは高をくくりつつも、眠れぬ夜を過ごすにちがいない。

「少なくとも、明朝の攻撃はなかろう。僧坊に泊まってゆくがよい」

宗仁のことばに、不吉な予感を掻《か》きたてられる。

これが嵐《あらし》の前の静けさにならねばよいがとおもいつつ、日海は仙也ともども精進料理を頂戴《ちょうだい》し、小部屋の片隅に薄い褥《しとね》を敷《し》いた。

二

――ごおおお。

山津波が襲いかかってくる。

はっとして、日海は目を覚ました。

「起きろ、麓の村が焼かれたぞ」

仙也が鬼の形相《ぎょうそう》で吐《は》きすてる。

「逃げるぞ、日海」

着の身着のままで部屋から飛びだすと、血相を変えた僧たちが廊下《ろうか》を駆《か》けまわっていた。

宗仁上人を捜《さが》してみたが、堂宇《どうう》のなかにはいない。

門から外へ駆けだすと、何処に隠れていたのか、女人禁制であるはずの境内《けいだい》は泣きわめく女や子供たちで溢《あふ》れている。

甲冑《かっちゅう》を纏《まと》った僧兵らも薙刀《なぎなた》を提げ、ぞくぞくと根本中堂へ集まりつつあった。

白絹のような霧が晴れれば、東麓から三万の軍勢が圧《お》しよせてくるにちがいない。

「こうなったからには、信長と刺しちがえてくれよう」

筋骨隆々とした僧兵のひとりは豪語してみせたが、窮鼠《きゅうそ》となった者の強がりにしか聞こえなかった。

織田軍は三井寺から坂本まで二里弱の道程《みちのり》を粛々《しゅくしゅく》と進み、比叡山の東麓を十重二十重《とえはたえ》に包囲したのち、払暁《ふつぎょう》を待って坂本や堅田の村々に火を放った。「山門」と関わりの深い村々には僧兵たちが潜んでおり、そのことを知り得ていた織田軍は容赦《ようしゃ》なく村人たちを燻《いぶ》りだしていった。

焼けだされた村人や僧たちは日吉《ひえ》神社の奥宮がある八王子山《はちおうじやま》へ逃げのぼったものの、織田軍の追討によって、僧俗や老若男女の別なく首を斬られてしまったという。

――ぶおお、ぶおお。

日海が法螺貝《ほらがい》の不気味な音色《ねいろ》を耳にしたのは、そうした殺戮《さつりく》がおこなわれている最中のことだった。

――ぬわああ。

鬨《とき》の声も怒濤《どとう》のごとく迫《せ》りあがってくる。

「日海、こっちじゃ。走れ、ぐずぐずするな」

仙也に叱咤《しった》され、根本中堂からできるだけ離れようとした。

覚悟を決めた僧兵らの死に場所になるものと察したからだ。

仏に加護を求める者たちはみな、根本中堂をめざしている。

日海と仙也だけが流れに逆らい、比叡山の西麓に向かった。

必死に駆けながらも、まだ疑っている。

これは悪夢なのではあるまいか。

八百年の長きにわたって人々の心を癒《い》やしつづける聖域を、人の力で灰燼《かいじん》に帰してもよいのだろうか。そのようなことをすれば、かならずや、祟《たた》りがあるにちがいない。

ふと、仙也は足を止め、背後を振りかえった。

「嗚呼《ああ》……」

日海も振りむき、目を釘付《くぎづ》けにされてしまう。

「……も、燃えておる」

根本中堂が、燃えていた。

「ぬわあ」

突如、織田軍の先鋒が藪《やぶ》からすがたをあらわす。

炎の狭間《はざま》から逃げだしてくる僧兵らと激しく干戈を交えはじめた。

このままでは巻きこまれてしまう。

そうおもったところへ、一本の矢が飛んできた。

――ひゅん。

耳を掠《かす》めて通りすぎる。

「うきょっ」

後ろの仙也が首を射抜かれた。

まるで、早贄の蜥蜴だった。

屍骸《むくろ》となり、坂道を転げおちていく。

「お師匠」

日海は追いかけた。

そこへ、草摺《くさず》りの音が近づいてくる。

追いかけてきたのは、水色桔梗の旗幟《きし》を背負った雑兵《ぞうひょう》だ。

「これ、小坊主、逃げるでない」

後ろから襟首《えりくび》を摑《つか》まれ、強引に引っぱられた。

上から覗《のぞ》いてきた顔は、地獄の獄卒にちがいない。

「可愛《かわい》い顔をしておるのう。ふふ、おぬしは戦利品じゃ」

雑兵に抱えられ、根本中堂のほうへ引きずられていく。

「放せ、放せ」

じたばたしても、雑兵は微動もしない。

濛々《もうもう》とした戦塵《せんじん》が鼻先に近づいてきた。

金音と断末魔が錯綜《さくそう》し、耳をふさぎたくなる。

――ぶん。

凄《すさ》まじい刃音とともに、血の雨が降ってきた。

「うわっ」

地べたへ投げだされる。

見上げれば、雑兵の首が無い。

旗幟を背負った首無し胴が佇んでいた。

「小坊主、こっちへ来い」

血染めの薙刀を翳《かざ》した僧兵に呼びつけられた。

巨漢の僧兵は、御伽草子《おとぎぞうし》に出てくる弁慶《べんけい》そのものだ。

呆気《あっけ》に取られていると、ひょいと肩に担がれた。

「待て、おぬしは何者じゃ」

あらぬ方角から、声が掛かった。

遠くで叫ぶ武者は、立派な兜《かぶと》をかぶっている。

「わしは元亀坊《げんきぼう》じゃ。おぬしこそ何者じゃ」

逆しまに僧兵が問うと、武者はにやりと笑った。

「明智光秀さまが重臣、斎藤利三よ」

「ほほう、名のある武将ではないか。よし、首を獲《と》ってくれよう」

元亀坊なる僧兵は身構えた。

すると、斎藤の背後から二十ほどの雑兵が湧いて出てくる。

いずれも、弓矢を手にしていた。

横一線に並んで弓を構え、矢を番《つが》えて弦《つる》を引きしぼる。

「ぬう、卑怯《ひきょう》なり」

元亀坊は呻《うめ》くように叫び、日海を背後の草叢《くさむら》へ抛《ほう》りなげた。

――びんびん、びん。

一斉に矢が弾かれる。

草を掻《か》き分《わ》けて顔を出すと、矢衾《やぶすま》と化した元亀坊のすがたが目に飛びこんできた。

「坊主とて人じゃ、根こそぎ斬って手柄をあげよ」

真紅の顔で叫んでいるのは、斎藤利三と名乗った武者にほかならない。

「ぬわああ」

雲霞《うんか》のごとく集まった雑兵たちは目の色を変え、僧兵らに襲いかかっていった。

袈裟衣《けさぎぬ》の僧や女子供も例外ではない。逃げまどう者たちは雑兵に追いたてられ、ことごとく首を刈りとられてしまう。

日海は這《は》うようにして逃げ、崖っぷちまでたどりついた。

笹《ささ》の葉に溜《た》まった朝露で足を滑らせ、急斜面を転がっていく。

何処までも落ちつづけ、いつのまにか気を失ってしまった。

目を覚ましたところは、杉の根元だった。

熊笹で切ったのであろう、からだじゅう切り傷だらけだが、骨は折れておらず、どうにか立ちあがることはできる。

耳を澄ましても、金音や断末魔は聞こえてこない。

山の麓まで落ちたのだろうか。

いや、そうではなさそうだ。

木々の狭間からみえる空がやけに近く、鬱蒼《うっそう》とした雑木林の奥へ吸いこまれそうになる。

日海は奥歯を食いしばり、道なき道を下りはじめた。

今はただ歩きつづけ、底のみえぬ奈落《ならく》に向かうしかない。

生きのびるためには、そうするしかなかった。

「歩みを止めてはならぬ」

耳に囁くのは、仙也であろうか。

それとも、元亀坊であろうか。

人を生かそうとする本能だけが背中を押してくる。

杉の根元で目を覚ましてから、どれほど歩いたかもわからない。

日海は襤褸《ぼろ》雑巾《ぞうきん》を纏ったようになり、麓の村へたどりついた。

すでに、あたりはとっぷり暮《く》れている。

薄闇に浮かぶ景色をみれば、東麓にある湖畔の村でないことはわかった。

武装した兵たちの姿もない。

だが、警戒を解くわけにはいかなかった。

恐る恐る村はずれに向かい、一軒の百姓《ひゃくしょう》家に近づいてみる。

人の気配がしない。

村全体が死んだように寝静まっている。

おおかた、難事を避けるべく、ひとり残らず逃げてしまったのだろう。

慎重に村のなかを歩きまわると、大きな饅頭《まんじゅう》のかたちをしたものをみつけた。

「あれは」

以前、目にしたことがある。

土で固めて築いた蒸し風呂《ぶろ》だった。

「八瀬《やせ》だ」

比叡山の西麓にある小さな山里にちがいない。

五摂家《ごせっけ》筆頭の近衛家と縁があり、公家衆が避暑に訪れる地としても知られていた。

八瀬の古名は「矢背《やせ》」と称し、壬申《じんしん》の乱で背中に矢傷を負った天武《てんむ》天皇の故事に因《ちな》むという。天武天皇が矢傷を癒やしたとも伝えられる蒸し風呂の入口を探し、日海は這いつくばりながら内へ身を捻《ね》じいれた。

蒸し風呂のなかは真っ暗だ。

使われていないらしく、壁は乾ききってひんやりとしている。

底は固くて座り心地《ごこち》はよくないが、雨風はしのげそうだ。
疲労困憊《こんぱい》だったので、横になった途端、眠りに落ちた。
それから、どのくらい眠ったのかもわからない。
丸一日なのか、二日なのか、死ぬほど腹が空《す》いていた。
蒸し風呂から這い出ると、強烈な陽光に眸子《まなこ》を射抜かれる。
しばらく目も開けられぬまま、それでも南に向かって歩きはじめた。
背には比叡山があるとわかってはいるものの、振りかえる勇気はない。
村はずれの道端に、馬頭観音が祀《まつ》られていた。
供え物の饅頭を盗み、臭《にお》いも嗅《か》がず口に頬張《ほおば》る。
喉《のど》がつかえそうになったので、小川に降りて水を呑んだ。
「ぷはあ」
生きかえった心地になる。
振りかえれば、比叡山の山頂に黒煙が巻きあがっていた。
街道をひたすら歩きつづけ、高野川《たかのがわ》のそばまでやってくる。
河原に目を凝らせば、簡素な台座が築かれ、僧たちの首が晒《さら》されていた。
見張りの兵もいないようなので、小走りに近づいてみる。

「うっ……ああ」

晒し台のうえには、宗仁上人の生首もあった。

その場に蹲《うずくま》って嘔吐《おうと》し、嗚咽《おえつ》を漏《も》らしながら走り去る。

脳裏にあった信長の雄姿が土器の欠片《かけら》のごとく砕け、新たな信長の顔が大写しになってきた。

「鬼や」

文字どおり、鬼の顔しか浮かんでこない。

何処をどう歩いたのかもわからず、気づいてみれば、見慣れた御所の近くへたどりついていた。

行く手には関所が設けられ、織田軍の雑兵らしき者が目敏《めざと》く声を掛けてくる。

「待て、小坊主、その小汚い風体はいかがした」

誰何《すいか》されても、応じる気力はない。

「おぬし、何処の小坊主じゃ」

ふたたび誰何され、日海は声を絞りだした。

「本能寺の塔頭に住まう者にござります」

「法華か」

「はい」

雑兵は屈《かが》んで顔を覗きこみ、野卑《やひ》な一瞥《いちべつ》をくれる。

じっと俯《うつむ》いていると、通ってよいという許しが出た。

ほっと安堵《あんど》の溜息《ためいき》を吐《つ》くや、両目に涙が溢れてくる。

本行院の山門は、目と鼻のさきだった。

日海は泣きながら、とぼとぼ歩きはじめた。

三

神無月《かんなづき》立冬、信貴山《しぎさん》城内。

大和国の信貴山は全山、錦繍《きんしゅう》を纏ったかのごとくである。

日海が叔父の日淵ともども峻険《しゅんけん》な山城へ招かれたのは、城主の松永久秀が囲碁好きであったからにほかならない。

日淵は非業の死を遂げた仙也の御霊《みたま》を供養すべく、仙也の修得した華厳《けごん》経の経典を東大寺《とうだいじ》に納めたいと願っていた。そのこともあって、久秀の招きに応じたのだ。

まずは竹田口《たけだぐち》から伏見《ふしみ》、宇治《うじ》とたどり、木津川に沿って長池《ながいけ》から大和国へ向かった。

竹田口から大和街道に沿って奈良坂までは九里の道程《みちのり》だが、宇治の平等院《びょうどういん》や普賢寺《ふげんじ》や浄瑠璃寺《じょうるりじ》などに立ち寄ったため、ずいぶんゆっくりとした旅になった。

みるものすべてが初めてのものばかりだったので、日海の傷ついた心は癒やされた。おそらく、日淵もこの身を案じ、気を遣《つか》ってくれたのだろう。心の底から感謝したが、東大寺から郡山《こおりやま》、斑鳩《いかるが》とたどって竜田川《たつたがわ》を越える奈良街道の旅は、一歩進むたびに気が重くなるものだった。

信貴山に登ってみれば、大和国を統《す》べる戦国武将が腰を据えたい理由がよくわかる。東の眼下には奈良盆地を一望にでき、生駒《いこま》山地を下った西の背後には大坂の町が拡がっていた。

松永久秀と申せば、嫡男《ちゃくなん》の久通《ひさみち》に命じて先々代の将軍だった足利義輝《よしてる》を斬らせたり、東大寺大仏殿を焼失させたりといった悪行で知られている。日淵も日海も好印象を持ってはいなかったが、久秀は短気で執念深い人物だと聞いていたし、信長とも同盟を結んでいたので、たっての誘いを無下《むげ》に断ることもできなかった。

山頂に築かれた山城は、筒井《つつい》氏や三好氏とのあいだで何度か攻防戦を繰りかえし、久秀がようやく居座ったのは二年前のことだった。その一年前、久秀は信長の上洛に際して助力を惜しまず、信長に人質と名物茶器の九十九髪茄子《つくもかみなす》を献上していた。

茶器の逸話にもあるとおり、ひとかどの茶人としても知られていたので、囲碁の手合わせを求められたときは意外に感じたものだ。

久秀は信長に援軍を頼み、国人《こくじん》たちを束ねていた筒井氏を攻めたて、今や大和一国の平定を達しつつあった。その恩に報いるべく、朝倉義景の討伐にも参戦し、織田軍が浅井長政の裏切りで撤退を余儀なくされると、近江国朽木谷《くつきだに》領主の朽木元綱《くつきもとつな》を説いて味方に付け、信長の窮地を救ったりもしてきた。また、同じ年の暮れには三好三人衆との和睦交渉にのぞみ、自分の娘を信長の養女にして人質に差しだしたりもしている。

ともあれ、信長とは蜜月《みつげつ》の関わりにあるものと、日淵も日海も理解していた。

そんな久秀が本音を漏らしはじめたのは、五子《ごし》の手合で一度目の対局を始めてから四半刻《しはんとき》ほど経《た》ったころのことだ。

「おぬし、比叡山におったらしいな」

それを告げたのであろう日淵は席を外し、御座の間には小姓《こしょう》も控えていない。

「おぬしもその目でみたのであろうが、根本中堂は丸ごと焼け落ちた。山王《さんのう》二十一社をはじめ、あらゆる霊社や僧坊、さらには霊仏、経巻にいたるまで一宇たりとも残さず、信長はことごとく焼き払いおった。名の知られた高僧も首を斬られ、首級はひとつ残らず信長の御前に差しだされた。首級と引換に兵らは報償にありつき、めざましく出世を遂げた者もあったとか」

還暦を超えた久秀の面貌《めんぼう》は染みだらけで、額《ひたい》や顎《あご》には疣《いぼ》がある。自慢の口髭《くちひげ》だけは濡《ぬ》れ鴉《がらす》色に艶めいており、酒を呑みながら碁を打っているせいか、上目遣いに向けられる血走った眸子が潤んでみえた。

「ふん、若造め、やりおるわい」

若造とはもちろん、信長のことである。苛烈《かれつ》きわまる戦乱の世を生き延びてきた久秀からすれば、齢《よわい》三十八の信長は「若造」にしかみえぬのだろうか。

日海は俯いたまま、目もあげられなくなった。

久秀はかたわらの酒器に手をやり、ぐびっとひと呑みするや、快活にまた喋《しゃべ》りはじめる。

「重臣の佐久間《さくま》信盛《のぶもり》と右筆の武井夕庵は、三井寺の陣中で翻意を促したそうじゃ。『しかる不思議をたまわり候《そうろう》事、前代未聞の戦いにて御座候』とな。ふん、莫迦《ばか》な連中よ。わしに言わせれば、信長は当然のことをやったまでじゃ。誰もが知るとおり、山門の連中は堕落しておった。修学を怠《おこた》り、魚鳥を食し、遊び女《め》を僧坊に呼びいれては淫乱《いんらん》に耽《ふけ》り、金銀賄賂《わいろ》をせっせと貯《たくわ》え、あげくには僧兵を錬成して山門を強固な砦《とりで》に仕立てあげた。浅井朝倉の兵を迎えいれた時点で、王城鎮護の役目は失われたのじゃ。山門を滅ぼす者は山門なりという戯《ざ》れ歌もある。袈裟衣に包まれたまやかしの輩《やから》を、あっぱれ信長はものの見事に焼きつくしてくれおった」

日海の脳裏には、炎に包まれた根本中堂が浮かんでいた。

首を矢で射抜かれた仙也や首無し胴から血を噴きあげる雑兵、矢衾と化した元亀坊や晒し台に並んだ宗仁上人の生首。忘れてしまいたい忌《い》まわしい記憶の数々が、洪水となって甦《よみがえ》ってくる。

それでも、面前の久秀は喋りを止めない。

盤上にのめりこむ日海の様子が、つぎの一手を熟考しているふうにでもみえるのだろうか。

「不滅の法灯は消え、秘仏も行方知れずとなり、斬殺の犠牲となった者たちは数千におよんだ。それでも、信長のやったことは賞賛に値する。もはや、尾張の田舎《いなか》大名にあらず、あやつは信玄や謙信にも互する将になりおった。わかるか、残忍さを持ちあわせておらねば、諸将を御することは叶《かな》わぬ。乱気を抱く者でなければ、天下を獲ることはできぬのさ。されどな、ふふ、わしに言わせれば、若造は若造じゃ」

わずかな沈黙に耐えかね、日海は顔をあげた。

久秀はいつの間にか、平たい茶釜《ちゃがま》を抱えている。

「これが何かわかるか」

「……い、いいえ」

「さもあろう。茶を嗜《たしな》まぬ者からみれば、たいした値打ちもない茶釜じゃからな。されど、茶を嗜む者にとっては、一国の価値にも匹敵する名器なのじゃ。平蜘蛛《ひらぐも》の茶釜と申してな、わしは命のつぎにだいじなこの茶釜を、くれてやってもよいとおもうておる」

いったい、誰《たれ》にという問いかけを呑みこんだ。

日海の口にするようなはなしではない。

——ぱちり。

動揺を振りはらうように、黙然と白石を打った。

「誰じゃとおもう」

戯れているのか、久秀はちらりと盤に目をくれ、赭《あか》ら顔《がお》で笑いかけてくる。

「いっこうに、わかりませぬ」

正直にこたえると、久秀は笑わぬ目でつづけた。

「信玄入道じゃ」

気まずい沈黙が流れる。

信長を裏切り、武田信玄に与《くみ》しようとしているのだろうか。

――ぱちり。

久秀は右上隅の広大な地を奪うべく、黒石を打ちこんできた。

一見すれば粗くみえる手も、存外に考えぬかれた一手かもしれぬと感服する。

魂の籠《こ》もった一手に戸惑っていると、久秀は平蜘蛛の茶釜を撫《な》でながら豪快に笑ってみせた。

「ぬはは、本気にいたすな。わしは比叡山の焼き討ちから逃れた者を知らぬ。千にひとつの幸運を拾ったおぬしに向かって、少しばかり戯れてみたかっただけのことじゃ。わしが日和見《ひよりみ》する男にみえるか」

「……い、いいえ」

「そうじゃ、わしは滅多なことで日和見などせぬ。おぬしは焼き討ちよりこの方、悪夢をみつづけておるのじゃ。ふふ、そうでもおもうて、生きていくしかあるまいが」

逞《たくま》しく生きよと、鼓舞されているのだろうか。

信玄入道と吐いたのは、本音以外の何ものでもあるまい。

本音を吐露された意図はわからぬが、この場で首を刎ねられることはなさそうだ。

日海は熟考のすえ、さきほどの黒石を抑えにかかった。

「洛中随一と聞いておったが、ふん、存外につまらぬ手を打つのう」

久秀の発する台詞《せりふ》には、先読みに長けた通人の念が詰まっている。

この男には、とうていかなわぬ。

日海は匙《さじ》を投げたくなった。

四

一年半後、元亀《げんき》四（一五七三）年如月《きさらぎ》二十日。

比叡山《ひえいざん》の焼き討ちよりこの方、洛中《らくちゅう》周辺で戦禍《せんか》はあがっておらぬものの、年が明けてからは日増しに焦臭《きなくさ》さが濃厚になっている。

昨年は、信長《のぶなが》にとって受難の年であった。まずは春、朝倉義景《あさくらよしかげ》の娘と本願寺《ほんがんじ》門跡《もんぜき》顕如《けんにょ》の嫡子《ちゃくし》である教如《きょうにょ》が婚儀を結び、強固な一枚岩となって立ちはだかることとなった。傀儡《かいらい》将軍であったはずの足利義昭《あしかがよしあき》は反信長の旗色を鮮明にし、朝倉義景や石山《いしやま》本願寺や浅井長政《あざいながまさ》などにさまざまな画策をおこない、晩秋の頃には信長包囲網を築きあげた。そして神無月《かんなづき》になると、上洛を促す義昭の再三にわたる要求に応じ、ついに甲斐《かい》の大立者が神輿《みこし》をあげた。

——信玄《しんげん》動く。

これほど織田《おだ》軍を震撼《しんかん》させる一報はなかったであろう。

師走《しわす》二十二日、遠江《とおとうみ》国の三方《みかた》ヶ原《はら》で雌雄は激突し、織田・徳川《とくがわ》連合軍は最強の騎《き》馬《ば》軍団を擁する信玄に大敗を喫した。

義昭が小躍りしたのは言うまでもない。

「それみたことか、さすがは甲斐の信玄入道じゃ」

器がちがうと感じたのは、機を見るに敏《さと》い公家《くげ》衆や畿内《きない》に散らばる諸将であった。

案の定、摂津《せっつ》や河内《かわち》で地盤を固めつつあった三好義継《みよしよしつぐ》と松永久秀《まつながひさひで》までもが義昭の誘いに乗り、信長包囲網にくわわった。

日海《にっかい》は久秀が平蜘蛛《ひらぐも》の茶釜《ちゃがま》を信玄に献じてもよいと漏らしたことをおもいだした。

おそらく、一年半前に信貴山《しぎさん》城で碁を打っていた時点で、翻意の決心はついていたのだろう。

信玄入道が動けば、信玄入道に従《つ》く。

天下を獲《と》るべき将の器が武田《たけだ》信玄だとすれば、信長は考慮の範疇《はんちゅう》からあまりにかけ離れていると、久秀は言いたかったにちがいない。

「奇抜な扮装《ふんそう》、蒼白《あおじろ》く無表情な面相、さらには、神仏をも畏《おそ》れぬ来《こ》し方《かた》の行状を鑑《かんが》みれば、誰しもがわかることじゃ。あやつは得体が知れぬ」

それが希代の悪人とも言うべき久秀の離反にいたった理由なのであろうか。

一介の碁打ちごときが邪推することではないものの、日海は久秀の行く末が気になって仕方なかった。そして、名のある将たちが信長から離反する理由とは何なのか、見極めたいとおもった。

日海は御所を背にして鴨川《かもがわ》を渡り、東山《ひがしやま》連峰の連なりに目を細めた。

庭の椿《つばき》に大粒の淡雪《あわゆき》が積もったのは五日前、涅槃会《ねはんえ》のことだ。それが降り仕舞いの雪となり、彼岸《ひがん》になってからは日毎《ひごと》に暖かみも増してきた。土手の芹《せり》は萌《も》えはじめ、細流では孕《はら》んだ雌鮒《めふな》を見掛けるようになった。例年、弥生《やよい》が近づけば、洛中は雛《ひな》祭の華やかさに彩られるが、市井《しせい》の人々に祭を祝う余裕はなさそうだ。

慈照《じしょうじ》寺にいたる道筋をたどり、途中から脇に逸《そ》れて小高い丘を登った。

しばらくのんびり進むと、行く手に吉田《よしだ》神社の大鳥居がみえてくる。

七百年余りまえ、平安京の鬼門を守護する神社として創建され、貴賤《きせん》の別なく多くの人々に信仰されてきた。節分祭の際、境内《けいだい》は参拝人で隈無《くまな》く埋めつくされる。三日にわたって、厄《やく》払いの疫神《えきじん》祭、仮装した鬼を逐《お》う追儺《ついな》式、古い神札を積み上げて燃やす火炉《かろ》祭といった祭事がつづくのだが、なかでも参拝人たちが大きな火柱のそばで神酒《みき》の土器を奪いあう火炉祭は圧巻だった。

大鳥居を潜《くぐ》り、急な石段を上って左手奥の本宮へ向かう。

本宮には社《やしろ》が四棟並んでおり、各々、厄除《よ》け開運や学問芸事の成就などと、別々のご利益が得られるものとされている。

賽銭《さいせん》を投じて拝んでいると、背後からやんわり声を掛けられた。

「松の内以来やな」

振りかえれば、烏帽子《えぼし》に白装束《しろしょうぞく》の神主《かんぬし》が立っている。

齢《とし》は四十手前だが、肌の色艶《いろつや》から五つは若くみえた。

吉田兼和《よしだかねかず》である。

代々神主をつとめる吉田家は天皇の家臣として御所へおもむき、折々の祈禱《きとう》や祝詞《のりと》奏上もおこなう。

兼和は四年前に家督を継いで以来、有職故実《ゆうそくこじつ》の幅広い知識と生来の鋭い洞察力を生かして、織田家と朝廷の橋渡し役を担ってきた。足利義昭への将軍宣下に尽力した細《ほそ》川藤孝《かわふじたか》は従兄弟《いとこ》でもあり、藤孝を通じて明智光秀《あけちみつひで》とも懇意にしているようであったし、信長のおぼえもめでたく、朝廷内でしかるべき地位を得るべく半家の家格を推挙してもらってもいた。

家格の序列こそ低いものの、朝廷を気遣わねばならぬ信長にしてみれば、兼和は貴重な人材である。日海はそれほどの人物から請われ、月に一度は碁を打つために吉田神社へやってきていた。

「丈がぐんと伸びたのう」

「柱の傷が追いつきませぬ」

「ほほう、僧坊の柱に傷をつけるとは、法華《ほっけ》の方々は寛容やな。くふふ、そうやってすぐに俯《うつむ》くな、戯《ざ》れ言《ごと》や」

唐突に、兼和は歌を詠じだす。

「かぞいろとやしなひ立てし甲斐もなく、いたくも花を雨のうつ音」

「どういう歌でござりますか」

「父母と慕った甲斐もなく、公方《くぼう》さまは御自ら討たれる悲運を招いた。詠《よ》み人知らずの落首やが、そないにおもう公卿《くぎょう》は少のうてな」

公家衆も市井の人々も、義昭が傀儡将軍であることはわかっている。しかも、傀儡であるはずの将軍が野心を持ち、信長包囲網を築きつつあることも認知していた。比叡山をも焼きつくす信長に抗《あらが》うことなど無謀におもわれたが、三方ヶ原で織田軍が大敗したことで多くの者の考え方は変わった。

「やはり、武田は強い」

おそらく、義昭や反信長の旗を掲げた連中は快哉《かいさい》を叫んだのであろう。年が明けて洛中の情勢は一気に緊迫し、義昭の重臣たちは忙《せわ》しなく戦さ仕度《じたく》に取りかかりはじめた。たとえば、伏見《ふしみ》城を守る三淵藤英《みつぶちふじひで》は弟の細川藤孝を攻める動きをみせ、近江《おうみ》の石山や今堅田《いまかたた》などでは織田軍を迎え討つべく砦《とりで》の構築が急速に進んでいる。肝心の義昭は信玄の上洛を大いに期待しつつ、二条《にじょう》城の周囲へ新たな濠《ほり》を巡らすとともに、大量の武器弾薬をせっせと運びこませていた。

一方、信長は逆臣の汚名を避けるためか、義昭とも懇意な法華僧の朝山日乗《あさやまにちじょう》や京都所司代の村井貞勝《むらいさだかつ》らを使わし、娘を人質にすることを条件に和睦《わぼく》しようとした。ところが、義昭に拒絶されたため、烈火のごとく怒り、和解に応じねば織田軍の総力を挙げて上洛し、洛中を火の海にしてやると息巻いたらしい。

「長光寺《ちょうこうじ》からは柴田勝家《しばたかついえ》さま、坂本《さかもと》からは明智光秀さま、佐和山《さわやま》からは丹羽長秀《にわながひで》さま、安土《あづち》からは蜂屋頼隆《はちやよりたか》さま、先鋒《せんぽう》を仰せつかった四将は精鋭を率いて陸続と洛中に迫っておる。まずさきに血祭りにあげられるのは、石山と今堅田の砦になろうな」

「合戦は避けられませぬか」

「公方はんは、信長さまをえろう嫌《きろ》うてはる。たとい、砦をふたつ落とされても、和議には応じぬであろうよ」

「されば、洛中は火の海に」

「なるかもな」

他人事《ひとごと》のような返答に、少しばかり腹が立ってくる。

公家衆とはみな、こうしたものだ。よく言えば泰然と構え、何があっても動じず、じっと機を窺《うかが》っている。そして、時の為政者に取り入り、保身に走ろうとする。唯一、それが生きのびる道ならば、選択の余地はあるまい。虚《むな》しい権威の衣を身に纏《まと》い、諸将のあいだを渡りあるいて、のうのうと生きのびていくしかないのだ。

何処《どこ》か達観したような兼和を眺《なが》めながら、このお方とて例外とはなり得まいと、日海はおもった。生きのびるために、媚《こ》びを売るべき庇護《ひご》者を探している。それが今はたまたま、信長であるにすぎぬ。

「そう言えば、先日、明智さまに会《お》うてな、おぬしが信貴山城の主人と碁を打った逸話をお伝えしたのや。えろう興味をしめされはってな、ひょっとしたら近々にお召しがあるやもしれぬ」

「えっ」

日海は驚き、口をへの字に曲げた。

信長に反旗を翻した松永久秀と碁を打った。反逆者と同等にみなされ、首を刎《は》ねられるやもしれない。

「ほほ、心配いたすな。十六の齢《とし》で洛中随一の碁打ちと評判の小坊主に、興味を持たれただけのはなしや。ん、そう言えばもうひとつ、小西隆佐《こにしりゅうさ》なる堺《さかい》の商人《あきんど》から相談があってな、伴天連《バテレン》のフロイスを連れて信長公の陣中見舞いに伺いたいのやが、土産《みやげ》は何がよいかと聞かれた。めずらしい金平糖《こんぺいとう》でも持っていけばよかろうと応じたのやが、ただ金平糖を献上するだけやったら、信長さまはお喜びにならぬ。そこでな、碁《ご》笥《け》に入れてさしあげたらどうやと言うてやった。おまえは、どうおもう」

「よろしいかと存じます」

「何を聞いても諾か。それはあかん。信長さまはな、自分のことばを持たぬ者は好かれぬ」

今さらながら気づかされたのだが、兼和には信長を信奉しているところがある。

洛中にありながら、二条城の義昭を見限ってしまったのだろうか。

「こたびの戦さ、占《うらの》うてみたら吉と出たのや。はたして、どちらにとって吉なんか、わかるか」

日海は小首をかしげた。

だが、こたえは出ている。吉は信長のものにちがいない。

「そうや、信長さまの大勝利や」

理由は判然とせぬが、武田軍の歩みは先月来、ぴたりと止まっていた。

おそらく、そのことも加味した占いなのであろうが、どちらにせよ、洛中が火の海にならぬことを願わずにはいられない。

「さて、喋《しゃべ》りは仕舞いにして、碁を打ちにまいろう」

兼和はさも嬉《うれ》しそうに笑い、社務所に向かって歩きはじめた。

五

卯月《うづき》七日。

洛中は火の海と化していた。

信玄入道はついにあらわれず、義昭は孤立無援の心地で戦うことを余儀なくされた。

百戦錬磨の織田軍精鋭と腰の引けた寄せ集めの軍勢とでは、所詮《しょせん》、勝負にならぬ。

伊賀《いが》衆や甲賀《こうか》衆の守る石山と今堅田の砦が破られた時点で勝敗は決していたが、朝廷の取りなしで和睦にいたるまでのひと月余り、二条城の足利義昭は頑《かたく》なに信長の和睦申し入れを拒みつづけた。

「おとなしゅうしておったらええもんを、公方はんにも困ったもんや」

日淵《にちえん》は町衆の語ることばをまね、やんわりと毒づいてみせる。

柴田勝家や明智光秀などの手勢が石山砦と今堅田砦を攻略したのは、如月末日のことであった。それからひと月の後、信長はみずから本隊を率いて岐阜《ぎふ》城を出陣した。

ところが、洛中の人々は信長の進軍を信じなかった。武田の屈強な軍勢が大挙して近づいているとか、浅井朝倉勢が挟撃を仕掛けるはずだとか、三好の軍勢と石山本願寺の一向《いっこう》宗も加勢にくるとか、洛中には情勢を見誤った流言飛語が飛び交っていたのだ。

弥生二十七日、信長はすでに近江へ達しており、ほどなく主力をもって洛中へ雪崩《なだれ》こんでくるとの一報が伝わった。

宮中も市井も大混乱に陥ったのは言うまでもない。簡易な家財を荷車に積んで引きずる列が、洛中から洛南にかけてうねうねとつづいた。歩けずに道端で座りこむ老人や、幼子の手を引いて途方に暮れる女たちのすがたも見受けられ、日海たちは逃げおくれた者を救うために施粥《せがゆ》をおこなった。

一方、二条城に籠城《ろうじょう》する義昭はやる気満々で、鉄砲隊をふくむ奉公衆約五千、摂津衆や丹波《たんば》衆など約三千、合わせて八千におよぶ兵を城内に引きいれた。

二十九日、信長はみずから馬廻《うままわ》り衆を連れて先陣を切り、五千からの騎馬武者どもも土煙を巻きあげながら逢坂《おうさか》へあらわれた。これを万全の態勢で出迎えたのは、山《やま》城《しろ》国南西の勝竜寺《しょうりゅうじ》城を拠点とする細川藤孝と、光秀の調略によって味方となった摂津国の荒木村重《あらきむらしげ》であった。

荒木と細川の兵がくわわり、織田軍は二万近くに膨《ふく》らんだ。兵力の手配りは迅速になされ、信長本隊は東山知恩院《ちおんいん》に本陣を定め、配下の諸部隊は、白川《しらかわ》、粟田口《あわたぐち》、祇園《ぎおん》、清水《しみず》、六波羅《ろくはら》、竹田《たけだ》などに布陣していった。

信長は腰を落ちつける暇も惜しみ、内裏《だいり》に向けて安堵《あんど》の書状と黄金五枚を贈った。さらに、義昭はあくまでも征夷大将軍《せいいたいしょうぐん》なので、世評を慮《おもんぱか》って臣下の体を取り、光秀と藤孝を使者として二条城へ送った。和睦の条件として、みずからの剃髪《ていはつ》にくわえて人質を差しだすとまで告げさせたが、義昭はこれを峻拒《しゅんきょ》して抗戦の意志をしめすべく、村井貞勝の守る所司代屋敷を焼き払った。

「阿呆《あほう》なことをしでかしてくれはったわ」

日淵の吐きすてた台詞《せりふ》は、町衆の偽らざる心境でもあった。

信長は和睦の道を探りつつも、上京《かみぎょう》と下京《しもぎょう》への焼き討ちを命じたのである。これに驚愕《きょうがく》した町衆は焼き討ちの取りやめを懇願すべく、上京の町衆は一千五百枚、下京の町衆は八百枚の銀を携えて信長の本陣を訪れた。信長は貧しい者たちの多く住む下京の焼き討ちは取りやめたものの、義昭に与《くみ》する商人が多く住む上京のほうは許さなかった。

卯月二日、柴田勝家、佐久間信盛《さくまのぶもり》、蜂屋頼隆、中川重政《なかがわしげまさ》、明智光秀、荒木村重、細川藤孝ら総勢一万近くの軍勢をもって、一斉に火を掛けさせたのである。

町中がめらめらと燃える無残な光景は、日海の目にも焼きつけられた。

四日になり、信長は素早く二条城を包囲するや、周辺を焼け野原にしたうえで、諸将に命じて四つの砦を構築させた。これを目にした義昭方の兵らは縮みあがり、戦いの趨勢《すうせい》は和睦へとかたむいていった。

そして本日七日、正親町《おおぎまち》天皇からようやく和睦の勅命《ちょくめい》が出されるや、信長と義昭はこれを即座に受け入れたのである。

「空恐ろしい景色やな」

奇蹟《きせき》のように戦禍を免れた塔頭《たっちゅう》の内で、日淵は安堵ともあきらめともつかぬ溜息《ためいき》を吐《つ》いた。

御所から北方は焼け野原となり、武家地はもちろん、寺社仏閣《ぶっかく》といえども例外とはなり得ず、そこいらじゅうに黒煙の筋が立ちのぼっている。空には鉛色の雲が垂れこめ、時折、山のほうで稲光の走る光景は、さながらこの世の終焉《しゅうえん》を暗示するかのごとくであった。

僧たちが歩いて確かめたところ、都の周辺三里にわたって拡がる五十ヶ村余りが焼失してしまったらしい。

「盗人《ぬすっと》どもに備えよ。殺生をも厭《いと》わぬ覚悟でな」

本能寺《ほんのうじ》の法華僧たちは結束が強く、僧兵並みに強いと評されている。そのせいか、いまだ盗人どもは押しよせておらぬが、ほかの寺では秘仏や書画や茶器などが盗まれる凶事が続出していた。

「仏具や貯えを懐中に隠して持ちはこぼうとした僧たちもあった。されど、ひとりとして逃げのびることはできなんだらしい。追《お》い剝《は》ぎに襲われて殺《あや》められたり、捕らえられて酷《ひど》い責め苦を受け、隠匿《いんとく》してあった物品をことごとく奪われたのや」

盗人の多くは、戦利品を求める雑兵《ぞうひょう》たちだった。商家や寺社に押し入って物品を奪うばかりか、隠れ家からみつけた女たちを手込めにしたりもしているという。

信長が岐阜城へ帰還していった数日後、洛中に不思議な噂《うわさ》が立った。

上洛の途に就いていたはずの武田軍が、尻尾《しっぽ》を巻いて甲斐へ戻ったというのである。

理由は判然としないものの、日淵などは「信玄公にまんがいちのことがあったのかもしれぬ」と臆測《おくそく》した。

頼みの信玄は来ず、拠《よ》るべき足許《あしもと》は無残な焼け野原になった。

にもかかわらず、義昭はふたたび挙兵の動きをみせ、織田方の目が光る二条城を脱して宇治《うじ》の槇島《まきしま》城へ移ろうとしたが、軽々しく動いてはならぬと側近に説得されておもいとどまった。

一方、信長は細川藤孝などからの報告で義昭の動きを逐一察知しており、義昭が再挙兵すれば、まっさきに瀬田《せた》の唐橋《からはし》を落として織田軍の進入路を塞《ふさ》ごうとするにちがいないと読んだ。

これに対抗すべく、何と、大軍を収容して琵琶《びわ》湖を横断するための大船を佐和山で建造しはじめたのである。全長三十間《けん》、幅七間、艪《ろ》の数百挺《ちょう》、船首と船尾に二台の櫓《やぐら》を備えた堅牢《けんろう》な巨船が就航したのは、夏の終わりのことであった。

信長はみずからの威勢を示すべく、大船建造の経緯《いきさつ》を余すところなく喧伝《けんでん》したので、洛中の人々で知らぬ者はいなかった。

文月《ふづき》になり、義昭は予想どおり勅命を破って挙兵し、二条城に昵懇《じっこん》の武家衆を入れて守らせ、みずからは槇島城に籠城を決めこんだ。たいする信長は自慢の巨船で琵琶湖を悠々と横切り、難なく坂本城へ入城した。そして、七日には京の妙覚寺《みょうかくじ》に布陣し、大軍をもって二条城を包囲してみせた。

さしたる戦闘もなく二条城の守兵は白旗をあげ、信長はのんびりと兵を槇島城に向けるとともに、みずからは五ヶ庄《ごかのしょう》の柳山《やなぎやま》に布陣した。雨つづきで眼下に横たわる宇治川の水嵩《みずかさ》は増していたが、信長は先陣を切って渡河すると豪語して全軍を鼓舞した。十八日の巳《み》ノ刻《こく》頃までに、織田軍は苦労しながらも宇治川を渡りきったのである。戦いの趨勢は、それで決まったようなものだった。槇島城からは足軽隊《あしがるたい》が飛びだしてきたが、佐久間信盛や蜂屋頼隆らが楽々と五十ほどを討ち取った。これを合図に織田軍は総掛かりとなり、城壁を破って城に火を放った。

義昭はたまらず、嫡男の義尋《よしひろ》を人質に差しだして降伏した。

文月二十八日、義昭は京の都から追放され、元亀から天正《てんしょう》への改元がおこなわれた。足利幕府の終焉を印象づける改元であったが、信長は「将軍殺し」の汚名を着たくないためか義昭を生かし、征夷大将軍の地位も剝奪せず、妹婿《いもうとむこ》でもある三好義継が居城とする河内国の若江《わかえ》城へ身柄を送りとどけた。

吉田兼和に聞いたところによれば、信長は「怨《うら》みに恩で報いる」と発したらしい。

葉月《はづき》八日、鬱陶《うっとう》しい義昭を排除したあと、信長は淀《よど》城で三好三人衆のひとりである岩成友通《いわなりともみち》を討ち取り、さらに、三万の軍を率いて近江へ侵攻していった。

畿内に武田軍なき今、全力を注ぎこむべき敵は浅井朝倉連合軍にほかならない。

信長の動きに呼応して、朝倉義景も兵を動かしたものの、有力な家臣たちはすでに調略されており、集まった軍勢は二万に足りなかった。

十二日、信長は嵐《あらし》を利用して朝倉方の大嶽《おおづく》砦を奇襲した。砦方は敗れて撤退を余儀なくされ、翌日には丁野山《ようのやま》砦も陥落し、義景は盟友の浅井長政と分断されるかたちとなった。そのため、義景は越前《えちぜん》への撤兵を決断したのだが、信長はみずから先陣を切って鬼神のごとく追撃し、刀根坂《とねざか》において朝倉勢を完膚《かんぷ》無きまでに叩《たた》きのめしてみせた。

大将の義景自身は疋壇《ひきだ》城に逃げこんだが、刀根坂の戦いでは、美濃《みの》衆の生き残りである斎藤龍興《さいとうたつおき》をはじめ、山崎吉家《やまざきよしいえ》や山崎吉延《よしのぶ》らといった名のある武将たちが討ち死にしている。

義景は疋壇城からも脱して居城の一乗谷《いちじょうだに》を目指したが、将兵らの逃亡は相次ぎ、仕舞いまで従ったのは十人程度の側近のみとなった。十五日、義景は何とか一乗谷城に帰還したものの、すでに留守《るす》兵の大半は逃走していた。ために、一乗谷城を放棄し、東雲寺《とううんじ》を経て賢松寺《けんしょうじ》へ逃れたものの、二十日、頼みにしていた従兄弟《いとこ》の朝倉景鏡《かげあきら》に裏切られ、ついに自刃を遂げたのである。

一方、浅井攻めのほうは、どのような経緯をたどったのか。

市井の人々が語る噂によれば、先鋒をつとめたのは木下《きのした》から羽柴《はしば》に姓を改めたばかりの秀吉《ひでよし》らしかった。

葉月八日、まずは、得意の調略で山本山《やまもとやま》城の阿閉貞征《あつじさだゆき》を寝返らせたという。信長はこの城を起点にして秀吉に小谷《おだに》城を包囲させておき、みずからはその日の夜半に岐阜城から出陣し、十日までには越前から小谷城への道筋となる北国街道を封鎖した。

そのため、援軍におもむいた朝倉勢は小谷城に近づくこともできず、余呉《よご》や木ノ本《きのもと》などに布陣を余儀なくされた。織田軍優位の情勢下、焼尾《やけお》砦を守る浅見対馬守《あさみつしまのかみ》が降伏を申し出た。焼尾は小谷城と峰続きである大嶽砦の北麓《ほくろく》にあり、信長は小谷城攻略の確信を得たにちがいなかった。

十二日、畿内一帯に嵐が襲来した。これを好機とみた信長は浅見対馬守の手引きで大嶽砦を攻撃し、瞬《また》く間に落城させた。さらに翌日、形勢不利とみた朝倉勢が撤退しはじめると、怒濤《どとう》となって追撃し、刀根坂で朝倉軍に深刻な打撃を与えたのである。

信長はみずから槍《やり》となって越前に攻めこみ、朝倉氏を滅亡させたのち、二十六日には虎御前山《とらごぜやま》に帰陣した。そして二十七日、秀吉の軍勢が清水谷の急傾斜から小谷城京極丸を急襲して陥落させ、本丸を守る長政と小丸を守る長政の父久政《ひさまさ》を分断した。その日のうちに小丸は落城し、久政は自害した。さらに本丸も落ち、長月朔日《ながつきついたち》、浅井長政は本丸の袖曲輪《そでくるわ》にある赤尾屋敷で自刃を遂げた。

三好三人衆の残るふたり、三好長逸《ながやす》と三好政康《まさやす》は行方不明となった。裏切った松永久秀と本願寺の総帥《そうすい》たる顕如は信長との和睦に舵《かじ》を切り、堅固にみえた信長包囲網は瓦解《がかい》した。やはり、武田軍の離脱が大きかったと言わねばなるまい。

信長は洛中にくわえて、越前と近江の支配をも確立したのである。

両刃《もろは》の剣《つるぎ》

一

八月後。
天正《てんしょう》二（一五七四）年、卯月《うづき》十日。
――きょっきょ、きょきょきょ。
信貴山中に分け入り、不如帰《ほととぎす》の鳴き声を聞いた。
麓《ふもと》の田圃《たんぼ》では、一斉に田植えがはじまっている。
叔父《おじ》の日淵は同伴しておらず、日海はひとりでやってきた。
十七になったとはいえ、横顔には童子の面影を残している。
山賊《やまだち》に遇《あ》えば命すら奪われかねぬし、山狗《やまいぬ》に襲われぬともかぎらない。それも修行のひとつと諭され、不慣れな奈良路をたどったのだ。

どうにかたどりついたにもかかわらず、城主の松永久秀は留守にしていた。織田家重臣の佐久間信盛に命じられ、与力《よりき》として大坂の石山本願寺攻めにくわわらねばならず、どうやら、戦さ仕度に忙殺されているらしかった。

城内の一室からのぞむ中庭には、白い卯の花が咲きほころんでいる。

信貴山城に招かれたのはこのたびで二度目、一度目の対局から二年半の歳月が流れていた。

到着して二日目の夕刻、ようやく、久秀がすがたをみせた。

甲冑《かっちゅう》こそ脱いでいるものの、戦塵《せんじん》の焦臭さを身に纏っている。

碁盤を囲んで対峙《たいじ》すると、地獄の底から甦《よみがえ》った亡者《もうじゃ》のごとき目を向けてきた。

「われながら生きておるのが奇妙でのう」

力なく微笑《ほほえ》む久秀は頭髪を剃《そ》りあげており、痛風封じの経絡《ツボ》でもあるのか、天頂《てんちょう》に灸《きゅう》を据える。

次第《しだい》に顔は朱に染まり、額には汗が滲《にじ》んできた。

天頂から煙を立ちのぼらせた赤鬼が熱さに耐えている様子は、滑稽《こっけい》な見世物でしかない。

「されば、一局」

五子《ごし》の手合のため、久秀は黒石を盤上の四つの星と天元《てんげん》に置きはじめた。石を打つ勢いに翳《かげ》りを感じるのは気のせいであろうか。

昨年如月、久秀は将軍義昭の呼びかけに応じて信長を裏切った。無論、信玄の上洛を見越しての決断であったが、ついに信玄は京へあらわれなかった。

弥生、信長はみずから精鋭を率いて洛中へ躍《おど》りこみ、商家や寺社の集まる上京を焼いて義昭を二条城から逐《お》いだし、霜月《しもつき》には河内の若江城で抵抗していた三好本家も滅亡に追いこんだ。三好家の親族では高屋《たかや》城を守っていた三好康長《やすなが》も信長の軍門に降《くだ》り、若江城を除く河内の城はすべて破却された。

一方、傀儡となるべく生かされた義昭は、しばらく庇護下にあった若江城を去ったのちは和泉《いずみ》の堺《さかい》に移り、信長の再三にわたる帰京の要請を拒みつづけ、今年になってからは紀伊《きい》の興国寺《こうこくじ》、ついで田辺《たなべ》の泊《とまり》城へと居所を移しているという。

久秀が居城にしていた奈良多聞山《たもんやま》城を信長に明け渡したのは、昨年暮れのことであった。織田勢に囲まれて進退窮《きわ》まり、城を明け渡す条件で和議を申しこんだところ、信長にあっさり受けいれてもらえたのだ。

「正月に頭を丸め、岐阜城へ伺候《しこう》した。首を刎《は》ねられる覚悟でおったところ、信長さまは居並ぶ諸将に『こやつは主筋の三好家当主を殺め、東大寺の大仏殿を焼き、あまつさえ足利将軍まで葬った。希代の悪党じゃ』と疳高《かんだか》い声で仰り、身を反らせて大笑なされた。信長さまの寛大さに胸を打たれたわしは、正直、裏切ったことなど忘れてしもうたほどじゃった」

久秀は身を守るために、いくつかの土産を用意していた。

「信長さまより、何ぞおもしろい土産話はないかと問われたゆえ、わしはその場で一句言上奉った。『たいていは地にまかせて肌骨好し、紅粉を塗らず自ら風流』とな。わかるか」

自然の流れに身をまかせて虚勢を張らずに生きるのが楽な生き方だ、というほどの意味はわかる。ただ、句の内容は達観しすぎているようで、久秀の屈折した生き様とはそぐわないような気もする。

「わしの詠じた句ではない。信玄入道の辞世じゃ」

「げっ」

「ふふ、驚いたか」

どうやら、武田家の重臣内に間者を放っており、信玄の死は早い段階で察知していたらしかった。

「信長さまは『入道め、やはり死んでおったか』と嬉しそうにつぶやかれてな、何のつもりか、小姓《こしょう》に命じて茶器を床の間に並べさせた。わしの献上つかまつった九十九髪茄子《つくもかみなす》の茶入れもあったが、何とその隣に黄金の髑髏《どくろ》がひとつ置かれた。杯にされた浅井長政の髑髏よ。ふん、おぞましい噂はまことであったわ。長政どのは成仏もできず、悔恨と妄執《もうしゅう》のただなかに彷徨《さまよ》うておられる。さすがのわしも背筋が寒うなってな、たとい死んでも杯にだけはなりとうないとおもうたわ」

久秀が恐れていたのは、命のつぎにだいじな平蜘蛛の茶釜を所望されることであったという。

「信長さまは当然のごとく、平蜘蛛を望んでおられた。されど、わしは先手を打った。まずは、足利家の宝刀として知られる不動国行《ふどうくにゆき》を献上したのよ。ちょうど一年前に薬研藤四郎《やげんとうしろう》の短刀を献上したらば、信長さまはたいそうお気に召してのう。刀剣に関してはあのお方に贋作《がんさく》は通用せぬとわかっておったゆえ、身を切る覚悟で宝刀を手放したのじゃ。されど、宝刀ひと振りで満足されぬことはわかっておった。何よりも欲しておられるのは平蜘蛛の茶釜か、それに匹敵する名物茶器じゃ。ただし、わしが土産に差しだしたのは茶器ではなく、唐桑《からくわ》の碁盤よ。ただの碁盤ではないぞ。東大寺の正倉院に納められてあった宝物じゃ」

「……しょ、正倉院にござりますか」

「ふふ、そうよ」

六年半前の永禄《えいろく》十（一五六七）年神無月《かんなづき》十日、久秀は奈良で勃発した三好三人衆との戦いで、敵陣に利用された東大寺大仏殿を焼いている。その際、どさくさに紛れて聖武《しょうむ》天皇の宝物を納めた正倉院に忍びこみ、いくつもの宝物とともに碁盤を持ちだしていたのだ。

「碁盤を献上しても、信長さまは洟《はな》も引っかけられなんだ。聖武天皇もお使いになられたやもしれぬ宝物に候と申しあげても、それがどうしたと言わんばかりのお顔をなさってな。されど、碁盤にはおもしろい仕掛けがほどこされておった。盤の脇に小さな抽斗《ひきだし》が付いており、香木を焚《た》ける工夫がされてあったのじゃ」

正妻の濃《のう》も大広間に呼ばれ、久秀は信長と濃の面前で香木を焚いてみせた。

「六百年余りまえ、海の向こうからもたらされた黄熟香《おうじゅくこう》なのだと断ってな」

「……ま、まさか、それは蘭奢待《らんじゃたい》のことにござりましょうか」

「ああ、そうじゃ。正倉院に伝わる宝物のなかでも格別の意味をもつ沈香じゃ。天子さまとて切りとったことがなく、これまでにその一片を切りとったお方は足利義政《よしまさ》公しかおらぬ。さすがの信長さまも身を乗りだされてな、平蜘蛛のことなどすっかりお忘れのご様子であった」

久秀とのそうした経緯があったからか、先月二十七日、信長は三千余の兵を率いて奈良の多聞山城へおもむいた。すでに京の正親町天皇より蘭奢待の切り取りを許すとの綸旨《りんし》は下っており、一片も切らせたくない東大寺に抗う理由はない。翌二十八日、長さ六尺の長持に入れられた蘭奢待が多聞山城の御成之間へ運びこまれた。

「長持から出された蘭奢待は、大鹿の腿《もも》に似ておった。足利義政公によって切り取られた箇所は、腿の付け根に近い右下のあたりじゃ。信長さまはその左隣に短刀を差し込み、一寸四分角ほどの二片を無造作に切り取られた」

織田家の家臣らが声高《こわだか》に喧伝《けんでん》している内容ゆえ、日海も信長が蘭奢待を切り取った経緯は知っている。

切り取られた小片のひとつは正親町天皇に献上され、他の一片は信長が持ちかえった。さらに、信長の持ちかえった一片は京の泉涌寺《せんにゅうじ》や尾張の一宮に寄進されなどしたが、今月三日、京の相国寺《しょうこくじ》にて催された茶会でも披露された。

相国寺に招かれたのは堺の商人たちで、名物の不破香炉《ふわこうろ》を所有する津田宗及《つだそうぎゅう》と善幸《ぜんこう》香炉を所有する千宗易《せんのそうえき》には格別に二片が与えられたという。

「蘭奢待の香を楽しむことができるのは、紛れもなく天下人じゃ。今や、信長さまは天子さまを超えたと、巷間《こうかん》では噂されておる。されど、きっかけをつくったのがわしじゃということは、誰も知るまい。先日、右筆《ゆうひつ》の松井友閑《まついゆうかん》めが訪ねてまいった。居丈高《いたけだか》な態度で『碁盤のことは、くれぐれも口外無用に』と、たったそれだけを伝えにこの山城まで足労したのじゃ」

岐阜城における久秀とのやりとりが流布すれば、蘭奢待切取りのありがたみが薄れるとでもおもったのであろうか。

「ふん、賢《さか》しげな側近たちの忖度《そんたく》にほかならぬわ。信長さまは、さようなことを気になされぬ。蘭奢待のことも、ただの余興としか考えておられぬわ。名物狩りもそうじゃ。友閑めは平蜘蛛の茶釜を欲しがったが、どうしても欲しいと申すなら、わしの素首《そっくび》を刈ってから持ってゆくがよいと言うてやった。ふふ、さすがに蒼醒《あおざ》めておったがな、わしとて平蜘蛛の茶釜といっしょよ。やがては刈られる運命じゃ。それまでの短いあいだ、信長さまの天下取りを高みの見物と洒落《しゃれ》こむつもりじゃわい」

久秀は熱さに耐えかねて灸を外し、ひょいと摑《つか》んだ黒石を鋭く右辺に打ちこんだ。

日海は必死に手を読もうとしたが、浮かんでは消える雑念のせいで頭が少しもはたらかない。

「いかがした。さほど難しい局面でもあるまい」

煽《あお》られればなおさら、深い霧のなかへ迷いこんでしまう。

「それにつけても、おぬし、信長さま好みの顔をしておるのう」

久秀はそう言い、野卑な眼差《まなざ》しを向けてくる。

日海は恐ろしくなり、俯いた顔をあげられなくなった。

二

神無月になった。

鴨川の土手から聞こえてくるのは、群生《ぐんせい》する荻《おぎ》が風を切る音であろうか。いや、河原に屍《しかばね》を晒《さら》す死者たちの慟哭《どうこく》にちがいない。

日海は書院に飾る吾亦紅《われもこう》を摘《つ》みながら、ぶるっと身を震わせた。

伊勢《いせ》国長島《ながしま》では二万人を超える門徒衆が「根切《ねぎり》された」と、噂に聞いていたからかもしれない。

遡《さかのぼ》ること文月十三日、信長は嫡男信忠《のぶただ》とともに八万の大軍をもって進撃、尾張国津島に着陣したのち、十五日から長島城攻めを開始した。北東の市江口からは信忠勢が、北西の香取《かとり》口からは柴田勝家勢と佐久間信盛勢が、中央の早尾《はやお》口からは信長自身が主力を率いて進軍し、これらとは別に滝川一益《たきがわかずます》勢と九鬼嘉隆《くきよしたか》率いる水軍には糧道を断つべく海上を封鎖させたのだ。そして、葉月二日には香取の大鳥居《おおとりい》城を、十二日には東隣の篠橋《しのはし》城を攻略した。

　両城の門徒衆は長島城へと逃れたものの、兵糧《ひょうろう》攻めにされたあげく、降伏を申し出るしかなかった。ところが、信長は降伏を受けいれず、城から落ちのびようとする門徒衆に鉛弾《なまりだま》の雨を降らせた。さらに、長島城を奪ったのち、残存する中江《なかえ》城と長島城については幾重にも柵を巡らせて退路を断ち、配下に「根切にせよ」と下知《げじ》して火を付けさせたのである。

　地獄絵のごとき光景を、日海は脳裏に描いた。

　ふと、河畔をみやれば、裸足《はだし》の娘が倒れている。

「行き倒れか」

　日海は駆けより、そっと娘の上に屈《かが》みこんだ。

　身じろぎもしないので、口のそばに手を翳《かざ》すと、ちゃんと息をしている。

「もし」

　肩を突っつくと、微《かす》かに目を開けた。

　顔は土で汚れており、唇は紫色に変わっている。

肩を抱いて身を起こし、竹筒を唇にあてがった。

何度やっても上手《うま》くいかず、口の端から水が零《こぼ》れ落ちる。

日海は仕方なく水を口にふくみ、口移しで呑《の》ませてやった。

「ぐふっ……げほ、げほ」

娘は激しく咳《せ》きこみ、生死の狭間《はざま》で救いを求める者のように目を瞠《みは》る。

「……も、もっと水を」

急《せ》かされてもう一度口移しに呑ませてやると、今度は上手にごくごく喉を鳴らしはじめた。

冷たくなったからだを擦《さす》れば、頬《ほお》に赤味も射してくる。

硝煙《しょうえん》の臭《にお》いが微かにしたものの、鉄砲傷や金傷は負っていないようだ。

どうにか起《た》てるまでになったので、日海は娘を背負い、荻の群生する土手を上っていった。

ずいぶん軽いなとおもいつつ、小路をいくつか抜けて寺の門前へ戻ってくる。

不吉な兆しでも感じたのか、住職の日淵がみずから竹箒《たけぼうき》で門前を掃いていた。

「ん、どないした、日海、その者は」

「河原に倒れておりました。介抱せねば死んでしまいます」

「早う、僧坊の奥へ」

日淵は集まった僧たちにむかって、湯を沸かすように指図する。

娘は奥の部屋に運ばれ、褥《しとね》に寝かされた。

日淵には医術の心得もあるので、娘の脈《みゃく》を取って容態を確かめる。

「何日も、ものを食べておらぬようじゃ。衰えてはおるが、命に別状はあるまい」

日海はほっと胸を撫《な》でおろす。

湯が沸いた。

娘は眸子《まなこ》を閉じ、寝息をたてはじめる。

日淵が言った。

「汚れた着物を脱がして、からだを拭いてやらねばならぬ。日海、おぬしがやれ」

「えっ」

「人助けじゃ。余計なことを考えるでない」

「はい」

日海は覚悟を決め、娘の着物を脱がせていった。

すると、懐中から短冊が一枚落ちてくる。

——四海の信心の人はみな兄弟

と、達筆な文字で書かれてあった。

「お上人《しょうにん》さま、これをご覧ください」

「ん、この文言は……蓮如《れんにょ》上人の教えじゃ」

阿弥陀如来《あみだにょらい》の人間救済の本願の前では、師も弟子もなく信仰を抱く者はことごとく平等であるという。

日海は驚いた。

「さすれば、この娘は一向宗の門徒にございましょうか」

「おそらくな」

大坂の石山本願寺に拠点を構える顕如の号令一下、越前国や伊勢国の門徒衆は信長に反旗を翻した。門徒を匿《かくま》っていることが織田家の家中に知られれば、どのような罰を受けるかわからない。

「ひょっとしたら、伊勢から逃れてきたのやもしれぬ」

日淵はつぶやき、じっと考えこんだ。

信長と伊勢国における一向一揆の攻防は、今から四年前の元亀元年にはじまる。門徒衆の拠点となっていた願証寺《がんしょうじ》の住持証意《しょうい》が、顕如の檄《げき》に応じるかたちで蜂起《ほうき》したのだ。武装した門徒勢力は織田方の豪族が守る長島城を奪い、同年霜月には木曽川《きそがわ》を渡って尾張国へ攻めこんできた。勢いに乗じて小木江《こぎえ》城を攻めたて、信長の実弟である信興《のぶおき》を自刃させたのだ。

すでに、伊勢国については争った神戸《かんべ》氏と北畠《きたばたけ》氏とのあいだに講和が成立し、各々に三男の信孝《のぶたか》と次男の信雄《のぶかつ》を養子に入れたことで平定はなされたものとみなされていた。にもかかわらず、岐阜城にも近い長島城に火種が持ちあがった。

信長にしてみれば、喉もとに突きつけられた短刀となる恐れもある。焦燥に駆られたのか、翌年皐月《さつき》、織田軍は信興の弔《とむら》い合戦とばかりに長島城攻めを敢行した。ところが攻城戦に失敗し、撤収するところを追撃されたあげく、重臣の柴田勝家が負傷、氏家卜全《うじいえぼくぜん》は討死《うちじに》の憂き目をみたのである。

そうした今までの経緯もあり、こたびの伊勢攻めは満を持しての一戦となった。

「信長公は門徒衆を根絶やしにせねば、気が済まなんだのじゃろう」

日淵のことばは他人事のように聞こえたが、日海は救った娘の処遇が気になって仕方ない。

からだを拭いてもらい、粥《かゆ》を少しばかり口にすると、娘の顔に生気が甦ってきた。

「されば、名を聞いておこうか」

日淵が優しげな眼差しを向ける。

「……ま、真葛《まくず》」

と、娘はこたえた。

「齢は」

と聞かれて、真葛は首を横に振る。

「わからぬのか」

「……は、はい」

からだを拭いたとき、平たい胸が目にはいった。手足の痩せ方から推しても、せいぜい十五、六といったところだろう。日海とさほど変わらない。

されども、齢ばかりでなく、日淵に何を聞かれても首を振りつづける。

真葛という名以外は、おぼえておらぬのだろうか。

「そのようじゃな」

日淵は深い溜息を吐き、おもいなおしたように頷《うなず》いてみせる。

「お上人さま、いかがなされましたか」

「かえって忘れてしまったことが好都合やもしれぬ。織田家の御家中が怪しんでも、何もおぼえておらぬと申せばよいのじゃ。ともあれ、身と心が癒えるまでは、僧坊で寝起きをさせるしかあるまい」

「はい」

嬉しそうに返事をするや、日淵にたしなめられた。

「妙な気を起こすでないぞ。それから、短冊は焼いておくように」

「かしこまりました」

日海は不服そうに返事をする。

娘にとって短冊が命に等しいほど大切なものならば、記憶を取りもどしたときに悲しむにちがいない。もちろん、一向宗の門徒である証拠は消さねばならぬのはわかるが、短冊は内々に保管しておこうと、日海はおもった。

三

神無月十三日は日蓮忌《にちれんき》、一年のうちでもっとも重要な御命講も滞りなく終えられた。

真葛はいまだ、記憶を取りもどすことができずにいる。

畿内の国々はどこもかしこも戦乱つづきで田畑は荒れはて、豊穣の祭りを催す余裕などあろうはずもない。一家の働き手は足軽となって戦陣に駆りだされ、野辺の露と消える者たちも数知れぬ。耳を澄ませば、悲嘆に暮れる女子供の啜《すす》り泣《な》きが聞こえてくるかのようだった。

淀川の汀《みぎわ》から難波《なんば》の海を遠望しても、夕焼けに染まる空の涯《は》てに西方浄土はみつけられない。

「詮無《せんな》いことよ」

口から出るのは溜息ばかり、引きずる足は鉛のように重く感じられた。

「日海、溜息は寿命の毒じゃぞ」

叔父の日淵が振りむき、笑いかけてくる。

昨日、ふたりは京の東寺口から三里の道程《みちのり》を歩いて山崎《やまざき》へいたり、天王山《てんのうざん》を背にしつつ、山城と摂津の国境を越えた。大坂へ足を踏みいれてからは「えべっさん」こと今宮戎《いまみやえびす》神社のそばに一夜の宿を求め、今朝方出立してからは四天王寺《してんのうじ》や住吉大社などに立ち寄りながら、紀伊国へとつづく堺筋をのんびりたどってきた。

「住吉と申せば、古来より和歌に詠まれた白砂青松《はくしゃせいしょう》の風光明媚《めいび》なところじゃ。この機に堪能しておくがよかろう」

右手の海原《うなばら》に目をやっても、鬱々《うつうつ》とした気分からは逃れられない。

数日前、津田宗及から吉田兼和を介して日淵のもとへ、日海を貸してほしいとの頼み事がもたらされた。

津田宗及と言えば、堺の町を牛耳る会合衆《えごうぎゅうじ》のひとり、信長より貴重な蘭奢待の一片を下賜された豪商にほかならない。「堺まで足労を賜り、とある囲碁好きな武将の伽《とぎ》をお頼みしたい」と綴《つづ》られた急ぎ文も添えてあったが、先方の希望で肝心の武将名は明かされず、そのことが不安を募らせる理由ともなっていた。

「命を奪われるわけでもなし、案ずるにはおよばずじゃ」

日淵としては大口の寄進が期待できる堺の豪商を袖《そで》にするわけにもいかず、腰の重い日海を掻き口説《くど》いて連れだしたのであった。

「堺の生んだ聖人と申せば、行基上人《ぎょうき》であろうな。行基上人は聖武天皇のご要請にこたえ、東大寺大仏殿の建立《こんりゅう》に尽力なされた。大仏殿を焼いた松永さまのことや蘭奢待のはなしを聞くにつけ、何やら因縁めいたものを感じてしまうわい」

「まこと、さようにござりますな」

「それにしても、京から大坂までたどってみると、信長さまが石山本願寺を除きたいのがようわかる。狙《ねら》いは淀川の水運じゃ。大坂から本願寺さえおらぬようになれば、淀川の水運を我が物にできる」

大坂湊《みなと》から琵琶湖までの川筋を押さえておけば、黙っておっても莫大な船料がもたらされる。しかも、南蛮《なんばん》と交易をはかる湊を堺から大坂に換えてしまえば、とんでもない利益を得ることになろう。

「信長さまは、そのような大それたことを目論《もくろ》んでおられるのでしょうか」

日淵に問うておきながら、湊を移す程度のはなしは、信長にしてみれば大それたことでもあるまいと、日海はおもった。

尾張、美濃、近江、越前、伊勢と破竹の勢いで版図を拡げてきた信長にとって、畿内の国々を平らげるのもさほど難しいはなしではなかろう。甲斐の武田と越後の上杉を滅ぼし、毛利《もうり》の壁を打ち破って四国や西国へも攻めこみ、瞬きのあいだに天下統一を成し遂げてしまうにちがいない。

比叡山を丸ごと焼いた「信長」は、もはや、人ではなかった。人知を遥《はる》かに超えたもの、喩《たと》えてみればそれは津波のごときものであり、砂粒にしかすぎぬ人間に抗う余地はないのだ。

「さあ、着いたぞ。堺じゃ」

深い濠に架けられた木橋を渡ると、日没間近の湊が眼前にあらわれた。

何艘《そう》もの荷船が行き交い、桟橋《さんばし》には南蛮船の水夫《かこ》らしき者たちのすがたもみえる。

生まれてはじめて目にする堺は、気持ちを浮きたたせるほどの賑《にぎ》わいに溢れていた。

日海は南北に通貫する大道筋を歩きつつ、絵図でみた町割を脳裏に浮かべてみた。

町は南北に細長く、海に面した西側を除く三方は濠に囲まれている。南北幅は六十間ほどで東西幅は二十間ほど、四間半幅の大道筋を背骨にして二間幅の裏筋と三間幅の表筋が交互に通り、東西の道は五間幅の大小路通《おおしょうじ》を中心にして三間幅の通が肋骨のように延びていた。

「そのさきが大小路通じゃな」

町組は大小路通を挟んで北組と南組に分かれ、浜筋、中浜筋、大道筋、山口筋、東筋、農人町筋などの十二組で構成されている。

室町幕府の統制から逃れるべく、堺においては「地下《じげ》」と呼ばれる領民たちが年貢や地子《じし》（地代）をまとめて余計に払う地下請をおこなってきた。幕府の統制から解きはなたれた商人の湊町は日明《にちみん》貿易で富を貯え、応仁《おうにん》の乱以降は朝廷や幕府と一線を画すべく一段と強固な絆《きずな》で結ばれるようになった。

町を動かすのは堺に根を張る商人たち、なかでも年寄や肝煎《きもいり》と呼ばれる十人ほどの会合衆にほかならない。六年前、信長に矢銭二万貫を払えと威《おど》されて拒んでみせた気骨ある商人たちでもある。

そうした会合衆のひとりが「天王寺屋」の屋号を持つ津田宗及であった。

大小路には荷駄を積んだ馬の列がつづいている。

たどっていくと、列の先頭は際だって大きな商家の店先まで繋《つな》がっていた。屋根看板をみあげれば「天王寺屋」とある。

「ここにござりますな」

「ふむ」

藁《わら》に包まれた細長い荷箱は馬の背から卸され、店先に山と積まれていった。さらに、その山から人足たちが荷を拾いあげ、裏手の蔵へとはこんでいく。

荷卸しの様子を眺めていると、後ろから声を掛けられた。

「もしや、日淵さまではあられませぬか」

振りかえれば、茶筅髷《ちゃせんまげ》の見知らぬ商人が微笑んでいる。

「お忘れですか、小西隆佐にござります」

「おう、小西どのか」

「三年もまえになりましょうか。御坊に参じて、ありがたい法話を拝聴いたしました。日淵さまとこの堺でお目に掛かるとは、夢にもおもいませせなんだ」

「拙僧《せっそう》とて同じこと。かねがね、ご活躍は噂で聞いておりますぞ」

小西隆佐は「ジョーチン」の洗礼名を持つ切支丹《キリシタン》であり、堺の商人というよりも宣教師のルイス・フロイスを信長に取り次いだ人物として知られていた。

吉田兼和に言われたはなしが、日海の脳裏に甦ってくる。兼和は隆佐から、信長の陣中見舞いに伺うのに土産は何がよいかと尋ねられ、金平糖を碁笥に入れてさしあげたらどうかと助言したのだ。

隆佐が助言どおりに陣中見舞いに行ったとすれば、連れていった伴天連は京で布教活動をおこなっているルイス・フロイスにまちがいなかった。

「天王寺屋さんのご用でお越しになったのですか」

隆佐はこちらをちらりと眺め、うなずいてみせる。

「もしや、洛中随一の碁打ちと評判のお方では」

「さよう、日海と申します」

日淵に促され、日海はぺこりと頭をさげた。

「なるほど、さすがに一芸に秀でたお方はお顔つきがちがう。後光が射しておられるかのようだ」

「ご冗談を。それより、小西どのはどうしてこちらへ」

「商売にござりますよ」

隆佐は積まれた細長い荷箱に目を向ける。

「あれは何ですか」

「鉄砲にござる」

「鉄砲」

「さよう。急遽《きゅうきょ》、天王寺屋のご主人から頼まれましてな、とりあえずは葡萄牙《ポルトガル》から五百挺ほど仕入れてまいりました」

「……ご、ご五百挺」

「それでも足りぬと、あちらの御仁《ごじん》は仰います」

隆佐が目をくれたさきに、笞《むち》を手にした髭の侍が立っている。

日海はぎょっとして、おもわず下を向いた。

三年前の長月十一日、比叡山の攻防戦で目にした武将にまちがいない。

明智家の重臣、斎藤利三《さいとうとしみつ》。

弁慶のごとき僧兵の元亀坊《げんきぼう》を弓矢で射殺《いころ》させた男だ。

――坊主とて人じゃ、根こそぎ斬って手柄をあげよ。

斎藤利三の怒声を、日海ははっきりと耳にしていた。めらめらと燃える根本中堂《こんぽんちゅうどう》の周囲では、大勢の女子供が逃げまどっている。鬨《とき》の声や断末魔とともに、凄惨《せいさん》な光景が甦ってきた。

恐る恐る顔をあげれば、利三は誰かに向かって深々とお辞儀をしている。

胸を張ってあらわれた人物は金柑頭《きんかんあたま》に八の字髭《ひげ》の侍で、皺《しわ》の目立つ顔のなかで双眸《そうぼう》だけをぎらつかせていた。

「もしや、あのお方は……」

と言いかけ、日淵は口を噤《つぐ》む。

金柑頭の侍がこちらに気づき、滑るような足取りで近づいてきたからだ。

小西隆佐はかしこまり、顔をあげようともしない。

店の主人である津田宗及が出迎えにあらわれる気配もなかった。

金柑頭の侍は足を止め、日淵ではなく、日海を上から下まで睨《ね》めおろす。

「ふうん、おぬしか」

発せられた声は、懸巣《かけす》の鳴き声のように嗄《か》れている。

「吉田兼和どのより聞いておる。信貴山城で禿《は》げ坊主と碁を打ったそうじゃのう。首尾はどうであった」

「はっ」

と、応じたきり、つぎのことばが出てこない。

日海は間者にでもなったような気分だった。

もちろん、刃物のごとき眸子で睨みつける相手は、明智光秀そのひとにまちがいあるまい。どちらかと言えば小柄で貧相な見掛けだが、さすがに織田家の家臣団で屈指の出世頭と目されているだけあって、対峙《たいじ》する相手を呑みこむような迫力を秘めている。

「肩の力を抜くがよい。五子の手合でわしが負けたら、おぬしを囲碁の師匠と呼ぶことにいたそう。ふふ、どうじゃ、少しはやる気になったか」

口をもごつかせたところへ、騒々しく駆《か》けてきた者があった。

津田宗及である。

「これはこれは、明智さま、気づかずに申し訳ございませぬ」

言ったそばから躓《つまず》いて転び、みなの失笑を買う。

——ずどおーん。

突如、海のほうから、凄まじい筒音が聞こえてきた。

「ふむ、よき音じゃ」

みなが仰天するなか、光秀だけは満足げにうなずく。

どうやら配下に命じ、近場の浜で試し撃ちをさせているらしい。

筒音だけを聞いて鉄砲の性能を語ることができるのは、日の本の数ある武将のなかでも光秀くらいしかおるまい。明智光秀は砲術の才をもって、信長から重用されているのである。

日海はそのことを、小西隆佐からそっと教えられた。

ただし、堺の一角に集められた五百余挺もの鉄砲が何処で何のために使われるのかということなど、もちろん、知る由もなかった。

四

翌、天正《てんしょう》三（一五七五）年皐月《さつき》二十一日。

三河《みかわ》国長篠《ながしの》の戦いにおいて、武田《たけだ》家の軍勢は完膚無きまでに敗れた。

信玄《しんげん》亡きあとも盤石と評してきた者たちにとって、武田家の誇る騎馬軍団の潰滅《かいめつ》は想像もし得なかったことだろう。

武田軍と織田《おだ》・徳川《とくがわ》連合軍の対決は、一年前に武田勝頼《かつより》が遠江《とおとうみ》国の高天神《たかてんじん》城を陥落させたころから取り沙汰されていた。今年になって勝頼は信長《のぶなが》が石山本願寺《いしやまほんがんじ》攻めに向かうとの報を受け、隙《すき》を突くかたちで三河ならびに尾張《おわり》方面への進撃を開始し、卯月《うづき》には三河国にある徳川方の足助《あすけ》城、野田《のだ》城、二連木《にれんぎ》城をたてつづけに陥落させていった。

さらに、徳川勢を浜松《はままつ》と岡崎《おかざき》の中間に位置する吉田《よしだ》城へ追いこんだものの、三河湾をのぞむ吉田城の防備が堅牢とみるや、矛先を内陸の長篠城へ振りむけた。長篠城を守る奥平貞昌《おくだいらさだまさ》以下の守兵は約五百、たいする武田勢は一万五千におよんでいた。奥平の救援に向かう家康《いえやす》の兵力は八千にすぎず、信長に支援を頼むしかない情況となった。

一方、信長は桜の便りが聞かれる頃に入洛《じゅらく》し、卯月上旬には摂津《せっつ》国へ進撃、敵対する三好《みよし》方の新堀《にいぼり》城と高屋《たかや》城を陥落させ、同月下旬には岐阜《ぎふ》城へ帰陣していた。そして、家康の援軍依頼を待っていたかのように、皐月十三日、三万の軍勢を率いて出陣し、翌日には岡崎城で家康と合流をはかり、十八日には長篠城を東にのぞむ設楽《したら》郷極楽寺《ごくらくじ》に本陣を置いたのである。

信長は羽柴《はしば》、丹羽《にわ》の両軍、さらには家康の軍勢を設楽原《したらがはら》まで前進させ、連吾川《れんごがわ》の手前に蜿々《えんえん》と馬防柵を伸張させた。武田の騎馬軍団を野面《のづら》へ導き、一気に潰滅させる策に出たのだ。

川を挟んで雌雄が対峙《たいじ》するなか、先手を取ったのは織田・徳川連合軍のほうだった。二十日の夜、家康配下の酒井忠次《さかいただつぐ》率いる別働隊が武田方の背後へまわりこみ、山中から鳶ヶ巣山砦《とびすやまとりで》を急襲した。武田方は浮き足だって混乱をきたし、長篠城の包囲網は呆《あっ》気《け》なくも崩れたのである。

武田方は正面突破をはかるしかなく、明け六つ、勝頼は総攻撃の下知《げじ》を下す。徳川勢の陣取る左翼に兵力を集中させ、山県昌景《やまがたまさかげ》、内藤昌秀《ないとうまさひで》、小山田《おやまだ》信茂《のぶしげ》などの猛将たちが率いる騎馬軍団を投入していった。

武田勢を野面へ誘いこめたところで、織田・徳川連合軍の勝利は決まったようなものだった。馬防柵は逆茂木《さかもぎ》を二重三重に並べて築きあげたもので、柵の内に配された鉄砲足軽《あしがる》は三千人を数えた。信長は三千挺《ちょう》の鉄砲を三千人の足軽に持たせ、一千人ずつ順に途切れなく撃たせる三段撃ちによって、武田の屈強な騎馬軍団を馬防柵にすら近づかせなかった。

茶臼山《ちゃうすやま》を背にした信長は、呵々《かか》大笑したことであろう。

長篠の戦いは、鉄砲が想像を絶するほどの威力を発揮した戦いとなった。洛中にあっても、勝者となった信長の力量に舌を巻く者は大勢いる。だが、むしろ、信玄亡きあとの武田家の凋落《ちょうらく》を決定づけた戦いとして、冷静に受けとめる者のほうが多かった。

戦いの余韻《よいん》も薄れかけた文月《ふづき》のはじめ、日海《にっかい》は吉田兼和《よしだかねかず》のもとへやってきた。月に一度の恒例となった対局のためだが、吉田山の御屋敷を訪ねてみると、兼和は何やら落ちつきのない様子でいる。御所のほうから身分の高い公家《くげ》がお忍びで訪ねてくるらしかった。

対局の用意もせずにいると、兼和をも緊張させる人物が供人も連れずにふらりとあらわれた。

「これはこれは、近衛《このえ》さま。ようこそ、お越しくだされました」

「ふむ、こなたの石風呂で積年の垢《あか》を落とそうとおもうてな」

「ありがたきことに存じまする。ささ、どうぞこちらへ」

日海は驚き、廊下の片隅で縮こまった。

品の良さそうな人物は、五摂《ごせっ》家《け》の筆頭である近衛家第十七代当主の近衛前久《さきひさ》にまちがいなかろう。

義昭《よしあき》と袂《たもと》を分かって朝廷を逐《お》われ、石山本願寺のことでは信長と仲違《なかたが》いしていたが、先月末、信長の奏上によって天皇の勅勘《ちょっかん》を解かれた。勅勘をこうむる以前は関白の地位にあったため、日海も名だけは知っている。いずれにしろ、一介の碁打ち坊主からみれば、雲上人にほかならない。

従《つ》いていくべきかどうか迷っていると、兼和に袖《そで》を引かれ、石風呂のある奥座敷へ導かれていった。

「その者は」

日海に目を留めた前久にむかって、兼和は微笑《ほほえ》みながら応じてみせる。

「洛中一の碁打ちにござります」

「洛中一」

「じつは、信貴山《しぎさん》城へも二度ほど碁を打ちに参りました」

「何やと」

今から十年前の永禄《えいろく》八年皐月、将軍の座にあった足利義輝《あしかがよしてる》は松永久秀《まつながひさひで》ならびに三好三人衆の謀反《むほん》によって落命した。前久と義輝は同い年の従兄弟《いとこ》同士、ともに切磋琢磨《せっさたくま》しながら育った親しい間柄でもあり、仇敵の久秀には深い怨みを抱いているはずだった。

「策士の禿《は》げ坊主め、まだ生きておったか」

前久が苦々しげに吐《は》きすてるや、兼和は慌ててはなしを逸《そ》らす。

「ささ、石風呂の仕度はととのってござります。どうぞ、こちらで帷子《かたびら》にお着替えを」

導かれた小部屋で前久は裸になった。

鍛えぬかれた鋼《はがね》のごとき裸体は、とても公家のものとはおもえない。

兼和はのっぺりした白い腹を擦《さす》りながら、感嘆の溜息《ためいき》を吐《つ》いた。

「肩のお傷は、もしや、矢傷にござりましょうか」

「十五年前の古傷や」

永禄三（一五六〇）年、前久は関白の職にありながら、盟友の契りを結んだ上杉謙《うえすぎけん》信《しん》の要請に応じて越後国《えちご》へ下向し、翌年の夏には関東平定を助けるべく上野国《こうずけ》や下総《しもうさ》国へも遠征した。おそらく、その際に負った矢傷であろう。

「兼和、いくつになった」

「四十一にござります」

「ひとつちがいやないか。いざというときのために、からだは鍛えておかなあかん」

「肝に銘じておきまする」

ふたりは蒸気に包まれた室《むろ》のなかへ消えていった。

日海も急いで着物を脱ぎ、帷子だけを着けてあとにつづく。

室は狭く、大きく刳《く》りぬかれた岩盤が目に飛びこんできた。

岩盤の内には炉が設けられ、大きな焼き石がごろごろ転がっている。

巫女装束《みこしょうぞく》の女が石に水を掛け、立ちのぼった蒸気でからだを温めるのだ。

前久と兼和は蒸気を掻《か》き分けて進み、檜板《ひのきいた》のうえに並んで胡座《あぐら》を掻いた。

日海が所在なく佇《たたず》んでいると、兼和に手招きで座るようにと命じられる。

「この者、齢《とし》は十八にござりますが、明智《あけち》さまや細川《ほそかわ》さまからも気に入られておりましてな」

ぱしっと、前久は膝《ひざ》を叩《たた》いた。

「明智と申せば、天子さまより惟任《これとう》の名字と日向守《ひゅうがのかみ》の官途名乗りを許されたらしい」

「何でも、丹波《たんば》の攻略に向かわれるとか」

「内々のはなしや。そやから危ういとおもうて、赤井直正《あかいなおまさ》のもとを離れたのよ」

「なるほど、赤井さまは丹波の赤鬼と恐れられる猛将、黒井《くろい》城が丹波攻略の鬼門になるやもしれませぬゆえな」

前久は首をこきっと鳴らす。

「明智か。ふむ、あの男は使える。長篠の戦いにおける一番手柄も、あの者にまちがいあるまい」

「おや、明智さまは本願寺に備えるべく、長篠には参陣なされなんだと聞いておりましたが」

「参陣はしておらぬ。なれど、信長はんに秘策を授けたんは明智や。堺《さかい》から鉄砲と火薬をぎょうさん調達したんもな」

「ほう、堺から」

信長は楽市楽座を施行し、岐阜城下にかつてないほどの賑《にぎ》わいをもたらした。さらには、国境《くにざかい》の関所を無くして関銭《せきせん》を廃することで人や物の流れを自在にし、ひとつところに富が集まりやすい仕組みをつくった。そして、商人たちが南蛮《なんばん》船との取引で潤う堺に目をつけた。

「信長はんの狙《ねら》いは矢銭でもなければ、茶器などの名物でもない。南蛮渡来の鉄砲と硝石《しょうせき》が欲しかったのや」

「硝石にござりますか」

「そうや。火薬をつくるには、硫黄《いおう》と木炭と硝石が要《い》る。硝石だけはこの国にない。堺湊《みなと》でしか手に入れられぬ」

日海は堺の浜辺に轟《とどろ》いた筒音をおもいだしていた。

筒音だけを聞いて鉄砲の性能を語ることができるのは、日の本の数ある武将のなかでも明智光秀《みつひで》くらいしかおらず、光秀は砲術の才をもって信長から重用されている。

そう教えてくれたのは、商人の小西隆佐《こにしりゅうさ》であった。

「近衛さまは、何でもご存じであらしゃりますなあ」

「信長はんとは、遠乗りをする仲や。暴れ馬の御し方もわかっておるつもりやったが、ちと甘かったかもしれぬ」

前久は信長の推挙で将軍に就いた義昭と不和になり、それが原因で朝廷から追放された。丹波国の赤井直正を頼って黒井城の下館《しもやかた》へ身を寄せ、そののちは顕如《けんにょ》を頼って摂津国の石山本願寺に移り、流転の身に追い討ちを掛けられるがごとく関白を解任されたのである。

石山本願寺にあれば、信長から敵とみなされても仕方ない。しかも、前久はあろうことか、顕如の長男である教如《きょうにょ》を猶子《ゆうし》とし、朝倉義景《あさくらよしかげ》の娘と結婚させた。比叡山《ひえいざん》の焼き討ちがあった翌年弥生《やよい》のことである。同じ年に武田信玄は上洛を開始し、翌年如月《きさらぎ》には義昭の呼びかけに呼応するかたちで、三好義継《よしつぐ》や松永久秀などの有力武将は信長包囲網なるものを築いた。そのとき、顕如にも参じよと蹶起《けっき》を促したのが前久だったとの噂《うわさ》もある。

「噂は噂、要は信長はんがどうおもわはるかや」

信長は翌月には上洛して京を火の海にし、朝廷に和議の勅命を発令させた。これによって包囲網は瓦解《がかい》し、都近在の細川藤孝《ふじたか》や荒木村重《あらきむらしげ》などは義昭をみかぎって信長の軍門に降った。文月、義昭が槇島《まきしま》城の戦いに負けて洛外へ追放されると、前久はいち早く本願寺から去り、ふたたび「丹波の赤鬼」こと赤井直正を頼って黒井城へ逃れたのである。

「葉月《はづき》には一乗谷で朝倉義景が敗れ、翌月には小谷城《おだに》で浅井長政《あざいながまさ》が自刃し、霜月《しもつき》には河内《かわち》の三好義継がこの世を去った。越前《えちぜん》、近江《おうみ》、山城《やましろ》、大和《やまと》、河内、摂津、この身が都を離れているあいだに、信長はんは領地をどんどん拡げていきよった。もはや、その勢いを止められる者などあろうはずもない」

前久はほっと溜息を吐き、薄ら笑いを浮かべる。

「信長はんに頼まれてな、遠出をせなあかんのや」

「何処《どこ》へ下向なされます」

「西国九州や。島津《しまづ》に会うてくる」

九州の有力な守護大名である島津氏の先祖は、そもそも、近衛家の荘園管理を任されていた。主人格の近衛家当主が下向すれば、疎遠にはできない。

「九州一国が欲しいのやったら、信長はんの下につくことやと説いてくる」

「信長さまの下に」

「そうや。盤上の端に碁石を打ち、毛利《もうり》を挟み撃ちにするのや」

「壮大な策にござりますな。されど、信長さまの下につけだなどと、それは近衛さまのご真意であられましょうか」

「ふふ、信じられぬか。さすが、兼好《けんこう》法師の末裔《まつえい》やな。何でも見抜いておるわ」

日海は胸騒ぎを禁じ得ない。

聞いてはいけないはなしを聞いているのではあるまいか。

信貴山城で久秀と対局したときに味わったのと同じ気持ちだった。

焼け石に水が掛けられ、じゅっと音を起《た》てる。

前久のすがたは白く霞《かす》み、声だけが聞こえてきた。

「信長はんとは馬が合う。遠乗りも鷹《たか》狩りも楽しゅうてならぬ。されど、あの御仁《ごじん》を信用してはおらぬ。信用できるんは、謙信はんや。謙信はんは、わかりやすい。毘沙《びしゃ》門天《もんてん》を信仰してはるからな。信長はんは、神も仏も信じておられぬ。そやから、わからん。心の読めぬ相手は、信用できへんやろう」

つうっと頬《ほお》に汗が流れ、ふいに、何も聞こえなくなった。

意識が遠退《とおの》き、床に蹲《うずくま》ってしまう。

「ふふ、のぼせてしまいよったな」

盤上の碁石が跳ね、黒と白が入り乱れて雨霰《あめあられ》と降りそそいでくる。

鉛弾《なまりだま》であろうか。

日海は馬防柵のまえに立ち、奥歯を食いしばった。

暗闇《くらやみ》に浮かびあがったのは、無数の鉛弾に撃たれて襤褸《ぼろ》雑巾《ぞうきん》と化す自分のすがただ。紛《まぎ》れもなく、悪夢にほかならない。

「おい、起きよ」

前久の力強い手で肩を揺すられても、日海は目を開けることができなかった。

五

信長は尾張の足許《あしもと》で発火した伊勢《いせ》長島《ながしま》の一向一揆《いっき》を平定し、東方から迫る武田家の脅威を除くことにも成功した。喫緊《きっきん》の敵は越前にある。朝倉家が滅びたのち、府中《ふちゅう》を中心とする越前国十二郡は、武装した一向宗門徒の支配下に置かれていた。

土地にしがみつく門徒たちの執念たるや凄《すさ》まじい。「進むは極楽、退けば地獄」と白地に墨書きされた幟《のぼり》を掲げ、死をも恐れずに「南無阿弥陀仏《なむあみだぶつ》」と唱えながら刃向かってくる。

「餓鬼地獄の亡者どもをみているようじゃ」

と、吐きすてたのは、織田軍きっての猛将として知られる柴田《しばた》勝家《かついえ》にほかならなかった。

信長から「越前からさきは切取り次第」との御墨付きを与えられた勝家にとっても、一向宗門徒ほど厄介《やっかい》な相手はいなかろう。それは伊勢長島城の攻防戦において骨の髄まで思い知らされたことだ。

「女であろうと容赦《ようしゃ》するな。一粒でも種を残せば、門徒どもは地中に根を張り巡らせ、そこいらじゅうから芽を伸ばす。根切じゃ、根切にいたせ」

勝家の咆哮《ほうこう》が諸将を奮いたたせたかどうかは判然としない。

織田軍四万は葉月十二日に岐阜城から出陣し、十五日には二手に分かれて進撃を開始した。明智光秀と羽柴秀吉《ひでよし》の率いる先鋒《せんぽう》は若狭《わかさ》湾をのぞむ海岸沿いを進み、柴田勝家や佐久間信盛《さくまのぶもり》の率いる主力は北陸道から木ノ芽《きのめ》峠をめざしたのだ。

明智、羽柴の両軍は立石浦まで張りだした軍船の援護も受けつつ、十五日夜までには杉津《すいづ》城と河野新城をたてつづけに落とし、勢いを駆って府中龍門寺《りゅうもんじ》城をも陥落させ、府中に雪崩《なだれ》こんだ。一方、柴田らも木ノ芽峠周辺の城砦群を蹴散《けち》らし、燧《ひうち》城などを陥落させていった。「根切」にされた門徒衆は三万人を超え、府中の町は折りかさなる屍骸《しがい》で足の踏み場に困るほどであったという。

洛中にあっても「根切」の惨状は伝わってきたし、織田軍の苛烈《かれつ》さを口にせぬ者はいなかった。

だが、日淵《にちえん》は本行院《ほんぎょういん》の僧侶たちに噂話を戒めた。

もちろん、日海にはその理由がわかっている。

真葛《まくず》がいるからだ。

鴨川《かもがわ》の河原から連れ帰って十月《とつき》が経《た》っても、名以外の記憶を取りもどしておらず、そのことを哀れんだ日淵によって僧坊での寝起きを許されていた。

日海のほかに短冊のことを知る者はおらず、門徒かもしれぬという疑いを持つ僧侶もいない。塔頭《たっちゅう》を訪れる客たちも、百姓の娘が手伝っているのだろうという程度にしかおもっていなかった。

本人も「功徳《くどく》じゃ」と語る日淵のことばに甘え、いつまでも出ていく気配はない。

日海は親しげにはなしかけることができず、いつもぎこちない態度で接していた。

真葛は感情をあまり顔に出さない。嬉しいのか、悲しいのか、これからどうしていきたいのか、尋ねたところで返事に窮するにきまっている。それでも、僧坊から仲秋の名月をのぞみ、重陽《ちょうよう》の節句には何処からか菊《きく》の鉢植えなども求めてきた。来し方の記憶を失っている以外は、市中で見掛ける年頃の娘と何ら変わらなかった。

そうしたおり、廊下《ろうか》で擦れちがいざまにはなしかけられたことがあった。

「日海さま」

名を呼ばれた途端、呼吸が止まりそうになった。

何食わぬ顔を装って「何か」と問えば、深々と頭《こうべ》を垂れる。

「助けていただいた御礼を、きちんとしておりませんでした」

黒目がちの潤んだ瞳《ひとみ》でみつめられ、我を忘れかけた。

さらに、真葛は身を寄せ、恥じらいながらも囁《ささや》いたのだ。

「石の置き方を、教えていただけませぬか」

数日後の夕刻、誰もいない僧坊の奥座敷に真葛を導き、碁盤の向こうに座らせ、碁石の打ち方を一から教えてやった。

そのときのことは、あまりおぼえていない。

真葛の顔をまともにみることもできなかった。

今にしておもえば、正月二日にみた夢のつづきだったのかもしれない。

このところは僧坊で見掛けぬと落ちつかぬ気持ちになり、どうせなら何も思い出さずにいてほしいなどと、日海は望むようになっていた。

越前においては、信長の裁量で大きな国割りがおこなわれた。

十二郡のうちの八郡は柴田勝家に与えられ、府中近辺と残りの郡は佐々成政《さっさなりまさ》や前田《まえだ》利家《としいえ》や不破《ふわ》光治《みつはる》などといった歴戦の強者《つわもの》たちに振りわけられた。さらにまた、一向宗門徒が八十年余りも治めていた加賀《かが》の南二郡についても平定され、新たに大聖《だいしょうじ》寺城が築かれたという。

神無月《かんなづき》になると、秋口に信長の軍門に降った三好康長《やすなが》と堺代官の松井友閑《まついゆうかん》を介して、石山本願寺の顕如から信長に和睦《わぼく》を求めたい旨の意向が伝わってきた。

吉田兼和によれば、朝廷では天下静謐《せいひつ》の兆《きざ》しを寿《ことほ》ぎ、信長に従三位《じゅさんみ》権大納言の官位を授ける見込みだという。時を置かずに右大将にも就くであろうから、実質、朝廷は信長を武家の棟梁《とうりょう》とみなすことになるらしい。

御命講も無事に済ませた小春日和《びより》の一日、日海は日淵に誘われて塔頭を離れた。

行く先も告げられずに向かったのは四条坊門姥柳町《うばやなぎちょう》、目と鼻のさきと言ってもよいほどのところだ。法華宗大本山の本能寺《ほんのうじ》も近いので、そちらへ向かうのかとおもえばそうではなく、大路沿いに建つ古びた教会堂のなかへ、日淵は何食わぬ顔ではいっていく。

「お上人《しょうにん》さま、ここは切支丹《キリシタン》の御堂ですよ」

「だから何じゃ。邪教と毛嫌いする御仁も大勢おるが、信長さまも伴天連《バテレン》の布教は認めておられよう」

「されど、何故《なにゆえ》、お上人さまが足を運ばねばならぬのですか」

「頼まれたのじゃ。あちらのオルガンティーノどのにな」

「えっ」

十字架の掛けられた祭壇の向こうから、中高《なかだか》でぎょろ目の宣教師が近づいてくる。

「ようこそ、日淵さま。あいにく、フロイスは留守にしておりましてな。本日はそれがしめに、ご宗祖のお教えをお授けいただきたく存じまする」

異国の者が日本のことばを流暢《りゅうちょう》に喋《しゃべ》ると、妙な気持ちにさせられる。

どうやら、オルガンティーノという宣教師は日蓮聖人《にちれんしょうにん》の教義を学びたいらしい。

「殊勝な心懸けではないか」

と、日淵が囁きかけてくる。

他宗派の教えを学べば、おのれの信じる宗派とのちがいが浮き彫りになり、新たな信者を得やすくもなろう。宗派に垣根を設けず、同じ信仰を司る者同士、たがいに敬いながら助けあう。いかにも鷹揚《おうよう》な日淵らしい心遣いであった。

のちに聞いたはなしによれば、洛中におけるキリスト教布教の責を負っているのは葡萄牙《ポルトガル》人のルイス・フロイスで、伊太利亜《イタリア》人のニェッキ・ソルド・オルガンティーノはフロイスの後継者として、五年ほど前に日本へ派遣されてきたらしかった。フロイスは渡来して十年ほどになり、信長へは六年前に拝謁《はいえつ》しているという。義昭を住まわせる二条城が築かれていたときだ。おそらく、槌音《つちおと》の響くなかで、布教の許しを得たのであろう。

信長が義昭の反攻を阻《はば》むべく入洛《じゅらく》した際、フロイスは小西隆佐ともども陣中見舞いに訪れたはずだった。その際、碁笥《ごけ》に金平糖《こんぺいとう》を入れて献上したかどうかはわからぬが、吉田兼和から右の逸話を聞いたことはよくおぼえている。

オルガンティーノは陽気な口調で言った。

「この地に新たな聖母教会を建てるつもりでおります。織田さまの許しも得ておりましてね、来年の夏には落成のはこびとなるでしょう」

「ほう、それはおめでとう存じます。この地に南蛮寺《なんばんじ》ができれば、都の名所となるやもしれませぬな、かはは」

日淵につられて、オルガンティーノも豪快に笑う。

そばにいるだけで楽しい人物だなと、日海はおもった。

「ささ、そちらへお座りください。お弟子さまもそちらへ。できますれば、イエス・キリストに祈りを捧げてくださりませ」

「ならば、不作法を承知のうえで」

日淵はそう前置きし、腹の底から「南無《なむ》妙法蓮華《みょうほうれんげ》経《きょう》」と唸《うな》りあげた。

その不敵とも言うべき大胆さに、日海はことばを失ってしまう。

オルガンティーノは目を丸くして驚き、我に返って何度も頷《うなず》いた。

「二年ほど、妙法蓮華経を学びました。経典には御仏《みほとけ》の使わしめが数々の受難をこうむるであろうと書かれている。法華経を弘通《ぐずう》しようとすれば、受難に巻きこまれるのはあたりまえだと。『勧持品《かんじほん》第十三』には三類の強敵《ごうてき》が出てまいりますな」

「無知の大衆をしめす俗衆増上慢、悟ってもいないのに悟ったふりをする僧侶の道門僧上慢、世間から生き仏のごとく崇《あが》められながらも裏では世俗の名利に執着する僧侶をしめす僭聖《せんしょう》増上慢、それらの強敵じゃな」

「さようにござります。日蓮聖人は三類の強敵から迫害を受け、厳しい弾圧にさらされた。されど、いかなる受難をも喜んで身に受けられた。何となれば、それは法華経の教えを正しく実践したにすぎぬゆえと解釈いたしました。まさしく、受難をお受けになる日蓮聖人のおすがたは、十字架に掛けられたわが主のすがたと重なりまする」

「なるほど」

「為政者の庇護《ひご》がなければ、異国での布教はままなりませぬ。されど、屍《しかばね》を累々《るいるい》とさらす一向宗門徒の受難から目を逸らすわけにはまいりませぬ。あれだけの受難にさらされても捨てられぬものこそ、まことの信仰なのではなかろうかと」

日海はどきりとして、空唾《からつば》を吞《の》みこんだ。

はたして、日淵はどうこたえるのだろうか。

「オルガンティーノどの、明日は我が身ということばもある。うっかり口に出したことばが受難を呼ぶやもしれぬゆえ、まことのお気持ちは秘しておくのが得策であろう」

「されば、日淵さまにお聞きしたい。妙法蓮華経の妙とは、何のことでしょうか」

「妙とは仏そのもの。ありがたく、寄る辺《べ》となるもの。祈念する者に忍耐と受難を甘受させるもの。嚙《か》み砕いて言えば、そうしたものであろうかな」

オルガンティーノは興奮から醒《さ》めやらぬ様子で、なおも問いかけてくる。

「ありがたく、頼り甲斐のある寄る辺となり、したがう者に忍耐と受難を甘受させる。まさに、それは織田信長さまではございませぬか。されど、信長さまは仏ではなく、むしろ、仏敵と呼ばれております。織田信長さまとは、いったい、どういうお方なのでございましょう。残虐であるにもかかわらず、何故に多くの人を魅了してやまぬのか。信長さまは悪人なのでしょうか。日蓮聖人は仰《おっしゃ》いましたな。『もし人悪なくとも悪人に親近すれば、のちかならず悪人となる』と。そして、悪とは厳しく向きあい、きっと避けるべきだと諭されました。悪人との対峙は、釈迦《しゃか》本来の考えでもございります。もし、信長さまが悪人ならば、日蓮聖人は毅然《きぜん》と対峙せよと説かれたはず。日淵さま、いかがにござりましょう」

日淵は口を噤《つぐ》んだ。

教会堂の薄い壁の向こうで聞き耳を立てている者はおるまいか、黒目をわずかに揺らしながら探るような仕種《しぐさ》をしてみせる。

オルガンティーノは、こほっと空咳《からせき》を放った。

「フロイスから、おもしろいはなしを聞きました。比叡山延暦寺《えんりゃくじ》が灰燼《かいじん》に帰したあと、武田信玄公より信長さま宛てに焼き討ちを糾弾《きゅうだん》する書状が送られてきたそうです。信長さまは御右筆《ごゆうひつ》の武井夕庵《たけいせきあん》さまをお呼びつけになり、返書の文末に『第六天魔王信長』と記すよう、ご指図なされたのだとか」

「御自らを、第六天魔王とお呼びになったと」

第六天とは欲界に属する六つの天のうち、他の欲望を自在に受けて楽しむことができる他化自在天《たけじざいてん》をさす。第六天を司る魔王は紛《まご》うかたなき仏敵にほかならず、懲罰《ちょうばつ》で延暦寺を焼いてやったのだという信長の傲慢《ごうまん》さと気概の凝縮された呼称のような気がしてならない。

我知らず、日海も「第六天魔王」とつぶやいていた。

オルガンティーノはつづける。

「日淵さま、明日は我が身と仰いましたな。まさしく、そのとおりにござりましょう。信仰は人一向宗門徒と切支丹は表裏一体、古来為政者は信仰を両刃《もろは》の剣《つるぎ》と考えます。信仰は人を乱気にも走らせるが、上手に使えば人を支配することもできる。支配できるうちは甘やかし、できぬようになったら根絶やしにする。それが為政者のやり方なのです……も、申し訳ござりませぬ。ちと、喋りが過ぎましたな。ご寛容な日淵さまゆえ、つい気を許してしまい、長々と愚痴《ぐち》を聞いていただきました」

オルガンティーノは済まなそうに頭を垂れ、十字架に向きなおって祈りを捧げはじめる。

「……アーメン」

日淵は眉間《みけん》に皺《しわ》を寄せ、身じろぎもせずに壁を睨《にら》んでいる。

おそらくは二度と日淵が気軽に教会堂を訪れることはあるまいと、日海はおもった。

梟雄《きょうゆう》散りて痕跡《こんせき》も遺《のこ》さず

一

——安土《あづち》か。

良い名だと、日海はおもった。

近いうちに、この目でみてみたい。

信長の選んだ新しい「都」は、琵琶《びわ》湖の夕景が堪能できる東岸の小高い山とその裾《すそ》野《の》に築かれつつあった。

南には中山道から分かれた下街道が走り、船を使えば近江のいたるところへ即座に参じられるし、北東の佐和山《さわやま》からは北国街道経由で越前国へ向かうこともできる。京まではわずか一日、長らく拠点にしていた岐阜城にも近い。

信長は嫡男《ちゃくなん》の信忠《のぶただ》に家督を譲り、尾張と美濃《みの》の二国と壮麗な岐阜城を与えた。信忠の幼名は奇妙丸《きみょうまる》という。変わった顔つきに由来する名らしいが、刀を取らせれば新陰流の遣い手であり、槍《やり》、弓、馬術にも長《た》け、合戦場での勇猛果敢な奮戦ぶりは信長も目を細めるほどのものだった。

齢は十九とまだ若い。大軍の統率や策略の立案など学ぶべきことは多く、能狂言にうつつを抜かす欠点もあるようだが、養母の濃《のう》姫を目付役としてそばに置けば、まずは抜かりなく織田家の地盤を守りぬいてくれるであろうと、信長としては期待を込めての決断だったにちがいない。

ただし、天下布武という旗印のもとでは、嫡男とて駒のひとつにすぎぬのだろう。年が明けて天正四（一五七六）年正月、信長は丹羽長秀《にわながひで》を普請奉行《ふしんぶぎょう》に指名して安土城の築城を開始し、今月如月の終わり頃までには城下の仮御殿へ移る手筈《てはず》をととのえているという。

「西に平安京をのぞむ平安楽土の地じゃ」

それゆえに「安土」と名付けたのだと、日淵は説く。

「信長さまは洛中をも睥睨《へいげい》する地に居場所を定められ、万全の態勢で天下統一へと突きすすむおつもりなのじゃ」

一方、京を逐われて紀伊《きい》国の興国寺《こうこくじ》や泊城《とまり》などを転々としていた足利義昭は、奇《く》しくも信長が安土に移った同じ月、毛利輝元《てるもと》を頼って備後《びんご》国の鞆《とも》へ向かった。都落ちの印象は拭《ぬぐ》えぬものの、義昭を庇護する毛利の力を侮ることはできず、いずれ織田との激突は避けられぬだろうと、市井《しせい》の連中は口々に噂し合っている。

洛中の朝晩は、いまだ、底冷えがするほど寒い。

十五日の涅槃会《ねはんえ》には、牡丹雪《ぼたんゆき》でも降りそうだ。

真葛は風邪《かぜ》などひいておらぬだろうか。

鉛色の天を仰ぎ、日海は顔をしかめた。

このところ、七日に一度ほどはかならず向かうところがある。

御所の北に位置する相国寺《しょうこくじ》のそばに、曲直瀬道三《まなせどうさん》という偉い薬師《くすし》の営む「啓廸院《けいてき》」なる医学舎があった。

おそらく、医術を志す者たちが学ぶことのできる日の本で唯一の学舎であろう。

道三の手に掛かれば、どのような悪病も退散するとの評判が立ち、名のある公卿《くぎょう》や武将たちが先を争うように診療をのぞんだ。しかも、道三は内外の古い医書を集めては丹念に調べ、日々の診療に役立てている。一昨年には八巻に及ぶ『啓廸集』を著し、正親町《おおぎまち》天皇への献納を許されていた。

それだけ立派な薬師ならば、一介の法華僧がおいそれと会えるものではない。日海が会ってもらえるのは、もちろん、洛中一の碁打ちだからである。道三も嗜《たしな》みで碁を打つ。なかなかの打ち手だった。

ただし、日海が医学舎へ通うきっかけは、真葛にほかならない。道三のところへは、女人の患者も多く通ってくる。以前から親交のある日淵が道三から女手が足りないと相談され、真葛を推挙したのだ。本人も誰かの役に立ちたいと強く願っていたらしく、渡りに船とばかりに申し出を受けた。暮れの忙《せわ》しなさに紛れての引越となったが、塔頭を去ることに未練もない様子だったので、日海はがっかりしたのをおぼえている。

医学舎へ通うのは碁盤を囲むだけでなく、真葛の様子《ようす》を窺《うかが》うためでもあった。

道三もそのくらいのことは見通している。

「邪淫《じゃいん》を戒める坊主とて、遠慮はいらぬ。年頃の娘に懸想《けそう》するのは、あたりまえのことじゃ」

などと言っては、柘植《つげ》の入れ歯をかたかた鳴らして笑う。

日海は恥ずかしくて、酒でも呑んだように頬を赤らめた。

「ふふ、戯《ざ》れ言《ごと》じゃ。茶でも点《た》てて進ぜよう」

道三は慣れた仕種で、鶴首の釜が置かれた炉に向かった。

古稀《こき》を祝ったばかりの名医は、何をやらせても一流で、ことに茶の湯の嗜みは深い。

少し我慢すれば美味《うま》い茶にありつけるのがわかっているので、日海はいつもどおり、居ずまいを正して待つことになる。

「わしは十で相国寺の喝食《かつじき》となり、僧たちの世話をしながら詩文を学んだ。そして、二十歳《はたち》を過ぎてから下野《しもつけ》国の足利学校へおもむき、恩師のもとで医術を修めた。四十の手前で京へ戻り、この医学舎を築いたのじゃ。わしのもとから巣立った薬師は、優に五百を超えておろう」

お得意の自慢話がはじまった。

道三は湯呑みに抹茶と湯を注ぎ、茶筅《ちゃせん》でさくさくやりながら、泥鰌《どじょう》髭《ひげ》をそびやかす。

「志半ばで斃死《へいし》なされた足利義輝公も、三本の矢の教訓を遺《のこ》した毛利元就《もとなり》さまも、この指で脈診させてもろうた。義輝さまを裏切った松永久秀さまに所望され、性技指南書の『黄素妙論』を伝授申しあげたこともある。忘れてはならぬのが、織田信長さまじゃ。脈診の御礼として、ありがたいものを頂戴《ちょうだい》した。あれよ」

道三は書院に飾られた香炉に顎《あご》をしゃくった。

「香炉の中味を聞いて驚くなよ。正倉院の蘭奢待《らんじゃたい》じゃ。もったいのうて焚《た》けぬゆえ、葬式のときにでも焚いてもらおうかのう、ひゃはは」

差しだされた茶を口にふくむと、爽《さわ》やかな苦味がひろがった。

「日海よ、茶と囲碁に共通するものは何じゃ」

「はて、しかとはわかりませぬが」

「ふむ。それはな、内省の場ということじゃ」

「内省の場」

「いずれも、みずからをみつめなおすのに適しておる」

「はあ」

「ならば、ちがいは何じゃとおもう」

「はて」

「わからぬか。それはな、ひとりかふたりかのちがいじゃ」

「ひとりかふたり」

「囲碁はひとりでもできる。茶はふたりおらねば成りたたぬ。茶室は密会の場とも交渉の場ともなり得るが、囲碁はちがう。ひとりで策を練るのに適しておる。向かうべき道が定まらぬとき、あるいは、行きづまっているときなど、碁盤に向かって沈思黙考いたせば、活路らしきものがみえてくる。禅寺で座禅を組むがごとく、ときには独り静かに石を置きつつ、瞑想《めいそう》に耽《ふけ》ることも肝要とな、とあるお方が仰った」

「どなたですか」

「明智日向守さまじゃ」

「明智さまが」

そう言えば、年明けの丹波攻めに頓挫《とんざ》したのち、坂本城《さかもと》で病床に臥《ふ》せっていると聞いた。

「京からもっとも離れた西寄りの黒井城を落とせば、途中の国人どもは雪崩を打ったように靡《なび》くと目論んでおられたのじゃ。まさに、定石どおりに兵を進めたものの、黒井城の赤井直正はさすが音に聞こえた丹波の赤鬼、容易に突き崩すことのできる相手ではなかった」

攻めあぐねているあいだに、背後の八上《やかみ》城を守る波多野秀治《はたのひではる》が敵方に寝返り、挟撃に転じる姿勢をみせた。黒井城を囲んでいた光秀の軍は潰滅《かいめつ》の危機に瀕し、光秀自身は這々《ほうほう》の体《てい》で坂本城まで逃げ帰るしかなかったという。

「赤鬼も波多野も調略に乗ったとみせかけ、裏では毛利と通じておったのじゃろう。織田家の版図は格段に拡がったとは申せ、毛利も上杉もまだちゃんとおる。石山本願寺は無傷のままじゃし、武田とて命脈を保っておろう。丹波や丹後、播磨《はりま》や摂津に散らばる城主どもは、どちらに味方すればよいか決めかねておる。離合集散は世のことわり、わずかなきっかけで黒は白に変わり、白は黒に変わる。相手の心を読むのが得手なはずの明智さまも、こたびばかりはこたえたらしゅうてな」

なかなか、床上げができずにいるという。

「気鬱《きうつ》の病じゃ」

と、道三は言いきった。

「明智さまにかぎったことではない」

領地は切取り次第と鼻先に餌《えさ》をぶらさげられ、織田家の諸将は東奔西走、勝利の美酒に酔う暇もないまま、苛烈に尻を叩かれて合戦場へ駆りだされる。

「正直、疲弊しきっておるのじゃ。されど、進撃を止められぬ。止まった途端に死んでしまう魚のごとくじゃ。誰ひとり、信長さまには逆らえぬ」

気づいてみれば、道三は般若湯《はんにゃとう》を嘗《な》めていた。

呂律《ろれつ》が怪しくなってきたのは、そのせいだろう。

「真葛はよう気のつく娘じゃ。誰よりもはたらくし、患者の受けもよい。ただな、ひとつ気になることがある」

「えっ」

日海が膝《ひざ》を乗りだすと、道三はもったいぶるように黙った。

そして、杯《さかずき》をゆっくり嘗めながら、掠《かす》れた声を搾《しぼ》りだす。

「数日前、善住坊《ぜんじゅぼう》と名乗る紀州の毛坊主が担がれてきた。御所の朔平《さくへい》御門に近いあたりを托鉢《たくはつ》しながら歩いておったら、辻強盗《つじごうとう》らしき者に斬られたと申してな。なるほど、肩口に刀傷を負っていた。親身になって看病したのが真葛じゃ。わしの考えすぎかもしれぬが、接し方がほかの患者とちがうような気がしてな」

聞き捨てならぬはなしだ。胸が苦しくなってきた。

されど、日海にはどうすることもできない。

日淵にはなして日海には指示を仰ぐのも情けないし、ともあれ、善住坊なる者の顔を拝んでおくしかあるまい。

「もう、おらぬわ」

道三は投げすてるように言った。

傷が癒《い》えぬうちに去ったのだという。

善住坊が担がれてきたのは、ただの偶然であろうか。

まんがいち、ふたりが知りあいだったならば、真葛は記憶の一部を取りもどしているかもしれない。

本人に糺《ただ》してみるか。

日海はできもせぬことを考えていた。

二

真葛に糺すこともできずに涅槃会が過ぎ、真紅の寒椿《かんつばき》に綿帽子《わたぼうし》をかぶせた降り仕舞いの雪はすぐに溶け、水嵩《みずかさ》の増した鴨川の汀《みぎわ》に芹《せり》が萌《も》えはじめたとおもいきや、北野《きたの》天満宮の梅が咲き、いつのまにか春の彼岸《ひがん》は過ぎて雛市《ひないち》が立ち、桃につづいて山桜が咲き、しばらくすると山吹の枝陰で蛙《かえる》が一斉に鳴きはじめた。さらに、初夏を告げる不如帰《ほととぎす》の声を聞くころには御堂を花々で飾って灌仏会《かんぶつえ》を祝い、葵《あおい》祭ともなれば糺《ただす》の森まで出向いて下鴨神社から繰りだす牛車の煌《きら》びやかな行列を眺《なが》めた。

こうして、洛中の恒例行事は繰りかえされていったが、都の人々が平穏無事でいられるのは、二条城のそばに所司代屋敷を構える村井《むらい》貞勝《さだかつ》の裁量に拠《よ》るところが大きい。

貞勝は七年前に二条城が築かれたときの普請奉行で、翌年には荒れ放題のありさまだった御所の修復も差配した。爾来《じらい》、禁裏と親密な関わりを保ちつつ、義昭の居なくなったあとは所司代として都の政事《まつりごと》を司っている。兵を率いて合戦場で活躍する武将ではないものの、吏僚《りりょう》としての能力に長け、信長からの信頼も厚い。

そんな貞勝も碁を打った。

日海は折りに触れては所司代屋敷に招かれ、碁盤を囲みながらも、世の中の情勢らしきものを聞かされた。

それゆえ、今がつかのまの平穏であることもわかっている。

「本願寺の顕如は、きっと和議を破るぞ。信長さまとて、そのくらいのことはわかっておられる」

見極めねばならぬのはその時期だと、還暦に近い貞勝は沈着冷静に言った。

「夏なのか、秋なのか、あるいは、年越しまで待つのか。いずれにしろ、こたびは腰を据えて本願寺を叩かねばなるまい。顕如の首級《しるし》をあげるつもりでな」

卯月十四日、見込みよりもずいぶん早く、石山本願寺は挙兵した。

織田方の諸将はさっそく軍勢をととのえて大坂《おおさか》周辺へ集結をはかり、本願寺を三方から囲むように砦を築いた。すなわち、荒木村重は西方の野田《のだ》砦へ陣取り、塙直政《ばんなおまさ》は先鋒となって南の天王寺口《てんのうじ》へ進撃、さらに、明智光秀と佐久間信栄《のぶひで》は後詰めとして天王寺砦にはいり、細川藤孝は北東の守口《もりぐち》砦と東の森河内《もりがわち》砦を拠点となし、三方から力攻めに攻める策が執られたのである。

攻撃開始は皐月三日の早朝、塙直政と三好康長の軍勢が海に接する敵方の木津《きづ》砦を落とすべく進撃した。ところが、本願寺の盾となる楼岸《ろうのきし》砦からおもわぬ強敵が突出してきた。

紀州の雑賀《さいか》衆一万にほかならない。

筒撃ちを得手とする傭兵《ようへい》集団はすこぶる強く、塙、三好両軍をたちまちのうちに潰滅へと追いこんだ。将の塙直政は鉛弾の餌食《えじき》となり、三好康長は尻をみせて敗走したのである。

勢いを駆った雑賀衆は、光秀の守る天王寺砦を取り囲んだ。

五日、明智苦戦の急報に接した信長は、突如、陣を敷いていた洛中から飛びだした。

「すわ、かかれ」

鬼の形相《ぎょうそう》で叫びあげ、鎧《よろい》も着けずに湯帷子一枚で愛馬を駆ったとも伝えられている。

このとき、土煙をあげて随従できたのは馬廻《うままわ》り衆百騎のみ、信長は河内国の若江《わかえ》城に達して兵の集結を待ったが、翌日じゅうに集まることができた兵力は三千にすぎなかった。

それでも、信長は風前の灯火《ともしび》となった天王寺砦を救うべく、三千の兵に進撃突破を下知する。

七日の払暁《ふつぎょう》をもって、みずから愛馬に笞《むち》をくれたのだ。

「ぬわああ」

剽悍《ひょうかん》な織田軍の精鋭は、雄叫《おたけ》びとともに突進した。

――どど、どど、どどど。

馬群は地を揺らし、三千の人馬は一本の太い槍となるや、雑賀衆の頑強な壁に突っこんでいく。

鉛弾が真正面から雨霰《あめあられ》と飛んできた。

馬廻り衆はひとり、またひとりと弾《はじ》かれる。信長も足に傷を負った。だが、天王寺砦の勝敗は織田家の命運を左右するとばかりに、信長は槍の先端を疾駆し、兵らにおのが背中をみせつづけた。そして、雑賀衆の壁を見事に突破し、光秀以下の守兵らと合流をはかった。

兵らの士気が沸騰《ふっとう》するなか、信長は軍を二手に分けて反転攻勢を命じた。

雑賀衆は挟撃を受けて混乱をきたし、散り散りになって後方へ逃れていった。

こののち、しばらく戦闘は膠着《こうちゃく》する。当面の危機を脱した信長は、天王寺砦に常番として佐久間信盛父子と松永久秀父子を配し、本願寺周辺に十ヶ所もの付城《つけじろ》を築かせた。本来なら本願寺を兵糧攻めにしたいところであったが、海からの補給路だけは容易に遮断できず、のちにそれが致命傷となった。

毛利配下の水軍が、大挙して押しよせてきたのだ。

文月十三日、木津川口の海原は八百隻《せき》もの大船に埋めつくされた。忽然《こつぜん》とあらわれたのは、能島《のしま》や来島《くるしま》の海賊衆からなる村上《むらかみ》水軍である。対する織田方の水軍は、真鍋七五三兵衛貞友《まなべしめのひょうえさだとも》と沼野伝内《ぬまのでんない》の率いる三百隻、数のうえでは勝負にならない。戦術のうえでも対抗できず、織田方の船団は村上水軍の使う焙烙火矢《ほうろくびや》の餌食となり、つぎつぎに炎をあげていった。真鍋も沼野も戦死し、信長は本願寺攻略をあきらめねばならなくなった。住吉に守兵を残し、主力を撤退させたのである。

さすがに戦況が厳しくなってくると、所司代屋敷に呼ばれる機会も減っていった。それでも、織田軍と石山本願寺の攻防戦は人々の口の端にのぼったし、信長と馬廻り衆の突撃や村上水軍の火矢攻撃などは、戦闘をみてきたように語る琵琶法師たちなどによっても伝えられた。

本願寺のある大坂は遠い地ではないが、都の連中にとっては対岸の火事にすぎない。甲冑《かっちゅう》に身を固めた織田方の主力が都から去ると、市井にはいつもの暮らしが戻ってきた。

ちょうど盂蘭盆会《うらぼんえ》の最中なので、家々の軒には白張提灯《しらはりちょうちん》がぶらさがっている。鴨川には施餓鬼《せがき》の一団が見受けられ、大路には笛や太鼓に合わせて陽気に踊る連中などもあらわれた。

四条坊門姥柳町の辺りからは、槌音が高らかに響いてくる。

三層楼閣風の南蛮寺が、見事な外観をあらわにしつつあった。

すでに、日海は何度も足を運び、普請途上の様子を眺めていた。

日淵は「都の名所となるやもしれぬ」と言ったが、まさに、そうなるにちがいない。おもった以上に寄進も集まり、畳《たたみ》などを無償で提供してくれる商人もあるという。すべては、伴天連の布教を容認する信長の威光にまちがいなかった。

夕陽を背にした南蛮寺の外観は、いまだ完成にはいたらずとも、じつに美しい。

日海は懐中から紙と筆を取りだし、佇んだまま目に映る景観を描きはじめた。

一見すると、若い僧が念仏を唱えているようにもみえる。

それゆえか、立ち止まろうとする通行人もいない。

ふと、白壁を囲う塀の片隅に目が留まった。

女がいる。

「真葛か」

まちがいない。

網代笠《あじろがさ》をかぶった大きな袈裟《けさ》坊主のそばに近づき、差しだされた鉢に小銭をめぐみながら会話を交わす。そして、すぐさま身を離し、何事もなかったように塀の向こうへ歩きだした。

こちらに向かってきた袈裟坊主をやり過ごし、日海は足早に塀際へ近づいた。

塀の角を曲がると、真葛の背中は半町ばかりさきまで遠ざかっている。

空唾を呑みこみ、あとを尾《つ》けた。

心の臓は早鐘を打ち、呼吸は荒くなる。

途中で何度か転びかけたが、見逃すまいと歯を食いしばった。

西寄りの道から御所を越え、相国寺のほうへ向かう。

真葛のめざしているさきが医学舎だとわかった。

疾《と》うに夕陽は落ち、辺りは暮れなずんでいる。

歩みを止めずにいると、小路の辻で真葛がふいに消えた。

日海は着物の裾をたくしあげ、必死の形相で駆けだす。

辻から躍りだし、首を左右に振った。

「……お、おらぬ……ま、真葛」

かぼそい呼びかけに応じるかのように、辻陰から人影が抜き出てきた。

真葛だ。

「日海さま」

尾《つ》けてきた者の正体に気づき、真葛も口を噤んでしまう。

黙ってみつめあうときが、永遠にも感じられた。

日海は空咳を放ち、どうにか問いを絞りだす。

「さきほどの相手は、善住坊なる御仁か」

「みておられたのですね」

「もしや、来し方のことを」

問いつめると、真葛は目を伏せる。

目を瞬《しばたた》き、消え入りそうな声で言った。

「できれば、思い出さずにいたかった……お寺での暮らし、そして何よりも、日海さまに碁石の打ち方を教わったこと。この身にとっては、宝の思い出にござります」

「宝の思い出」

「……は、はい」

「おぬし、泣いておるのか」

「いいえ、泣いてなどおりませぬ」

真葛は袖で涙を拭き、あらぬ方角を仰ぎみた。

「日海さま、あれを」

「ん」

振りかえってみれば、小高い山の中腹に「大」という字が浮かびあがっている。

「もしや、盂蘭盆会の送り火にござりましょうか」

「ふむ。別の山には、妙と法の字も浮かぶ。おぬしといっしょに観たかった」

「まことに」

「ああ」

「日海さまの手に触れたい」

「えっ」

真葛の差しだした白い手を、日海は震える手で握りしめた。

「冷たいな」

「日海さまは温かい。心のありようが伝わってくるかのようでござります」

手を繋《つな》いだまま、夢見心地で歩きだす。

医学舎の門はすぐそこだ。

真葛は立ち止まり、名残惜《なごり》しそうに手を離す。

「それでは、こちらで」

真葛は頭をさげ、後ろもみずに去ろうとする。

これが今生《こんじょう》の別れになるのやもしれない。

――待て。

待ってくれと、日海は胸の裡《うち》に叫んだ。

もしや、これで仕舞いなのか。

おぬしはいったい、何をする気なのだ。

呼びとめて抱きしめ、事情を糺《ただ》したい。

だが、日海にはできなかった。

事情を知ったところで、どうすることもできまい。

いや、まんがいち、ともに洛外へ逃げてほしいと懇願されたら、迷わず受けていたであろう。法華僧の身分も、好きな囲碁も捨て、別の道を歩んでも悔いはなかったにちがいない。

詮《せん》無いことを考えながら、日海は帰路をたどりはじめた。

真葛は医学舎から去った。

挨拶《あいさつ》もなく、気づいてみれば居なくなっていたという。

止める唯一の機会を逸したようにおもい、日海は胃が捻《ねじ》れそうなほど悔やんだ。

もう会えぬとおもえば、愛《いと》おしさは募るばかりで、稲穂を吹きとばす野分《のわけ》が去っても鬱勃《うっぼっ》とした気持ちからは逃れられない。

三

そうしたおり、南蛮寺が落成を迎えた。

落成直前の仲秋には大勢の切支丹たちを集めて、フロイスとオルガンティーノによる献堂ミサも催された。祈りを捧げる人々のすがたは神々しく、満月のもとで賛美歌が厳《おごそ》かに歌われる光景は、仏門の徒である日海の心をも揺りうごかし、静寂《しじま》のなかに染みわたる調べは、涙をともなわずに聞くことなどできなかった。

それゆえ、落成した南蛮寺を観にいくのは、日海にしてみれば至極当然のことであった。けっして、物見遊山《ゆさん》ではない。心の底から祝福したい気持ちが、足を向けさせたのだ。

建物は木造瓦葺《かわらぶき》の三層楼閣風で、一層と二層の屋根は寄棟造《よせむね》、最上層の大屋根は入母屋造《いりもや》となっている。二層目には見晴らし用の廊下《ろうか》が巡らされ、大屋根の頂部には十字架が燦然《さんぜん》と輝いていた。

「立派なものよ」

ともに訪れた日淵が感嘆するとおり、番匠でもあるオルガンティーノの指図した伊太利亜様式の堂々とした外観と、宮大工たちの手になる繊細な仕事の数々が絶妙な塩梅《あんばい》で融和している。

往来は朝から、祭りのような騒ぎとなった。

切支丹とおぼしき信者たちの出入りは引きもきらず、野次馬は建物を取り囲むように十重二十重《とえはたえ》の人垣を築いている。

日淵と日海は表口にすら近づけず、辻の近くで立ち往生していた。

そこへ、背後から、馬の嘶《いなな》きが聞こえてくる。

蹄《ひづめ》の音も高らかに、数頭の騎馬が躍りこんできた。

鞍《くら》にまたがっているのは、華美な衣装を身に纏《まと》った小姓《こしょう》たちだ。

「万見《まんみ》さまじゃ、あれは万見仙千代《せんちよ》さまじゃ」

野次馬のひとりが叫んだ。

見目の麗しい小姓が手綱《たづな》を引き、鹿毛《かげ》の鼻面を押しだしてくる。
齢はまだ、十七、八にしかみえない。
万見仙千代とは、信長お気に入りの小姓らしかった。
ひょっとしたら、信長も近くまで来ているのかもしれない。
群衆がざわめいた。
騒ぎを聞いたフロイスとオルガンティーノも、慌てた様子で外へ飛びだしてくる。
「信長さまじゃ、信長さまじゃぞ」
あちこちから声があがり、群衆が縦に裂いた竹のごとく左右に分かれた。
分かれた起点となる辺りから、大きな黒駒が乗りだしてくる。
馬上にあるのは紛れもなく、信長にほかならなかった。
陽光を背に浴びており、しかとは相貌《そうぼう》を把握できない。
ぴんと張った八の字髭だけはわかった。
人馬ともに微動もせず、彫像のごとく聳《そび》えている。
誰もが口をぽかんと開け、ことばを失っていた。
信長は黒い天鵞絨《ビロード》の洋套《カッパ》を颯爽《さっそう》とひるがえし、ゆったりとした歩みで迫ってくる。
「頭《ず》が高い。顔をあげるでないぞ」

先導役の小姓たちが口々に叫んだ。
往来の人々は膝を折り、地べたに額《ぬか》ずいてみせる。
日海も日淵も抗《あらが》おうとせず、みなのする仕種《しぐさ》にしたがった。
フロイスとオルガンティーノも胸に手を合わせ、深々と頭を垂れている。
そうせざる得なくなるほどの威厳が、馬上の信長にはあった。
ひょっとしたら、神というものなのかもしれない。
そうおもったのは、日海だけではなかろう。
黒駒の蹄が、すぐそばまで近づいてくる。
「織田さま、ようこそお越しくだされました」
フロイスが満面の笑みで言いはなち、小走りに近づいていきた。
と、そのときである。
――ずどーん。
突如、轟音《ごうおん》が耳に飛びこんできた。
小姓のひとりが地べたに倒れる。
「くせもの」
仙千代が叫び、鹿毛をけしかけた。

向かうさきには、網代笠の大男が立っている。

「われは雑賀の善住坊、信長の命を頂戴しにまいった」

「黙れ、下郎っ」

仙千代は馬上で身を屈《かが》め、四尺近くの刀を抜きはなつ。

一方、大男は網代笠をはぐりとり、立ったまま長筒を構えた。

――ずどーん。

二発目の鉛弾は仙千代の耳を掠《かす》め、信長の盾となった小姓の眉間を撃ち抜く。

つぎの瞬間、焦臭い善住坊の脇を鹿毛が駆けぬけた。

「りゃ……っ」

蒼天《そうてん》に飛ばされた網代笠が、蝶《ちょう》のようにひらひらと舞いおりてくる。

佇む善住坊の首が無い。

仙千代に刎《は》ねられたのだ。

――ぶしゅっ。

首無し胴から、突如として鮮血が噴きあがる。

一瞬の静寂ののち、群衆は我に返った。

「ふぇええ」

一斉に悲鳴をあげ、蜘蛛《くも》の子を散らすように逃げていく。
「静まれ、静まれ」
小姓たちは浮き足立ち、跳ねる馬から落とされる者もあった。
信長だけは超然と構え、微動だにしない。
「日海、逃げるぞ」
日淵が道端からよろよろと立ちあがった。
日海も立ちあがり、背につづこうとする。
ふと、襤褸布《ぼろぬの》を纏った人影が目に留まった。
物乞いの女だ。
逃げる群衆の流れに逆らい、こちらへ歩いてくる。
布で顔をすっぽり覆い、怪しげな様子だが、誰も気づいていない。
日海は金縛りにあったように動けなくなった。
女の目におぼえがある。
「あれは……」
真葛にまちがいない。
首を刎ねられた雑賀の男も「善住坊」と名乗っていたではないか。

真葛らしき女は俯《うつむ》き加減に歩き、さらに身を寄せてきた。

小姓たちも気づかない。

まるで、影のようだ。

いまだ、信長は馬上にある。

女は黒駒まで五間《けん》ほどに近づき、ようやく足を止めた。

襤褸布を脱ぎ捨て、短筒を握った右手を持ちあげる。

信長の眉間を狙った銃口が、ぴたりと静止した。

「待て」

自然とからだが動き、日海は女の鼻先に飛びだした。

両手を広げて立ちはだかると、女はぎくりとして眸子《まなこ》を瞠《みは》る。

引鉄《ひきがね》にはひと差し指が掛かっており、わずかでも指を動かせば、鉛弾が飛びだすはずだ。

「撃たぬか、雑賀の女」

背後で、神が吼《ほ》えた。

女はおもわず、筒先を天空に振りむける。

——ずどーん。

日海は目を瞑《つむ》った。
筒音の残響が往来に木霊《こだま》する。
目を開けると、女のすがたは消えていた。
信長の一行も、潮が引くように去っていく。
ぽつねんと佇む日海のもとへ、鹿毛の鼻面が近づいてきた。
馬上を見上げれば、万見仙千代が殺気を漲《みなぎ》らせている。
「坊主、おぬし、雑賀の女を知っておるのか」
日海は必死に首を振った。
もちろん、命を惜しんだのだ。
「されば、これを」
仙千代はそう言い、天鵞絨の洋套をふわりと投げる。
信長が纏っていた黒い洋套にほかならない。
仙千代は口角を吊りあげ、鹿毛の腹を踵《かかと》で蹴りつける。
「はっ」
土煙とともに遠ざかる馬尻を、みるともなしに見送った。
やはり、雑賀の刺客とおぼしき女は、真葛だったのであろうか。信じたくないおもいが、問うべくもない問いを繰りかえさせる。

日海は屈んで天鵞絨の洋套を拾い、幽鬼のように歩きはじめた。

四

真葛《まくず》は消えた。

千載一遇の好機を逃し、さぞかし口惜しかったことだろう。

ふたたび、刺客となって信長《のぶなが》の命を狙《ねら》うかどうかは定かでない。

一方、信長は石山本願寺《いしやまほんがんじ》の主力でもあった雑賀《さいか》衆を攻めるべく、四方に調略の手を伸ばし、翌年天正《てんしょう》五（一五七七）年の如月《きさらぎ》になって和泉《いずみ》から紀州へ兵を動かした。

「三緘《みからみ》の者たちと根来《ねごろじ》寺の杉之坊《すぎのぼう》が、調略されておったらしい」

碁盤を挟んで囁《ささや》くのは、曲直瀬道三《まなせどうさん》である。

朝廷に招かれるほどの偉い薬師《くすし》にもかかわらず、焦臭《きなくさ》いはなしが好物のようで、喋《しゃべ》っても差しさわりのない相手と踏んだのか、日海《にっかい》を医学舎の小部屋に招いてはいつも聞き役にした。

三緘の者とは、雑賀五郷のうち、宮《みや》郷、中川《なかがわ》郷、南《みなみ》郷をさす。

「根来衆の半数余りと僧兵を擁する根来寺の内応をとりつければ、雑賀攻めは成ったも同然じゃ」

如月九日に上洛《じょうらく》した信長は十三日に出陣し、八幡《やわた》、若江《わかえ》を経て、十六日には堺《さかい》の南から和泉香庄《このしょう》へ進撃、貝塚《かいづか》の願泉寺《がんせんじ》に拠《よ》っていた一向宗門徒は戦わずに船で逃げたため、十八日には佐野《さの》の郷まで軍を進めた。

二十二日には志立《しんだち》へ達し、各所から集結した軍勢を海の手（信長、信忠《のぶただ》、滝川一益《たきがわかずます》、明智光秀《あけちみつひで》、丹羽長秀《にわながひで》、長岡藤孝《ながおかふじたか》、筒井順慶《つついじゅんけい》）と山の手（佐久間信盛《さくまのぶもり》、羽柴秀吉《はしばひでよし》、荒《あら》木村重《きむらしげ》、堀秀政《ほりひでまさ》）に分けたという。

さらに二十八日、信長は淡輪《たんのわ》へ軍を進め、雑賀の中野《なかの》城を開城させたのち、弥生朔《やよいつい》日《たち》をもって雑賀衆首領の鈴木孫一《すずきまごいち》が守る平井《ひらい》城を攻囲した。

「城方は鉛弾の雨を降らせてきたが、攻城方は竹を束ねた盾で撥《は》ね返《かえ》しながら投網《とあみ》を狭め、ついに十五日、城方を降伏させたらしい」

一方、佐久間ら山の手側も、太田《おおた》城、弥勒寺山《みろくじさん》城、雑賀城とつぎつぎに攻略、勝利を見届けた信長は悠々と安土《あづち》へ凱旋《がいせん》した。鈴木孫一らは「以後はけっして裏切らぬ」という固い約定と引換に命を助けられ、紀伊《きい》と和泉の押さえとして佐野の郷に砦《とりで》が築かれた。砦の常番は織田信張《おだのぶはる》と杉之坊で、明智、羽柴、荒木などの軍勢もしばらくは駐留するという。

「頼りの雑賀衆が離れ、本願寺の連中も落胆しておることじゃろう。京の都で信長さまの天下を疑わぬ者はおらぬ」

道三は横を向き、耳をかたむけるような仕種《しぐさ》をする。

洛中では今、大掛かりな内裏《だいり》の修復がおこなわれていた。

差配役の村井貞勝《むらいさだかつ》は信長から「祭りのごとく派手にやれ」と命じられ、上京と下京をいくつかの組に分けて持ち場を決めさせた。持ち場ごとに舞台が築かれ、舞台のうえでは稚児《ちご》や若衆が笛や太鼓で囃《はや》したて、男衆はお囃子《はやし》に合わせて歌ったり踊ったりしながら築地の土塀を杵《きね》でつく。嵯峨《さが》の千本桜もちょうど見頃を迎えるなか、見物の公家衆や女官たちの纏《まと》う派手な扮装も祭りに彩りを添え、御所のまわりは夏の祇園御《ぎおんご》霊会《りょうえ》にも匹敵するほどの賑《にぎ》わいに包まれていた。

「されどな、浮かれているのは今のうちかもしれぬぞ」

道三は眉をひそめる。

「上杉《うえすぎ》は虎視《こし》眈々《たんたん》と上洛の機を窺《うかが》い、毛利《もうり》は漁夫の利を得ようと手ぐすねを引いておろう。信長さまは恐ろしいお方ゆえ、容易なことでは逆らえぬ。雑賀の鈴木孫一なぞは希有《けう》な例よ。よくぞ、信長さまにあそこまで逆らって、命も奪われずに許されたわ。

ほかの連中は蛇に睨《にら》まれた蛙《かえる》のごとくにみえるがな、なかには、風が変わるのを秘《ひそ》かに待ちのぞんでいる御仁もおる。たとえば……」

誰《たれ》だとおもうと問われ、日海の脳裏に浮かんだのは、禿《は》げ頭《あたま》のてっぺんに灸《きゅう》を据えた入道の顔だった。

「……ふふ、さよう、松永久秀《まつながひさひで》さまじゃ。おぬしも信貴山《しぎさん》城へ何度か招かれたそうではないか」

「ご存じだったのですか」

「知らぬはずはない。何せ、ご本人の口から伺ったのだからな。いざ対局となれば手抜きをせず、勝たせてくれぬところがよいと、えらく褒めておられたぞ」

久秀は長子の久通《ひさみち》ともども今は大坂にあり、石山本願寺の押さえとなる天王寺砦を守っていた。

攻め手を欠いた地に配《はら》された守りの石にほかならず、外れてしまえば局面が一気にひっくり返る危うさを孕んでいる。囲碁を嗜《たしな》む久秀ならば、みずからの置かれている立場の重要さがわからぬはずはない。

「御年六十八になっても、いまだ閨房《けいぼう》の営みは衰えを知らず、わしの顔をみれば腎張りの薬はないかとせがまれる。じつは、松虫を三年も飼っておられてな、それを訪ねる人ごとに自慢なさるのじゃ。『松虫でも育て方次第では長生きができる。人ならば養生次第で百歳まで生きられよう』とな」

籐籠《とうかご》で飼われた松虫ならば、日海もみせられたことがある。鳴き声を聞きながらうっとりする入道のすがたは、滑稽《こっけい》以外の何ものでもなかった。

「何しろ、死にたくないお方なのじゃ。つねのように、どうすれば長生きできるかを考えておられる。信長さまに名物の九十九髪茄子《つくもかみなす》や宝刀の不動国行《ふどうくにゆき》を献上なされたのも、一時しのぎにすぎぬと笑っておられたわ。なるほど、百歳まで生きるとなれば、お宝はいずれ戻ってくるとお考えになってもおかしゅうはない」

道三はふくみ笑いをし、冷めた茶を啜《すす》って口を湿らせた。

「松永さまは酔いにまかせて仰《おっしゃ》った。『この身は主君を殺《あや》め、将軍を殺め、東大寺を焼いて仏にも背いた。もはや、この世に恐《こわ》いものなどひとつもない。織田信長何するものぞ、目指すは天下じゃ』とな」

「天下にござりますか」

「そうじゃ。松永さまは天下を狙うておられる。戦乱の世に生きる武将ならば、誰もが望むようにな。無論、今は戯《ざ》れ言《ごと》にしか聞こえぬが、世の中の趨勢《すうせい》は日めくりのごとく変化する。武田信玄《たけだしんげん》公のときと同じく、上杉謙信《けんしん》公が上洛をめざせば、松永さまはもう一度、天下獲りの夢をみようとされるやもしれぬ」

まずは謙信に天下を獲らせ、やがては謙信から天下を奪う。

狡猾《こうかつ》と言わば言え、梟雄《きょうゆう》と言わば言え、他人のことばに惑わされることなく、おのれの信じる道を進むのが、松永弾正《だんじょう》少弼《しょうひつ》久秀という人物なのだ。

「これは明智光秀さまに伺ったはなしじゃが、かつて、羽柴秀吉さまが明智さまに酒席で愚痴《ぐち》をこぼされたそうじゃ。『松永弾正どのと同じことをやれば、この身などは即座に首を刎《は》ねられよう。何故《なにゆえ》、御屋形《おやかた》さまはああも弾正どのを厚遇なさるのか、さっぱりわからぬ』とな」

光秀は秀吉の愚痴を聞きながしたが、病の折りに治療を施した道三にはみずからの存念を語ってくれたという。

「『信長さまは本物を知っておるがゆえに、本物の価値を知る者を好む』と、光秀さまは仰った。『それゆえ、松永弾正どのも、今のところは生かされておるのだ』とも言われた」

「今のところは、でござりますか」

「そうじゃ。『今のところは生かされておるが、信長さまの配下に真贋《しんがん》の目利きが増えれば、いずれは用無しになる。芥《あくた》のように捨てられるだけのはなしじゃ』と仰り、明智さまは悲しげに笑っておられたわ」

何故、悲しげに笑ったのか、日海にはわかるような気がした。

同じ真贋の目利きとして、光秀には久秀の心持ちがよくわかるのだ。

価値を言えば一国にも値する茶器や刀剣を奪い尽くされ、丸裸にされたとき、みずからの命運は尽きるのだと、久秀はおもっているのではあるまいか。

それゆえ、信長から何度所望されても、平蜘蛛《ひらぐも》の茶釜《ちゃがま》だけは手放さずにいるのだ。手放さぬことで、かつては都で覇権争いを演じた大立者としての意地と誇りをみせつけたいのかもしれない。

光秀が道三に語ったということばを聞いて、日海にはなかなか解けずにいた問いがひとつ解けたように感じられた。

「じつは、松永さまより文が届いてな。陣中の淋《さび》しさを紛らわすべく、見舞いに来てほしいと仰るのじゃ。どうじゃ、おぬしも付きあわぬか。日淵《にちえん》どのには、あとでよくよく頼んでおくゆえ」

道三の誘いを拒むのは困難であったが、幸か不幸か、焦臭い合戦場の砦へ足を延ばす機会は訪れなかった。

春が過ぎ、夏となり、洛中では祇園御霊会の山鉾《やまほこ》巡行が数年ぶりに催された。

それからしばらく経《た》った閏文月《うるうふづき》、北方から風雲急を告げる一報がもたらされた。

――謙信動く。

待ちのぞんでいたのが誰なのかは、すぐにわかるであろう。

日海は胸騒ぎを禁じ得なくなった。

五

越後《えちご》の竜こと上杉謙信は、鞆《とも》に退いた足利義昭《あしかがよしあき》の上洛要請に乗るかたちで西進を決めた。

都を離れたとはいえ、いまだ、義昭は征夷《せいい》大将《たいしょう》軍《ぐん》の位を保持している。毛利家の後ろ盾もあり、朝廷も安易にはこれを剝奪《はくだつ》できない。何と言っても、信長自身が逆臣の汚名を着せられることを嫌い、義昭を放っておいたので、義昭はこれ幸いと信長に敵対する勢力の結集を密書などで呼びかけていたらしかった。

国許《くにもと》で一向一揆《いっき》に悩まされていた謙信は本願寺顕如《けんにょ》と和議を結び、越後の春日山《かすがやま》城を出陣して月岡野《つきおかの》へ進み、さらに、神通川《じんずうがわ》を渡って越中《えっちゅう》の海沿いに北上すると、まずは畠山《はたけやま》氏の守る能登《のと》の七尾《ななお》城を攻めた。

一方、上杉方の動きを察した織田方は畠山氏の重臣である長《ちょう》氏の援護要請を受け、葉月《はづき》八日、柴田勝家《しばたかついえ》を総大将とする四万の軍勢をもって越前《えちぜん》の北庄《きたのしょう》城を出陣、加賀《かが》へ進撃したものの、随所で一向一揆に行く手を阻《はば》まれた。しかも、羽柴秀吉が軍議で勝家と衝突し、信長の許しも得ずに戦線から離脱してしまったのである。

和を乱した織田方はどうにか態勢をととのえ、長月《ながつき》十五日、敵方の松任《まっとう》城へ向かうべく手取川《てどりがわ》を渡ったものの、そこで上杉方が七尾城を陥落させたとの急報を受けた。慌てて撤退の準備をはじめたのもつかのま、上杉方は怒濤《どとう》の勢いをもって南下、川を背にした織田方は大敗を喫してしまう。

勝家が這々《ほうほう》の体《てい》で北庄城へ帰陣したのは神無月《かんなづき》のはじめであったが、遡《さかのぼ》ること葉月十七日、大坂の石山本願寺周辺では驚くべき出来事が勃《お》こっていた。松永久秀が謙信の西進に呼応し、詰めていた天王寺砦を焼き払って離脱したのだ。

「久秀め、血迷うたか」

安土にあった信長も、さすがに焦りの色を隠せなかったという。

久秀は八千余りの兵を率いて信貴山城に籠《こ》もったとの報《しら》せを受け、さっそく真意を質《ただ》すべく、堺代官の松井友閑《まついゆうかん》を使者に遣《つか》わした。

「何ようの仔細《しさい》か、存分に語らせよ」

友閑に託された内容は、理由如何《いかん》によっては許すとも、平蜘蛛の茶釜を差しだせば無条件で許すとも伝えられたが、じつのところは判然としない。

もちろん、日海などにわかるはずもなかったが、のちに吉田兼和《よしだかねかず》や曲直瀬道三から聞いたところでは、平蜘蛛の茶釜を渡せば許すというはなしは真実だったらしい。わざわざ名物狩りを差配した友閑を差しむけたのも、茶釜を受けとらせるためにほかならず、久秀は平蜘蛛の茶釜さえ渡せば命を長らえることもできたはずであった。

ちょうどそのころ、上杉方は七尾城を攻撃している最中で、一方の柴田勝家の軍勢は苦労しながら手取川をめざしていた。裏切った久秀を討伐するには兵力が足りず、信長としては懐柔するしかなかったのだが、久秀はそのあたりの事情を見越しており、友閑の説得に応じる素振りもみせず、城の防備を着々と固めていった。

久秀は築城の名人とも評され、安土城の天主などは信貴山城の四層天守をまねて指図が描かれたとされていた。籠城《ろうじょう》戦には自信を持っていたはずなので、数ヶ月は城に籠もりつづけ、刻々と変わる戦況を高みから見物しようとでもおもったのかもしれない。

されど、何故、久秀はそのような暴挙に出たのだろうか。

「筒井順慶さまを厚遇する信長さまが許せなんだのであろうし、充分に勝算もあったのじゃろう」

道三はそう言った。

なるほど、筒井順慶との確執は今にはじまったことではない。ちょうど十年前も大和国《やまと》の筒井城をめぐる争奪戦で激しく争い、久秀は東大寺を要塞《ようさい》と化した筒井勢へ攻撃を仕掛けた。大仏殿を焼いたのはこのときである。仏敵の汚名を着せられた原因の一端は順慶にあったし、昨年の本願寺戦ののちに順慶が信長の許しを得て大和国の守護になったことも気に食わぬ。

格下とおもっていた筒井順慶の扱いで、信長にたいして不平不満が募ったことは否めない。

が、やはり、久秀の目には今が天下獲りに向かう好機と映ったのではあるまいか。

天王寺砦におれば、本願寺の様子は手に取るようにわかる。木津川口《きづがわぐち》の戦いで村上《むらかみ》水軍が勝利して以降、毛利からは武器や食糧が大量に送りこまれ、兵力が強固になっていくのはあきらかだった。しかも、二万を超える剽悍《ひょうかん》な上杉勢が上洛をめざしており、加賀の一向宗門徒は謙信の西進を側面から援助することになっている。

毛利家の後ろ盾を得た本願寺勢力と本気になった上杉謙信に挟撃されれば、さしもの織田信長も窮地《きゅうち》に陥ることだろう。そうなれば、勝敗の鍵《かぎ》を握るのは信貴山城に籠城する自分になると、久秀は踏んだにちがいない。

「上杉、本願寺、そして、松永さま。三者には密約があったのじゃ」

道三に言われずとも、それくらいの想像はつく。

三者を結びつけたのは、鞆に居座る義昭だろう。

久秀にとってみれば、義昭などはどうでもよい。

必要なのは、征夷大将軍という称号だった。将軍に命じられたという大義名分さえあれば、上杉も毛利も本願寺も動く。結束して信長討伐の旗を高々と掲げよう。

久秀は昂揚《こうよう》した気分で先々を見据え、天下獲りの夢を描いたのだ。

しかし、信長はそれほど甘くない。

頑《かたく》なな久秀の態度をみてとり、坂本《さかもと》城の明智光秀に出陣を命じた。光秀は姓を細川から長岡に変えた与力の長岡藤孝と筒井順慶をしたがえて進軍、大和国の法隆寺へ布陣したのである。

神無月朔日、光秀の指揮する織田方五千は、信貴山城の支城である片岡《かたおか》城を攻めた。城方は海老名《えびな》勝正《かつまさ》、森秀光《もりひでみつ》らの率いる一千の兵で守った。織田方の先鋒《せんぽう》となった筒井隊にかなりの死者が出たものの、城方の海老名、森をふくむ数多《あまた》の兵が討ち死にし、片岡城は落城した。

その時点、すなわち神無月三日、柴田勝家は疲労困憊《こんぱい》の体で安土城へ参じ、信長にたいして上杉方の進軍が止まったようだとの報告をおこなった。勝家の見解によれば、謙信が進軍を止めさせた理由は、豪雪を恐れたためと背後に控える北条氏政《ほうじょううじまさ》の動きを怪しんだためであったらしい。

信長は年内に謙信の上洛はないものと判断、信貴山城攻めの総大将に嫡男《ちゃくなん》の信忠を指名し、佐久間信盛、羽柴秀吉、丹羽長秀などの軍勢を援軍として送りこんだ。これにより、攻城方の兵力は四万に膨《ふく》れあがった。

五日、織田方は一斉に攻撃を開始した。

だが、信貴山城の守りは固い。抜刀隊の精鋭が城から飛びだしてきては果敢に戦い、攻城方の犠牲は次第に増えていき、戦いは持久戦の様相を呈しはじめた。こうした戦闘の最中、信長は人質に取っていた久秀の孫たちを六条河原《ろくじょうがわら》で斬首させている。

いずれにしろ、兵力の差は如何ともし難かった。久秀は顕如に援軍を要請すべく、森好久《よしひさ》なる臣下を使者に選んだ。森好久は七日に城を出て、翌八日には本願寺から加賀の鉄砲衆とおぼしき二百人の足軽を連れて帰城した。報告によれば、両三日中に毛利軍からもさらなる援軍が到着するという。

久秀は喜んだが、じつを言えば、三ノ丸に配された二百人の鉄砲衆は筒井順慶の配下だった。森好久が裏切っていたのだ。本願寺へ向かうと偽って順慶の陣所へ飛びこみ、金子《きんす》三十両とともに伏兵となる鉄砲衆を預けられたのである。

十日早朝、陣太鼓の音色《ねいろ》とともに、総がかりの城攻めがはじまった。

「それ、攻めろ。城を落とすのじゃ」

順慶は信忠の許しを得て先駆けとなり、城方と激しい攻防戦を演じた。

一時は城方に押し返されたものの、やがて、天守に近い三ノ丸付近から火の手があがった。森好久率いる鉄砲衆の裏切りである。全軍に動揺が広がり、城方はついに持ちこたえられなくなった。

神無月十日というのは、久秀が東大寺大仏殿を焼いた日でもある。

信長は縁起を担いだのか、かならず十日のうちに城を落とすよう、嫡男の信忠に厳命していたらしい。

一方、久秀はこの日も、いつものように百会《ひゃくえ》と呼ばれる天頂の経絡《けいらく》へ痛風除《よ》けの灸を据えていた。この期《ご》に及んで養生でもなかろうが、久秀は「痛みを遠ざけ、心置きなく死ぬためのものよ」と、側近にうそぶいたという。

その死にざまは、じつに、派手好みな久秀らしかった。

平蜘蛛の釜に火薬を詰め、胸に抱えて火を付けたのだ。

久秀は釜もろとも爆破し、木《こ》っ端《ぱ》微《み》塵《じん》になった。

生前、ことあるごとに、黄金の杯にされた浅井《あざい》長政《ながまさ》の髑髏《どくろ》を憐《あわ》れんでいた。死んだあとまで辱《はずかし》めを受けぬよう、久秀は痕跡《こんせき》も遺《のこ》さずに逝《い》ったのである。

信貴山城の天守が炎に包まれる光景を想像し、日海は涙ぐまずにいられなかった。

人を平気で裏切り、仏にも背き、久秀は数々の非道をおこなってきた。その一方、当代一の風流人であり、囲碁の対局では日海をも唸《うな》らせる妙手を何度となく繰りだした。贋張りの薬を呑《の》んだり、天頂に灸を据えたり、松虫を育てたりと、おかしみのある人物でもあった。

人間くさいところに、親しみを感じていたのかもしれない。

日海は塔頭《たっちゅう》から外に出て居ずまいを正すと、信貴山のある方角に向かって両手を合わせた。

国崩《くにくず》し、獅子吼《ししく》す

一

囲碁を教えてくれた恩師の仙也《せんや》は、七年前、比叡山延暦《ひえいざんえんりゃくじ》寺の焼き討ちに巻きこまれて亡くなった。爾来《じらい》、日海は恩師の幻影に問いかけるがごとく、盤上に石を置きつづけてきた。めきめきと腕をあげ、洛中では敵無しと評されるまでになり、名だたる武家や公家から対局の依頼がもたらされるようにもなった。

近頃は三つ年上の利賢《りけん》が頻繁《ひんぱん》に訪ねてくる。利賢は日蓮《にちれん》宗の総本山でもある本能寺《ほんのうじ》の学僧で、幼い頃から師について囲碁を学んだ。世間では「好敵手」と目されているのがようだが、力の差は歴然としていた。負けず嫌いの利賢は二番手に甘んじているのが嫌らしく、いつも鬼のような形相《ぎょうそう》で挑んでくるのだが、日海を負かしたことはただの一度もない。

勝ち負けで言えば、誰かに負けたことはなかった。それゆえ、日海は多くの場合、碁盤を挟んでおのれと対座した。禅僧が公案を解くかのように定石を考え、ただ、那智《なち》黒《ぐろ》の黒石と蛤《はまぐり》の白石を交互に置きつづける。縦横十九路ずつの線が錯綜《さくそう》する盤上に、今ではおもうがままの絵を描けるようになった。定石とされる手を覆せば、それが新たな定石となり、脳裏に浮かぶ盤面は千変万化する。

恩師の仙也は、いつもそばにいた。天井《てんじょう》から「詰めが甘い」と叱《しか》りつけてくることもあれば、耳許で「左辺の白を捨て石にせよ」などと煽《あお》ったりもする。恩師の吐息を感じながら盤上にのめりこみ、一睡もせずに朝を迎えたこともあった。

囲碁を止《や》めたいとおもったことは一度もない。石を置いているときは、生きているのだと実感できた。妙手をおもいついたときこそが、日海にとっては至福の瞬間なのである。

もちろん、対局を望まれれば、何処《どこ》へでも足をはこんだ。布教の足しになるからと日淵も快く送りだしてくれたが、日海はつねのように、まだみぬ妙手との出会いを渇望していた。

天正六（一五七八）年如月の初め、一雲斎針阿弥《いちうんさいしんあみ》と名乗る僧形の人物が本行院にあられた。

時宗を起源とする阿弥《あみ》衆は、芸能をもって身分の高い公家や武家に仕えている。

「それがし、織田信長さまにお仕えする同朋頭にござ候《そうろう》」

居丈高《いたけだか》に胸を張るので、応対に出た日海は面食らった。

「洛中一の囲碁上手と聞いてまいった。昨今《さっこん》、囲碁は公卿《くぎょう》や武家のあいだでも好まれる遊戯ゆえ、ちと味付けをいたせば、ものになるやもしれぬと、かように考えてな」

「ものになるとは、どういう意味にござりましょう」

「茶の湯や連歌の会と並び、御屋形さまの慰みになるやもしれぬということさ」

意味がわからずに首をかしげると、針阿弥は溜息《ためいき》を吐《つ》いた。

「道々説いてつかわすゆえ、同道いたせ」

「今からでござりますか」

「さよう、行く先は摂津《せっつ》の伊丹《いたみ》じゃ。有岡《ありおか》城にて春阿弥《しゅんあみ》と申す強者と手合わせしてもらう」

唐突なはなしであったが、日淵は許しを出した。

一雲斎針阿弥の名を知っており、逆らえばあとが面倒になるとおもったようだ。

日海は急いで旅仕度をととのえ、信長の同朋頭と名乗る男の背中にしたがった。

針阿弥は眩《まぶ》しげに朝陽を見上げ、羅城《らしょう》門跡へ向かう大路を闊《かっ》歩《ぽ》しながら喋りだす。

「元日、安土にて年初の茶会が催された。御茶頭《ごさどう》は堺御代官の松井友閑さまじゃ」

列席した織田家の諸将は、筆頭家老の林秀貞《はやしひでさだ》以下、丹羽長秀、滝川一益、羽柴秀吉、明智光秀、長岡藤孝、荒木村重といった錚々《そうそう》たる面々で、上杉と対峙《たいじ》する柴田勝家と石山本願寺に備える佐久間信盛だけは参じることができなかった。

信長と信忠の面前でおこなわれた茶会では、松井友閑が「名物狩り」で集めた数々の茶道具や軸などがお披露目されたという。

「万歳大海《まんざいたいかい》の抹茶壺《まっちゃつぼ》、帰花《かえりばな》の水指《みずさし》、周光茶碗《しゅうこうちゃわん》、姥口《うばぐち》の釜など、天下にその名を知られた名物ばかりじゃ」

狩野源四郎《かのうげんしろう》の描いた三国名所絵なども諸将の目を楽しませたが、信長は一日だけで満足できなかったらしく、三日後、二ノ丸そばの万見仙千代《まんみせんちよ》邸に所を移し、ふたたび諸将列座の茶会が開かれた。

「お披露目された名物は、初花《はつはな》と松花の茶壺に雁《かり》の絵、竹子花入《たけこはないれ》に藤波の御釜、道三茶碗に内赤盆、珠徳の茶杓《さしゃく》、瓢簞《ひょうたん》の炭入に高麗箸《こうらいはし》など、いずれも御屋形さまが信忠公にお譲りになった名物の数々であった。不遜《ふそん》を顧みずに申せば、お歴々垂涎《すいぜん》の名物ばかりじゃ。昨今はな、領地よりも茶壺が欲しいと、どなたさまも本気でおもうておられる」

信長が名物の茶道具を臣下に与えるのは、実力をみとめたことの証《あか》しだった。それゆえ、茶道具や茶器はただの家宝に留《とど》まらず、織田家家臣団のなかでどれほどの位置づけにあるのかを見定める指標となる。

なかでも重要な意味を持つのは、茶釜だという。

「年初、お歴々垂涎の的《まと》となったお方は、明智さまじゃ。御屋形さまより八角釜を拝領なされてな、後日さっそく坂本城にて、釜開きの茶会をお開きになった」

昨年暮れ、光秀に先んじて、秀吉も播磨《はりま》攻めの恩賞として乙御前《おとごぜ》の茶釜を拝領している。今のところ、家臣団のなかで茶釜を手に入れたのは、出世争いで先頭を併走するふたりだけであったが、洛中の公卿や商人などを呼んで華々しく茶会を開いたのは、光秀ただひとりだ。

すなわち、今の時点で織田家家臣団の筆頭に位置づけられるのは、上杉相手に苦労を強いられている柴田勝家でも、播磨一国を席捲《せっけん》して毛利に矛先を向けつつある羽柴秀吉でもなく、明智光秀ということになる。しかも、光秀は洛中もふくめて畿内主要国の統治を任されているとはいえ、いまだ丹波《たんば》攻略の端緒を探りかねていた。よほど、信長から期待を掛けられているとみるべきだろう。

日海は、松永久秀が後生大事に抱えていた平蜘蛛の茶釜をおもいだした。

家臣たちにとって、下賜《かし》された茶釜で茶会を開くことは無上の喜びであり、領地を拝領することに匹敵するほどの価値をもたらす。それがわかっているからこそ、信長は平蜘蛛の茶釜を所望したのであろう。

「人の欲とは尽きぬもの。領地や富を手に入れると、つぎは官位をのぞみ、果ては一流の嗜みを解する者になりたいと願う。茶頭に師事して茶の湯の作法をおぼえ、当代一流の連歌師から歌詠《うたよ》みの手ほどきを受けようとする」

合戦場では手当たり次第に人を殺し、残虐のかぎりを尽くしておきながら、みずからは風流を解する数寄者《すきしゃ》になろうと必死になる。針阿弥は口には出さぬものの、胸の裡《うち》では「滑稽なものよ」とつぶやいているやに感じられた。

すでに、明智光秀は惟任《これとう》の姓と日向守《ひゅうがのかみ》の官位を与えられ、一方の羽柴秀吉は筑前《ちくぜんの》守《かみ》の官位を得ている。官位をもっともらしく飾るためには、公家のごとく茶や連歌に精通していなければならない。その点、もともと素養のある光秀は家臣団のなかで一歩も二歩もさきを歩いていた。おそらく、ほかの諸将は羨望《せんぼう》と嫉妬《しっと》の入りまじった眼《まな》差《ざ》しを向けているにちがいない。

「茶道にも連歌にも師がおろう。それと同様、おぬしも囲碁の師にならねばならぬ。

されば、どういたせばよいのか。それはな、数多くの強き相手と対局し、勝ちつづけることじゃ。勝ちつづければ、噂《うわさ》が噂を呼び、いやが上にもおぬしの、いや、囲碁の権威は高まる。ふふ、わしが先導いたすゆえ、従《つ》いてまいれ」

東に聳《そび》える東寺の五重塔を仰ぎ、網代笠《あじろがさ》と金剛杖を手にしたふたりは桂川《かつらがわ》に沿って西へ進んだ。

途中、桂川を渡って山崎《やまざき》にいたり、天王山の中腹にある宝積寺《ほうしゃくじ》に一夜の宿を求めた。からだの芯まで凍りつくほど寒かったが、翌朝、天王山から見下ろした風景はすばらしく、眼下には桂川がゆったりと流れ、対岸には石清水八幡宮《いわしみずはちまんぐう》のある男山が威風堂々と構えていた。

山崎は山城《やましろ》と摂津の国境、伏見《ふしみ》街道との分岐点にもあたり、淀川《よどがわ》を船で下っていけば大坂は近い。大坂では織田方と石山本願寺が睨みあっているので、この辺りにも焦臭さは漂ってくる。摂津や播磨の百姓には一向宗門徒が多いので、織田に抗《あらが》う蜂起《ほうき》の芽はそこかしこに潜んでいた。

ふたりは気を引きしめ、西国へ通じる街道をひたすら西へ進んでいった。

芥川《あくたがわ》の南東には切支丹《キリシタン》大名として知られる高山右近《たかやまうこん》の高槻《たかつき》城があり、さらに進めば、中川清秀《なかがわきよひで》の守る茨木《いばらき》城もある。いずれも、主家との争いに勝って成りあがってきた武将たちの城で、織田方にとっては播磨や丹波攻略の重要な置石にほかならない。

さらに、ふたりは道を稼ぎ、箕面《みのお》、瀬川《せがわ》と経て、ようやく伊丹へたどりついた。

伊丹には、大掛かりな普請《ふしん》で生まれかわった有岡城がある。

城主は荒木村重であった。

「どうじゃ、雄大な総構えであろう」

「まことに」

針阿弥は胸を張り、日海は息を呑んだ。

城は南北に細長く、雄壮な本丸は城の東に配されている。城を守る砦は三ヶ所、北の「きしの砦」と西の「上臈塚砦《じょうろうづか》」と南の「鵯塚砦《ひよどりづか》」が築かれ、西と南は堀と土塁で守られているという。

城下に整然と区割りされた町屋から武家屋敷へと歩きつぐあいだも、針阿弥は得々と喋りつづけた。

「みてきたとおり、城の東には伊丹川が流れ、外側には駄六川《だろくがわ》や猪名川《いながわ》も流れこんでおる。川のおかげで要害にもみえるが、山城ほどの攻め難さはないらしい。西の甲山《かぶとやま》に陣を築き、逆落としに攻めこめばよいのだと、御側衆《おそばしゅう》の堀秀政さまが仰った。羽柴さまの受け売りだそうじゃ」

秀吉が信長の近習《きんじゅ》に味方の城の攻略法を伝授した意図など、日海にわかろうはずはない。ただ、敵と味方が日めくりのごとく入れ替わる世の無常に、おもいを馳せるしかなかった。

「よもや、荒木さまが裏切ることはあるまい」

針阿弥は呵々《かか》と笑ってみせたが、何やら虚《むな》しい響きにすら感じられる。信じて潜った門が、虎口になるかもしれぬ。

そのことを肝に銘じておかねばなるまいと、日海はみずからを戒めた。

二

荒木村重は摂津を牛耳っていた池田《いけだ》家の家臣から一族衆となり、一時は三好《みよし》家に仕えたが、七年ほどまえに織田家の家臣となった。さらに、信長とは年も近く、勇猛で知略にも優れているところを気に入られ、天正元年には茨木城主になることを認められた。

やがて、足利義昭方に与《くみ》していた主家の池田知正《ともまさ》が信長の軍門に降ると、知正は村重の家臣とされ、主従が逆さまになった。さらに、翌年の霜月《しもつき》、村重は伊丹城を改築し、信長から摂津一国を任された。信長の命で長子村次《むらつぐ》と明智光秀の長女を娶《めあわ》せてのちは光秀の与力となり、石山本願寺攻めや紀州雑賀衆との攻防戦で数々の武功を挙げ、従五位下摂津守にも任ぜられている。

茨木城の中川清秀や高槻城の高山右近、能勢《のせ》城の能勢頼道《よりみち》や大和田《おおわだ》城の安倍二右衛門《あべにえもん》といった名のある諸将を束ね、大坂に近い尼崎《あまがさき》城と須磨《すま》の花隈《はなくま》城は一族に守らせてあった。文字どおり、荒木村重の守る摂津が盤石だからこそ、信長は後顧の憂いなく丹波や播磨の攻略を進めることができるのだ。

ともあれ、容易なことではお目にかかれぬ守護大名にまちがいない。

だが、針阿弥が臆せずに名を告げると、荒木村重は待ちかまえていたかのごとく接見用の大広間にあらわれた。

日海は下座で平伏し、顔をあげることもできない。

「おう、これはこれは一雲斎どの、安土ではずいぶん世話になったのう」

「もったいないおことば、恐悦至極に存じまする。さっそくではございますが、これに控える僧が日海にござりまする」

「明智さまからも聞いておるぞ。何でも、洛中一の囲碁上手とか」

「こちらの春阿弥どのと対局して勝ちをおさめれば、畿内一の称号を得ることになりましょう」

「ふふ、その逆もあり得るというはなしじゃな」

「もちろんに存じまする。いずれにしろ、この勝負、一見の価値はあろうかと」

「おもしろい。日海とやら、面《おもて》をあげよ」

「はい」

顔をあげると、ぎょろ目を剝《む》いた髭面《ひげづら》の武者が身を乗りだしてくる。

修羅場を潜ってきた者特有の風に圧《お》され、日海は奥歯を嚙《か》みしめて耐えた。

「おもったとおり、生っちょろい面つきをしておる。衆道の慰みにするには、ちと年を取りすぎておるようじゃし、立身出世を望むなら、囲碁を極めるしかあるまい」

別段、立身出世を望んではいないし、囲碁で身を立てようともおもっていない。

村重は針阿弥に向きなおった。

「おぬしがわざわざ足をはこんだのは、囲碁のことだけではあるまい」

「さすが、摂津守さま。見抜いておられましたか」

「あたりまえじゃ。同朋頭の一雲斎針阿弥が織田信長さまの使者でなかろうはずはない。して、信長さまからは何と。まさか、兵庫《ひょうご》を所望なされたのではあるまいな」

村重はぴんと張った口髭をしごき、三白眼に睨《ね》めつけてみせる。

針阿弥は怯《ひる》まない。

「ふふ、兵庫は天下の名茶壺。摂津守さまにとって命のつぎにたいせつなお宝とも聞いてござります」

「そうじゃ。ゆえに、申しておるのよ。信長さまの御側には、若造のくせに威張りくさった近習どもが控えておる。万見仙千代なぞは、その最たる者じゃ。安土での茶会における席次について、血縁を結んだ明智どのの隣にわしが座ろうとしたら、お歴々の面前で『摂津さまは末席へ』と、何の遠慮もなく告げおった。赤っ恥を掻《か》かされたわしは刀を抜くところであったが、明智どのに制止されて我慢した。万見あたりが信長さまに兵庫のことを囁いておるのではないかとおもうと、夜もおちおち眠れぬ始末でな」

「ご心配にはおよびませぬ。名物狩りなれば、それがしではなく、松井友閑さまが参じられましょう」

「ま、それもそうじゃ。なれば、信長さまは何と仰せか」

あらためて問われ、針阿弥は襟《えり》を正した。

「『平蜘蛛釜は惜しいことをした』と、御屋形さまは仰せになりました。有岡城へ参じた際は、それをよくよく伝えておくようにとのことにござりまする」

「ほう、平蜘蛛の茶釜をな」

村重は眸子《まなこ》を細め、じっと考えこむ。

茶人としても名高い村重にとって、平蜘蛛の茶釜は喉から手が出るほど欲しかったはずだ。されど、松永久秀ともども粉微塵になった茶釜を手に入れることはできない。何故、そのはなしを蒸し返さねばならぬのか、村重は信長の心情をはかりかねているようだった。

「これはそれがしの伝聞にございますが……」

針阿弥は村重のもとへ膝行《しっこう》し、わざとらしく声をひそめた。

「……過日、信貴山城において、茶釜の破片を集めた者がおったとか。さらに、破片は堺のとある商人のもとへ持ちこまれ、商人は当代一の釜師に大枚を払って上手に復元させたとも聞きました」

「まことか、それは」

驚いた村重の顔を、針阿弥はしげしげとみつめる。

「じつを申せば、御屋形さまもそのおはなしをお聞きになり、感慨深げに『平蜘蛛釜は惜しいことをした』と、仰せになったのでござりまする」

継《つ》ぎ接《は》ぎの茶釜であっても、貰《もら》って嬉しいものだろうかと、信長は言外に村重の心情を慮《おもんぱか》ったとも解された。すなわち、村重が信長から茶釜を拝領される三番目の武将になるのかもしれず、さらに深読みすれば、平蜘蛛釜は継ぎ接ぎだらけの摂津一国を見事にまとめあげたことへの恩賞とも受けとられた。

されど、それほど重要なはなしを、同朋頭ごときに託すのであろうか。

託したのであれば、それはそれで小莫迦《こばか》にされたような気にはならぬのか。

継ぎ接ぎの平蜘蛛釜といい、相手にあれこれ臆測《おくそく》させるところが、いかにも戯《ざ》れ事《ごと》を好むと評判の信長らしいと、日海は勝手におもった。

「ふうむ」

村重は、いっそう考えこんでしまう。

いかに精巧に復元された茶釜とて、一度爆破された疵物《きずもの》に未練はなかろう。拝領するなら、ちゃんとした茶釜を欲するのはあたりまえだし、むしろ、不吉に感じたのかもしれなかった。戦利品の名刀などによくあるはなしだが、平蜘蛛釜には松永久秀の怨念《おんねん》が憑依《ひょうい》しており、新たな持ち主に災いをもたらさぬともかぎらない。

村重は信長への返答を考えあぐねている。

そこへ、折りよく近習に導かれ、僧形の人物があらわれた。

「春阿弥か。よいところへまいった」

村重の指図によって、大広間のまんなかに碁盤が置かれた。

どっしりとした本榧《ほんかや》の碁盤は威圧を放ち、日海の表情も自然と引きしまる。

春阿弥は顔色の冴《さ》えない痩《や》せた男だ。

齢《よわい》はおそらく、十《とお》ほど離れていよう。

だが、そうした推察も瞬時に消えた。

対座するなり、春阿弥は影となり、身を乗りだして見物する村重の吐息や針阿弥の咳払《せきばら》いも聞こえなくなる。

いっさいの音は消え、石を置く音さえも聞こえてこない。

対局のときは、いつもこうだった。

盤上に渦《うず》ができ、呑みこまれるような錯覚に陥る。

やがて、それは生き物のようにうねりだし、荒れくるった海上へ放りだされたような気分になった。

春阿弥は、なかなか強い。

定石を外さず、淡々と黒石を置いてくる。

序盤は左上辺と右下辺の息詰まる攻防だ。

たがいの石は軋《きし》みあい、盤上にさまざまな絵模様が描きだされた。

すでに、局面は序盤の布石から中盤へ向かいつつある。

春阿弥は軽妙にふくらみ、中央を意識した手筋を打ってきた。

さらに、左辺星《さへんほし》から堂々と中央へ切れこみ、こちらの白石を仕留めにかかる。

日海は顔色も変えず、九十手あたりから三百手近くまでを瞬時に読みきっていた。

白が地を稼ぎ、黒が模様をはる展開のようだ。

一見すると、黒が優勢にも見受けられた。

が、日海に動揺はない。

まちがえずに打ち、相手の攻めをしのぎつづける。

悪手を打てば、かならずしっぺ返しがくるのはわかっていた。

名局は狙って生まれるものではなく、得てして大一番に名勝負は生まれない。

手の内を探るというよりも、手と手で会話を交わしあう。

そうすることで、相手の性格も手に取るようにわかった。

攻めたいのか、守りたいのか、どちらを得手とするのか。

対局すれば、相手の性格が即座にわかるので、武将のなかには囲碁を望まぬ者もあるという。

日海は相手に心を読ませない。

自然と、そうした修練を重ねてきた。

ゆえに、相手は疑心暗鬼になり、先読みに自信が持てなくなる。

すでに、日海は終局の盤面を真上から見下ろしていた。

捨て石で罠《わな》に嵌《は》め、相手の悪手を誘いこむ。

相手が悪手を打った途端、白石が黒石を呑みこみ、死んだはずの白石までつぎつぎに甦《よみがえ》ってきた。

そして、投了となる。

大広間に音が甦ってきた。

気づいてみれば、百二十手の短手数で白石が勝っている。

春阿弥は声も出せない。目は落《お》ち窪《くぼ》み、頬《ほお》は痩《こ》け、十も老けこんだようにみえた。

村重は手放しで喜んでいる。

「見応《みごた》えがあったぞ。日海なる者、本物じゃ」

「見込んだとおり、いや、それ以上にござりました」

針阿弥が興奮気味に応じると、村重は気が重くなるような台詞《せりふ》を吐いた。

「信長さまに御目見得《おめみえ》させねばなるまい」

「そのつもりにござります」

いつ頃かも答えず、針阿弥は話題を変える。

「じつは堺にて、御屋形さまはおもしろいものを造らせてござります。みなさまへのお披露目は、おそらく、秋になろうかと」

「されば、秋に堺でお目にかかるのを楽しみにしておりますと、そうお伝えしてくれぬか」

「かしこまりました。平蜘蛛の継ぎ茶釜も、おそらくはそのときに」

下賜されるとでも言いたいのか。

針阿弥が意味ありげに微笑《ほほえ》むと、村重は渋い顔になる。

瞬時に危うい兆候を察したのは、気のせいであろうか。

日海はこれで見納めかもしれぬとおもい、見事な襖絵《ふすまえ》や緻密《ちみつ》な欄間《らんま》彫刻や品格を感じさせる書院造りの床の間などを目に焼きつけていった。

三

七月後、長月の終わり、日海は堺にいる。

日淵とも岸辺に立ち、小山のような安宅船《あたけぶね》を見上げていた。長さ十三間《けん》、幅七間、ひとり漕《こ》ぎの小櫓で百六十丁立、石数にすれば二千石積という巨大さである。

しかも、ただの安宅船ではない。

正面と背後にくわえて、両舷は喫水線から垣立《かきたつ》の頂部まで、鉄板で覆いつくされている。

「さすが信長さま、おやりになることが桁外《けたはず》れじゃ」

日淵は嘆息を吐いた。

まったく、そのとおりだとおもう。

一昨年の秋口、木津川口の海戦で織田方の熊野《くまの》水軍は毛利方の村上水軍に完敗した。それゆえ、信長は滝川一益と九鬼嘉隆《よしたか》に命じ、伊勢《いせ》大湊《おおみなと》において焙烙火矢《ほうろくびや》を打ちこまれても炎上しない鉄甲船を造らせていたのだ。

信長主従が堺へ下向したのは、巨大な鉄甲船を観覧するためであった。

曙光《しょこう》に煌《きら》めく海上には、六隻の鉄甲船が浮かんでいる。

光を反射させた鉄板が、白銀に輝いてみえた。

六隻を取りまく大小の船には囃子方が乗りこみ、笛や太鼓を賑やかに奏しはじめる。

海原を圧するほどの景観に、日海は我を忘れていた。

が、織田軍は今、安閑としていられる情況ではない。

播磨が危うくなった。

羽柴秀吉によって一旦は制圧されたはずなのに、其処此処《そここ こ》に火の手があがっている。日海が有岡城から京へ戻った直後、まずは摂津との国境に近い三木《みき》城城主の別所長《べっしょなが》治《はる》が反旗を翻した。

長治は十代の若さで家督を相続し、三年前の初冬には信長に謁見して忠誠を誓っていた。紀州征伐などへ参陣して手柄をあげ、毛利との戦いでも先鋒を期待されていた最中の出来事である。

発端となったのは、加古川《かこがわ》城でおこなわれた秀吉主催の評定であったという。長治の名代として参じた叔父《おじ》の別所吉親《よしちか》は、百姓出の秀吉が名門の別所一族を蔑《ないがし》ろにしていると言いがかりをつけ、評定をさっさと抜けるや、その足で甥《おい》の守る三木城へ向かい、織田方から離反することの利を説いた。

吉親は従前から毛利方と通じていたが、当主の長治にも迷いが生じていた。所領安《あん》堵《ど》を約束する信長への不信にくわえ、妻の実家である丹波の波多野《はたの》氏が離反したことや、地元の東播磨だけでなく、浄土真宗の門徒を多く抱える中播磨や西播磨の有力諸将も同調するであろうことなど、離反の決断を促す理由がいくつか重なったらしかった。

長治が三木城に籠城すると、東播磨一帯から国人衆《こくじん》とその家人や浄土真宗の門徒たちが集まってきた。膨らんだ人の数は約八千、諸籠《もろごも》りである。これだけの人を食わせるべく、毛利方からも瀬戸内経由で兵糧《ひょうろう》が輸送された。別所方は海沿いにある高砂城《たかさご》や魚住《うおずみ》城などで兵糧を陸揚げし、加古川の水運を利用するなどしながら三木城へ運びこんだのである。

一方、攻城側は秀吉の援軍要請に応じ、播磨と国境を接する摂津の荒木村重がまっさきに合流をはかった。そして、卯月《うづき》のはじめ、秀吉は三木城を包囲しつつ、支城の攻略に取りかかり、まずは南西に立つ野口《のぐち》城を落城させた。

ところが、毛利方も大軍をもって進撃を開始した。備中高松《びっちゅうたかまつ》城に毛利輝元《てるもと》の本陣を置き、吉川元春《きっかわもとはる》と小早川隆景《こばやかわたかかげ》に率いられた主力が播磨の西端に構える上月《こうづき》城を包囲したのである。

「囲碁に喩《たと》えれば、左辺の攻防じゃな」

と、日淵はつぶやいた。

信長は西に向かって、二本の矢を放った。

一本は丹波攻略の光秀、もう一本は播磨攻略の秀吉である。

二国とも遠くの西端さえ抑えれば、手前の国人衆は容易に調略できる。それゆえ、西端の左辺に布石を打つのは定石とおもわれたが、光秀がまず西丹波の黒井《くろい》城を狙って失敗した。黒井城を守る赤井《あかい》氏が存外に強靱《きょうじん》で、しかも、手前の八上《やかみ》城を守る波多野氏に裏切られたからだ。

一方、秀吉は播磨を一挙に奪取すべく、昨夏、赤松政範《まさのり》の守る上月城を落城させた。備前《びぜん》、美作《みまさか》との国境に位置する上月城の攻防戦こそが、毛利攻めの鍵を握る。信長は奪った城へ毛利と因縁の深い尼子《あまこ》党を入れ、武勇名高い山中鹿之助《やまなかしかのすけ》に堅守を申し渡したのである。

その上月城へ、毛利勢が怒濤のごとく迫った。

三万の攻め手にたいして、守る城方は三千にすぎない。

秀吉は三木城攻めを中断して支援に向かい、上月城の東に聳える高倉山《たかくらやま》に布陣した。

毛利方は兵力で勝っているにもかかわらず、攻撃を控えて陣城を築き、空堀を掘ったり柵《さく》や逆茂木《さかもぎ》で防備を固めたりしながら、連日のように法螺貝《ほらがい》や太鼓を鳴らしつづけ、城方の戦意を喪失させる策に出た。

双方の睨みあいがつづくなか、梅雨《つゆ》にはいると、信長が嫡男信忠を大将とした二万の軍勢を救援に向かわせた。ただし、こちらは三木城の支城包囲を主に命じられており、信忠は弟の信雄《のぶかつ》や信孝《のぶたか》らと三木城西部の神吉《かんき》城や志方《しかた》城などを包囲していった。
一方、丹羽長秀、滝川一益、明智光秀らに率いられた軍勢は秀吉の援護に向かった
ものの、毛利との決戦は避けるべしとの命が信長から下されており、上月城に籠城す
る尼子党は孤立を深めていった。
水無月のなかば、秀吉は膠着《こうちゃく》した戦況に痺《しび》れを切らし、洛中に布陣する信長のもと
へ向かって指示を仰いだ。されども、播磨平定を優先する方針は変わらず、事実上、
上月城の尼子党は捨て駒とされたのである。
秀吉は高倉山の陣を引き払うにあたって、尼子党に城の放棄を促す書状を届けたも
のの、尼子主従はこれを黙殺したともいう。
秀吉が撤退したのちの文月はじめ、毛利方は上月城を攻撃した。尼子勝久《かつひさ》は城兵の
助命と引換に開城を決断し、勝久をはじめとする一族は自刃した。名実ともに尼子氏
は滅び、尼子再興の立役者だった山中鹿之助は捕縛された。約七十日におよんだ上月
城攻防戦は幕を閉じ、毛利方もそれ以上は播磨へ攻めこんでこなくなった。
毛利方の動きが止まったのを確かめ、織田方は東播磨の攻略を再開し、神吉城、志
方城、魚住城、高砂城といった敵方の城をつぎつぎに落としていった。援軍が役割を

終えて離れたのち、秀吉は三木城の北東に位置する平井山に本陣を敷《し》き、周囲に付城を築くなどして兵糧を断ちつつある。

「予断を許さぬ情況じゃ」

日淵もつぶやくとおり、播磨の攻略は一進一退を繰りかえし、丹波の攻略も遅々として進んでいない。

それでも、信長は平然としていた。

昨夜、津田宗及《つだそうぎゅう》の天王寺屋において茶会が催されたのち、日海は同朋頭の一雲斎針阿弥から囲碁の対局を命じられた。相手は北条家に仕える真野樹斎《まのじゅさい》なる同朋衆で、推挙した徳川家康によれば関東一の碁打ちとのことだった。

信長も対局を見学すると、あらかじめ針阿弥には囁かれていた。

張りつめた空気のなかで二局戦い、いずれも百五十手以内で圧勝した。

二局目の終局となり、駄目を埋めつつ、おたがいの地を数えているところへ、上機嫌な信長がふらりとあらわれた。

おそらく、五体から放たれる尋常ならざる威圧に屈したのだろう。

日海は潰《つぶ》れ蛙のように平伏したまま、顔をあげることもできなかった。

それゆえ、巷間《こうかん》では「天下様」とも呼ばれている人物の声しか聞いていない。

「御狩する狩場の小野の楢柴《ならしば》の汝《なれ》はまさらで恋ぞまされる」

信長は疳高《かんだか》い声で万葉の詩歌を詠み、風のように飄然《ひょうぜん》と去っていった。

しばらくすると、針阿弥があらわれ、耳許で信長の伝言らしきことばを囁かれた。

「『天下の名物になぞらえ、名人と称されることを許す』と、御屋形さまは仰せであったぞ」

「名人にございますか」

「おぬしにはわかるまい。お詠みになった詩歌は、天下《てんか》三肩衝《さんかたつき》のひとつである楢柴のことを指しておる。ほかのふたつ、初花と新田《にった》はすでに御手許にあるのだが、楢柴だけは島井宗室《しまいそうしつ》なる西国の豪商が所有しておってな、先般、宗室より楢柴を献上したいとの申し出があった。何せ、足利義政《よしまさ》公も所有しておられた宝物じゃ。御屋形さまはたいそうお喜びになり、気に入ったものを見聞きなさると、近頃はよく恋の歌を口ずさまれる」

「恋の歌」

「宝物の茶器には飴《あめ》色の濃い釉薬《ゆうやく》が掛けられておってな。濃いと恋を掛けて、楢柴と名付けられたのじゃ」

興味深いはなしだし、手放しで喜ぶべき栄誉でもあろうが、茶器と同等にされたことへの屈辱も少なからずあった。

「……名人か」

つぶやいた日海の瞳《ひとみ》には、青海原に聳える巨大な御座船が映っている。

永楽銭の幟《のぼり》が林立する天守には「天下布武」と白地に墨書きされた旗が翩翻《へんぽん》と風にはためき、旗の前面には南蛮渡来の甲冑《かっちゅう》を身に纏った信長が立っていた。

無数の鉄砲狭間《ざま》からは、火縄銃の銃口が棘《とげ》のように突きだしている。

天に向かって太い筒先を振りむけているのは、今は斜陽となった大友宗麟《おおともそうりん》が葡萄牙《ポルトガル》から購入したのと同じ大筒であろうか。凄《すさ》まじい威力と轟音《ごうおん》ゆえに「国崩し」と命名された大筒を、六隻の安宅船は三門ずつ装備していた。

そもそも、宗麟に「国崩し」を献上したのは、博多湊《はかたみなと》を牛耳る島井宗室にほかならない。西国九州においては、大友氏に代わって島津《しまづ》氏が力をつけてきたなか、宗室は商売の特権を確保するために、島津氏と友好な関わりを保つ信長との接見を望んでいた。

名物茶器の楢柴が、双方の縁を取りもつ道具に使われようとしているのだ。

さまざまな人の思惑《おもわく》が入り乱れ、色違いの糸と糸が複雑に絡みあおうとしている。

もちろん、日海の与《あずか》りしらぬはなしばかりだ。

「放《はな》てぃ……っ」

遥《はる》かな高みから、疳高い声が聞こえてくる。

――どどん、どどん。

十八門の「国崩し」が一斉に火を噴いた。

耳を塞《ふさ》ぐ暇もない。

足許に激震が走った。

四

翌神無月《かんなづき》、摂津《せっつ》の荒木村重《あらきむらしげ》が離反した。

秀吉《ひでよし》とともに三木《みき》城攻めにのぞんでいるさなか、突如として持ち場を離れ、居城の有岡《ありおか》城へ帰陣してしまったのである。

――荒木村重、裏切りか。

織田《おだ》方に激震が走ったのは言うまでもない。

村重の裏切りは、茨木《いばらき》城の中川清秀《なかがわきよひで》や高槻《たかつき》城の高山右近《たかやまうこん》の離脱をも意味していた。

尼崎《あまがさき》や須磨《すま》の勢力もすべて敵にまわるのだ。播磨《はりま》につづいて摂津までもが混沌《こんとん》とすれば、信長《のぶなが》の覇権は揺るぎかねないのではないかと誰もがおもう。

村重ならば、播磨三木城の別所《べっしょ》氏のみならず、丹波八上《たんばやかみ》城の波多野《はたの》氏や黒井《くろい》城の赤《あか》井《い》氏といった有力諸将とも連携できようし、何と言っても、孤立していた大坂《おおさか》の石山《いしやま》本願寺《ほんがんじ》が息を吹き返すであろう。

もちろん、これら諸勢力の後ろ盾には毛利《もうり》が控えている。荒木村重という置き石が外れれば、姫路《ひめじ》城を拠点にする秀吉は孤立し、光秀《みつひで》も丹波攻略どころではなくなるのだ。

「三度目の正直になるやもしれぬ」

日淵《にちえん》は深刻な表情でこぼす。

信長に危機は何度も訪れたが、洛中《らくちゅう》で暮らす身にとっては、五年前の春に武田《たけだ》信玄《しんげん》の上洛にともなって三好善継《みよしよしつぐ》や松永久秀《まつながひさひで》に包囲網を築かれた出来事と、去年の秋口に上杉謙信《うえすぎけんしん》の西進にともなって久秀が再度離反した出来事についで、三度目にして最大の危機のようにも感じられた。

「裏切りが世の常とは申せ、忠義とは何かをつくづく考えさせられるわい」

裏切りや不忠が日常茶飯事《さはんじ》となり、何を信じてよいかもわからぬ世の中で、おそらくは誰もが心の支えを探している。

たとえば、松永久秀にとってそれは平蜘蛛《ひらぐも》の茶釜《ちゃがま》に象徴される飽くなき物欲なのかもしれなかった。あるいは、本願寺の顕如《けんにょ》や切支丹《キリシタン》大名の高山右近にとっては信仰なのであろうし、堺《さかい》の商人たちにとっては財か、もしくは、自治を堅持するという矜持《きょうじ》なのかもしれない。

もちろん、光秀や秀吉は信長への忠義を支えに大車輪のはたらきをしている。ただ、このふたりにも野望はあろうし、むしろ、野望のためなら忠義を捨てることもないとはかぎらない。

乱世に生きるとは、おそらく、そういうことなのだ。

心の支えとなるものは、主家や主君への忠義ではない。引きあげてもらったことへの恩義でもあり得ない。裏切ったり出しぬいたりするのはあたりまえで、やったことの報いを受ける覚悟さえあれば、何をやっても許されるのである。

何故《なにゆえ》、荒木村重は裏切ったのか。

日海《にっかい》の耳にも、さまざまな噂《うわさ》は聞こえていた。

毛利の調略に乗ったのだとか、本願寺と裏で通じていたのだとか、摂津の国衆や百姓たちが本願寺側に立って一斉に蜂起《ほうき》しつつあり、その機運を止めずに利用することにしたのだとか、臣下のなかで本願寺に兵糧《ひょうろう》を横流しした者がおり、発覚するのを恐れたのだとか、はては自分を小莫迦《こばか》にした信長に積年の怨《うら》みを抱いており、近習《きんじゅ》たちの横柄な態度にも業《ごう》を煮《に》やしていたのだとか、さまざまに取り沙汰《ざた》されているものの、どれが真実かなどわかろうはずもない。

村重が裏切った理由など、正直、日海はどうでもよかった。

とどのつまり、裏切りは乱世の常ゆえと言うしかなかろう。

「明智《あけち》さまが糾問《きゅうもん》の御使者として説得にあたられたそうじゃ」

日淵は声をひそめた。

松井友閑《まついゆうかん》と万見仙千代《まんみせんちよ》も同席した申し開きの場で、村重は裏切るつもりなど毛頭ないと訴え、実母を安土《あづち》へ送る約束まで交わした。仙千代から居丈高《いたけだか》な態度で「御屋形さまに命乞いせよ」と命じられても、恭順の態度をみせたという。

「ところが、荒木さまは安土へ向かう途上で踵《きびす》を返された。携えていた兵庫《ひょうご》の茶壺《ちゃつぼ》を献上するのが惜しくなられたとも聞く。おおかた、松永久秀さまのことを脳裏に浮かべられたのであろう。信長さまは松永さまの壮絶な最期《さいご》を伝え聞き、呵々《かか》と嗤《わら》いながら仰ったそうじゃ。『一度裏切った者は何度も裏切る。信を失った者は自滅する』とな。荒木さまは安土へ向かう道中で、信長さまのおことばをおもいだされたのやもしれぬ」

村重は有岡城に戻ってのち、長男の村次《むらつぐ》に嫁《か》していた倫子《りんこ》を光秀のもとへ送り返し、織田方との絶縁を内外に知らしめた。秀吉も村重に翻意を促すべく、旧知の仲でもある軍師の小寺官兵衛《こでらかんべえ》を説得に遣《つか》わしたが、官兵衛はその場で斬り殺されたとも、寝返って村重の臣下になったとも伝えられていた。

信長にとって、有岡城攻めは喫緊《きっきん》の必達事となった。

ところが、そちらよりもさきに、大坂の木津川口《きづがわぐち》に火が付いた。

霜月《しもつき》六日、石山本願寺へ兵糧を届けるべく、毛利方の村上《むらかみ》水軍が六百艘《そう》からなる船団を整え、悠々と河口へ攻め寄せてきたのである。

一昨年の文月《ふづき》、九鬼嘉隆《くきよしたか》率いる熊野《くまの》水軍が海上で火達磨《ひだるま》にされた記憶は生々しい。爾来《じらい》、二年と四月、織田方が対策を講じぬはずはなかった。

信長はけっして、同じ過ちを繰りかえさない。

河口に船首を並べて迎え討ったのは、鉄の鎧《よろい》で覆われた六隻の鉄甲船にほかならなかった。

戦端が切られたのは、朝陽が海原《うなばら》を照らしはじめた辰《たつ》ノ刻である。

織田方の存亡を懸けた一戦になると、将兵らは緊張の面持《おももち》ちで息を呑《の》んだ。

村上水軍の水夫《かこ》たちは海賊の出だけに、勇猛果敢で操舵《そうだ》技術に優れていた。操る関《せき》船《ぶね》は水捌《みずは》けのよい一本舳《みよし》、八十人乗りの四十挺《しじっちょう》立《だて》である。関船よりも機動力に優れた小《こ》早《はや》の群れも、白波を立てて海上を縦横に疾駆《しっく》していた。

一方、九鬼嘉隆の統率する熊野水軍は動かない。

六隻の鉄甲船が河口を封鎖するかたちで横一列に並び、関船や小早も隙間《すきま》を埋めるように浮かんでいる。

一見したところ、負け戦となった一昨年と陣形は変わっていなかった。

――ふわあああ。

遠く洛中にあっても、水夫たちの喊声《かんせい》が聞こえてくるかのようだった。

村上水軍は前回同様、縦陣形で錐《きり》のように突っこんでくる。

関船や小早船の船首に板壁を立て、背後に射手を隠していた。

激突も辞さぬ覚悟で迫り、射手が焙烙火矢《ほうろくびや》を放つのである。

が、それは、あまりに無謀な挑戦だった。

水夫たちの眼前には、白銀に輝く鋼鉄の船首や船舷《ふねべり》が立ちはだかる。

焙烙火矢を放っても、火花とともに撥《は》ね返《かえ》されるだけのはなしだ。

突如、十八門の大筒が火を噴いた。

――どどん、どどどん。

轟音《ごうおん》は海面を揺るがし、砲弾が逆落としに落ちてくる。

海上に太い水柱が何本も立ちのぼり、関船や小早は木の葉のように翻弄《ほんろう》された。

国崩しの威力は、敵味方の予想を遥《はる》かに超えていた。

前回は混乱のなかで放つこともできなかったが、砲手たちの練度は格段にあがっており、間断なく放たれる砲弾は村上水軍の関船をつぎつぎに粉砕していった。よしんば砲弾の雨をかいくぐり、鉄甲船のそばに肉薄できたとしても、焙烙火矢も焙烙玉も鉄壁には通用しない。立ち往生している隙に、織田方の関船に取りかこまれ、つぎつぎに沈められていった。

海上が混乱の坩堝《るつぼ》と化すなか、六隻の鉄甲船が静かに動きだす。

まるで、山が動いたかのようだった。

——どどん、どどどん。

六隻は大筒を放って扇形に分かれ、村上水軍の関船を踏みつぶしながら海上に太い航跡を曳《ひ》いていく。

中天《ちゅうてん》に陽が昇りきるまでに、海戦は終わっていた。

九鬼嘉隆率いる熊野水軍の完勝である。

海上の其処此処《そここ》には黒煙が巻きあがり、木津川口の岸辺に陣取った織田方の将兵らは感涙に噎《むせ》びながら勝《か》ち鬨《どき》をあげた。

——えいえい、おう、えいえい、おう。

日海の耳にも、はっきりと勝ち鬨は聞こえていた。

洛中の人々はみな、気づいてみれば、信長贔屓《びいき》になっている。

もちろん、朝廷の庇護《ひご》者であることも影響しているのだが、その揺るぎなき信念と自信に裏打ちされた個の力に圧倒され、魅了されているのはあきらかだった。

市井《しせい》の人々も確乎《かっこ》たる寄る辺を求めている。

超人とも呼ぶべき信長を高みに持ちあげれば、今の暮らしはひとまず安堵《あんど》されるにちがいない。飽くこともなくつづく戦乱の世に終止符を打ってほしい。そうした期待のあらわれでもあるのだろう。

木津川口の海戦で水軍が敗れ、毛利方の動きは止まった。

いざとなれば、毛利との講和を斡旋《あっせん》してほしいと朝廷に頼んでおいたのだが、即刻、信長はその願いを取りさげている。

石山本願寺はふたたび孤立を余儀なくされ、織田方は勢いを盛りかえした。

五

九鬼嘉隆の水軍が勝利した霜月六日、日海は住み慣れた本行院《ほんぎょういん》を去り、日淵が室《むろ》町近衛町《まちこのえちょう》に建立《こんりゅう》した久遠院《くおんいん》へ移った。

一方、信長は木津川の海戦直後に安土を出陣し、高槻城の高山右近と茨木城の中川清秀を翻意させてみせた。敬虔《けいけん》な切支丹である右近の説得には、南蛮寺《なんばんじ》のオルガンティーノまで遣わされたという。

信長は万全の下準備を整え、荒木村重の籠《こ》もる有岡城へ向かった。

同月二十七日、まずは滝川一益《たきがわかずます》と丹羽長秀《にわながひで》の別働隊が、村重の従兄弟《いとこ》が籠城《ろうじょう》する花《はな》隈《くま》城を攻撃した。

翌日、信長は有岡近くの古谷野《こやの》に本陣を敷き、みずから陣頭指揮に立った。

師走《しわす》三日、村重方の猛将として名高い大和田《おおわだ》城の安部二右衛門《あべにえもん》が、反対する父と伯《お》父《じ》を裏切って投降する。

これを受けて、八日、信長は有岡城への総攻撃を下知《げじ》した。

未だ空の明け初めぬ寅《とら》ノ刻頃、まっさきに鉄砲隊と弓隊が突出していった。

鉄砲隊を率いる指揮官のひとりは、この日が初陣《ういじん》となる万見仙千代である。

「放て、放て」

鎧姿の仙千代は声を嗄《か》らした。

鉄砲隊は城兵に鉛弾の雨を降らせ、弓隊も火矢を放つなどして敵を攪乱《かくらん》した。

そして、周囲が薄暗くなった酉《とり》ノ刻頃、信長はここが勝機と踏み、全軍に突入を命じる。

「ぬおっ、掛かれ」

仙千代ら馬廻り衆は先鋒《せんぽう》となって群れをなし、土埃《つちぼこり》を巻きあげながら城壁へ迫った。

一方の城兵たちも必死である。

――ひひぃん。

闇雲《やみくも》に突入する馬は嘶《いなな》き、竿立《さおだ》ちになった。

城兵たちの放つ矢の餌食《えじき》となって、斃死《へいし》する人馬も後を絶たない。

「怯《ひる》むな、突きすすめ」

仙千代は愛馬を捨てるや、一番乗りをめざして石垣に齧《かじ》りついた。長梯子《ながばしご》を伝ってするすると登り、今しも石垣を乗り越えようとしたそのとき、唐突に突きだされた槍《やり》の穂先で喉《のど》もとを串刺しにされたのだという。

夜間の激戦で、織田方は二千人余りもの死傷者を出した。

それでも城は落ちず、仙千代をはじめとする股肱《ここう》の近習たちを多く失った信長は攻撃を止《や》めさせた。

力押しに城を落とす策をあきらめ、兵糧攻めに切りかえたのだ。

このあたりの見極めは、さすがに素早い。意地を貫く愚は避け、留守部隊に砦《とりで》や付城《つけじろ》を築くように命じるや、信長はさっさと帰城の途に就いた。

万見仙千代の悲惨な最期もふくめて、合戦の経緯《いきさつ》は洛中にも伝わってきた。

織田方の軍勢は洛中に蹄《ひづめ》の音を響かせて合戦場へ向かい、終われば風のように通り過ぎていく。

そのたびに、人々は信長の雄姿を目に焼きつけようと、大路へ飛びだした。

運よく人々の目に映った信長は、神々《こうごう》しくも近寄り難い空気を放っていた。

すでに卯月《うづき》の段階で、右大臣と右近衛大将《うこんえのだいしょう》の両官職を朝廷に返上している。

官位などいらぬ。

余計な飾りたてなどせずとも、おのれの力でのしあがってみせる。

――天下布武。

威風堂々とした信長のすがたには、満々たる自信が漲《みなぎ》っていた。
目睫《もくしょう》の戦さに勝とうが負けようが、そんなことはどうでもよい。
「もはや、信長さまは、毛利の遥かさきを見据えている」
日海は戦塵《せんじん》の余韻《よいん》が残る沿道に佇《たたず》み、そうおもわずにはいられない。
「日海さま」
風音に混じって、おなごの声が聞こえてきた。
聞きおぼえのある声だ。
喜々として振りむけば、懐かしい顔がこちらをみつめている。
「……ま、真葛《まくず》か」
薪《たきぎ》を負ったみすぼらしい風体で、顔も土で汚れていたが、すぐに真葛とわかった。
二年と四月ぶりか。
真葛が南蛮寺のそばで信長を襲った刺客なら、そういうことになろう。
あのとき、善住坊《ぜんじゅぼう》の首を刎《は》ねた万見仙千代は、初陣の有岡城攻めで憤死した。
世の無常におもいを馳《は》せつつ、日海は真葛に向きなおる。
じわりと、愛おしさが甦《よみがえ》ってきた。
溢《あふ》れる感情を抑えて近づき、寒風の吹きぬける沿道で向きあう。

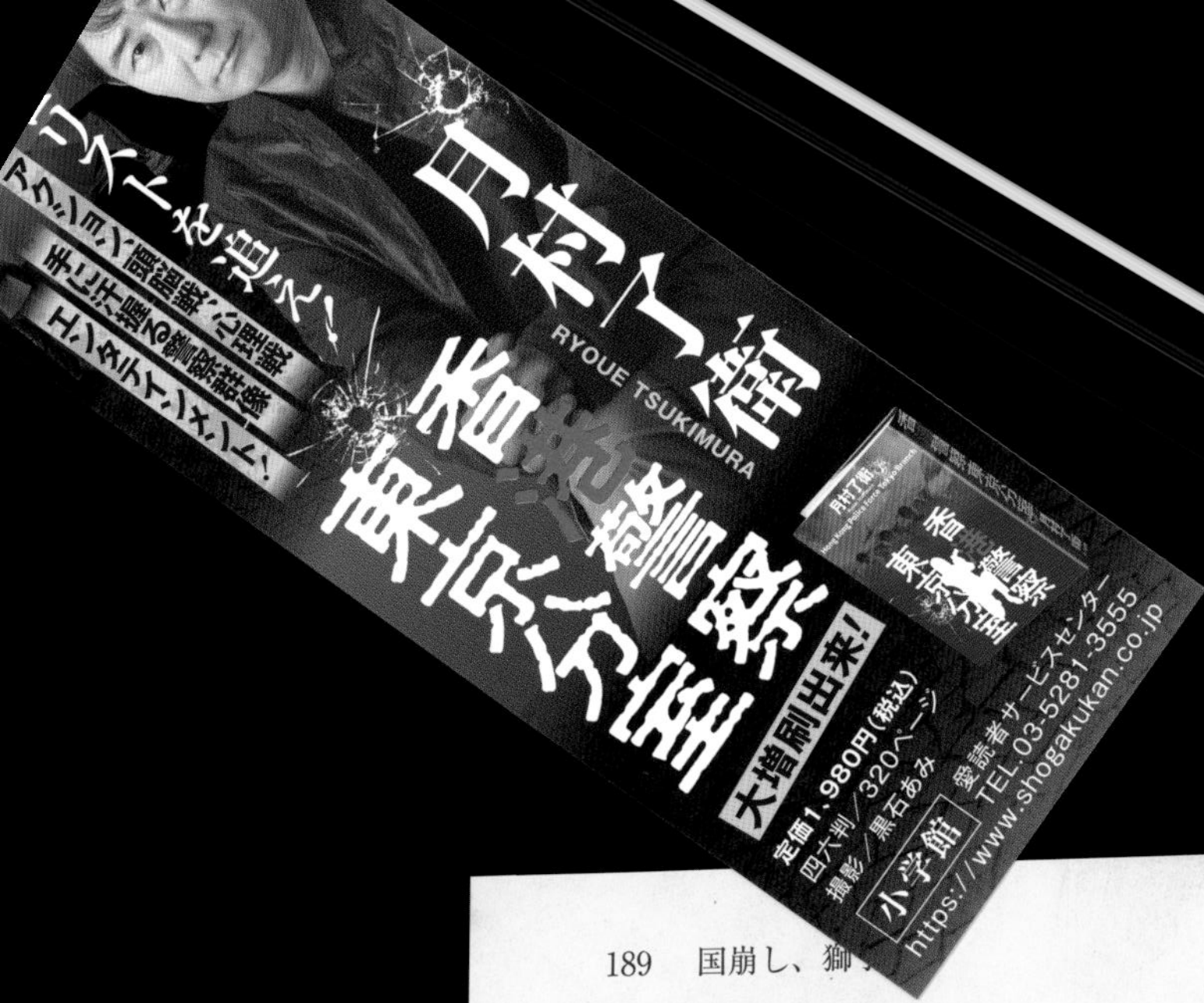

あかぎれの目立つ手に目をやった。

今まで何処《どこ》でどうしていたのかと、問わずにはいられない。

だが、問いたくない気持ちもあった。愛おしいおなごが刺客のはずはないと、あれからずっと自分に言い聞かせてきたのだ。

「すでに、日海さまはおわかりかと。あれは、わたしなのでございます」

一縷《いちる》の望みを断ちきるように、真葛は毅然《きぜん》と言いはなつ。

そして、耳をふさぎたくなるようなことを告げた。

「役目はまだ終わっておりませぬ。信長を仕留めるまでは」

「待て。何故、さようなことを告げる」

「わかりませぬ。ただ、日海さまには知っていてほしいのです。お寺で過ごしたあの日々が、わたしにとってはすべてにございました」

「戻ってくればよい。いつでも、山門は開いておる」

「できませぬ。大勢の仲間が死にました」

真葛は涙を溜《た》めて吐《は》きすてる。

日海は苦しげに問うた。

「紀州《きしゅう》の雑賀《さいか》党か。されど、雑賀党は織田方の軍門に降ったはず」

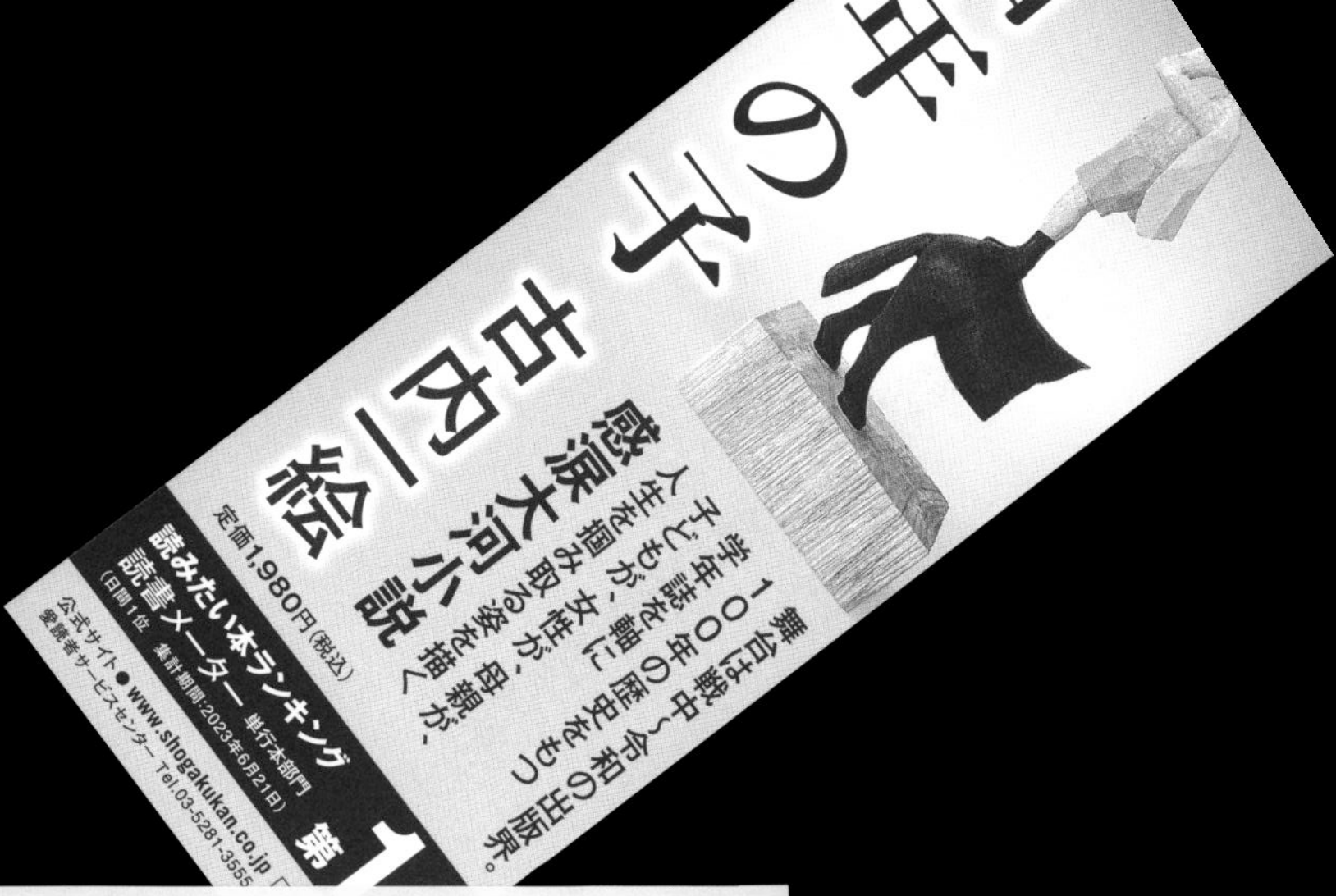

「靡《なび》かなかった者たちもおります。靡いた者たちのなかにも、怨みを抱えた者は大勢いる」

「おぬしは私怨から、信長さまを討《う》とうとしておるのか」

「それもございます。されど、あくまでもこれはお役目、われら一族が果たさねばならぬ約束事なのでございます」

「何故、おぬしがそのような重荷を背負わねばならぬ」

「誰かが背負わねばなりませぬ」

俯《うつむ》く真葛のほうへ、日海は身を寄せた。

「待ってくれ。そもそも、信長さまを葬って何になる。たとい、誰かが得をしたとしても、それだけのはなしではないか。たかが損得勘定のために、おぬしが犠牲になる道理はない」

「損得勘定ではありませぬ。わたしに命《めい》を授けたお方は、人間の不遜《ふそん》を糺《ただ》そうとしておられるのです」

「人間の不遜」

「神仏をも蔑《ないがし》ろにし、おのれが神仏に取って代わろうとする。さような悪夢を抱く輩《やから》はこの世から抹殺せねばなりませぬ」

真葛はただ命じられて、刺客になったのではない。充分に納得したうえで、みずから重荷を背負う決断をしたのだ。雇い主の名を問おうとはおもわなかった。知ったところで、日海にはどうすることもできない。

「信長の命を狙《ねら》う者は、わたしだけではありませぬ。この春に逝去《せいきょ》なされた上杉謙信公も、忍びの軒猿《のきざる》にご遺言を託されました。かならずや、信長を滅すべしと。伊賀《いが》者も躍起になっておりますし、洛中には有象無象の刺客どもが徘徊《はいかい》しております。されど、信長に近づくのは容易でない。近習たちが十重《とえ》二十重《はたえ》の守りを固めております。もちろん、それだけではございませぬ。わたしは、織田信長を超える強運の持ち主を知りませぬ」

滔々《とうとう》と喋《しゃべ》りつづける真葛の顔をみつめ、日海は途轍《とてつ》もない虚《むな》しさを抱いていた。

どれだけ説明を尽くしても、翻意させることは叶《かな》うまい。

刺客として生き、刺客として死ぬ。

それこそが、真葛の本分なのだ。

「日海さま、わたしを助けていただけませぬか」

「えっ」

唐突な申し出に、日海は眉《まゆ》をひそめた。

無論、信長を亡き者にする企《くわだ》てに手を貸すわけにはいかない。

「堺にて、名人という称号を賜ったそうですね。日海さまなら、近習たちにも疑われずに信長のそばへ近づくことができましょう」

「手引きをせよと申すのか」

「やっていただけませぬか」

「できるはずがあるまい」

「命を惜しまれるのですか」

それもある。だが、それだけではなかった。

信長に期待しているのだ。信長ならばきっと、安寧《あんねい》の世をつくりだしてくれるにちがいない。

真葛は嘲笑《あざわら》う。

「まさか、本気でそのようなことを。どうやら、わたしは勘違いしていたようです。日海さまになら、わかっていただけるとおもうたに。されど、後悔なさることでしょう。今は庇護の傘に隠れた日蓮《にちれん》宗とて、いつなんどき、一向宗と同じ目に見舞われぬともかぎりませぬ。信長のごとき大悪人を生かしておけば、今よりもいっそう大きな災厄が訪れるに相違ない」

真葛は頭《こうべ》を垂れ、踵を返しかけた。

「待ってくれ。これを」

日海は懐中から、短冊を取りだす。

真葛は驚き、目に涙を浮かべた。

――四海の信心の人はみな兄弟
短冊には、そう書かれている。

「ずっと、捨てずに、携えていてくだされたのですか」

「ああ」

「これは、顕如さまからいただいた宝物です」

薄々気づいていたことだ。

重い役目を課したのは、本願寺の顕如上人《しょうにん》にちがいない。

「それでは、もう、まいります」

真葛は何かを振りきるかのように言いきり、もう一度深くお辞儀をすると、日海に背を向けた。

――行くな、戻ってこい。

胸中に叫びつつも、口に出すことはできない。

真葛は凩《こがらし》に吹かれながら、鉛色の沿道を遠ざかっていく。
日海はがっくりと肩を落とし、いつまでも同じ場所に佇んでいた。

神と鬼

一

天正《てんしょう》七（一五七九）年、皐月《さつき》なかば。

——安土。

人知を超えた絶景のまえに立つと、人は跪《ひざまず》いてしまうものなのだろうか。

真正面の高みに聳《そび》える天主を仰ぎ、日海は大手道の石段に蹲《うずくま》った。

震えが止まらない。

もちろん、はなしには聞いていたのだ。

琵琶湖の東岸から突きだすように延びる安土山の頂部に、壮麗な天主を擁する信長の城が完成したことを、洛中に住む者で知らぬ者はいない。いや、信長の生誕日でもある皐月十一日に合わせて、黄金に煌《きら》めく天主がお披露目《ひろめ》されたことを、全国津々浦々の誰もが知らぬはずはなかった。

初のお披露目から三日経《た》っても、招かれた客の列は途切れることもなくつづいている。

かたわらに立つ日淵が囁《ささや》きかけてきた。

「南蛮寺のフロイスさまは、安土をバビロンと呼ばれたそうじゃ」

「バビロン」

「大河のそばにある小さな町が、やがて、途轍もなく大きな都になった。何百年どころか、何千年もつづく都らしゅうてな、バビロンとはいにしえのことばで、神の門という意味なのやと」

「神の門」

「いつぞやのごとく、天鵞絨《ビロード》の洋套《カッパ》を颯爽《さっそう》と纏《まと》った信長さまが、神々しゅうみえたのやもしれぬ。ほれ、足許《あしもと》を」

日海は命じられたとおり、石段に目を貼りつける。

「気づかぬのか、石仏じゃ」

「あっ」

「罰当たりにも、仏門の徒であるわれらが仏を踏みつけておる。これもまた、お覚悟のあらわれよな。石は石にすぎぬと、信長さまは諭しておられるのじゃ」

日淵は石仏を踏みつけ、どんどんさきへ進んでいく。

「……お、お待ちを」

日海は蹌踉《よろ》めくように、師の背中を追いかけた。

大手道の途中に人が集まり、利発そうな小姓《こしょう》の説明に耳をかたむけている。

「ご天主を背にして大手道をまっすぐに下れば大手口、そのさきには濠《ほり》が巡らされ、濠の向こうには京街道が通っております。されば、右手をご覧くだされ。坤《ひつじさる》の安土川に架かる百々橋口《どどばしぐち》を渡ったさきには、あのように城下町が広がっております。新しい町人の数は六千を超えました。百々橋口から急な石段を上れば二王門に行きつき、さらに進めば木々の鬱蒼《うっそう》と茂る摠見寺《そうけんじ》にいたります。ほら、ここからでも美しい三重塔をのぞむことができましょう」

小姓は胸を張り、凛《りん》とした声で説きつづける。

「さすが、森乱丸《もりらんまる》さまや。目から鼻に抜ける賢さやな」

隣から囁きかけてくる商人には、みおぼえがあった。

名は小西隆佐《こにしりゅうさ》、堺で挨拶《あいさつ》を交わした商人にほかならない。たしか、ルイス・フロイスとも懇意にしていたはずなので、フロイスの供として訪れたのであろうか。

横顔に童の面影を残す森乱丸という色白の小姓は、浅井《あざい》朝倉《あさくら》との激闘で討ち死にした闘将森可成《もりよしなり》の三男らしかった。有岡城攻めで奮戦した万見仙千代亡きあと、信長がもっとも寵愛《ちょうあい》している小姓だという。

「武家屋敷はこちらからさらに上ったさきに集まってござりますが、大手道沿いにも羽柴《はしば》さまや徳川《とくがわ》さまの御屋敷がござります」

乱丸は屋敷を紹介しながら、軽快に石段を上っていった。

人々は心底から感嘆の声をあげ、ぞろぞろ移動しはじめる。

石段を上りきったあたりに織田信忠《のぶただ》の邸宅があり、左手の下方に摠見寺の裏門がみえた。摠見寺は堂塔伽藍《どうとうがらん》を備えた臨済《りんざい》宗の寺で、百々橋口から城への通り道が境内《けいだい》と繫《つな》がっており、摠見寺に参じねば城へはたどりつけぬようにできている。

七曲《ななまがり》の道へつづく高台に立つと、満々と碧水《へきすい》を湛《たた》えた琵琶《びわ》湖を一望にできた。

「湖の向こうにみえるのは、比良《ひら》や比叡《ひえい》の山脈《やまなみ》にござりまする」

乱丸の声は一段と高くなる。

絶景であった。

北と東西の山際まで湖の迫る安土山の地形もよくわかる。

正面の西側につづく七曲は武家の登城口で、東側の遥か下方に敷かれた搦手道《からめてみち》からは兵糧が担ぎあげられてくるらしい。

信長の鎮座する天主はさらに上方、右手の急な石段を上ったさきにある。

息を切らして石段を上りきると、高い石垣に囲まれた黒金門が立ちはだかった。

「石垣は観音寺山《かんのんじやま》、長命寺山《ちょうめいじやま》、長光寺山《ちょうこうじやま》、伊庭山《いばやま》などから運ばれた選りすぐりの大石ばかりです。なかには、縦横五間四方の巨石もござります」

推定三万貫もある蛇石の逸話なら、噂に聞いたことがあった。引きあげる途中で綱が切れ、百五十人余りが横滑りした石の下敷きになったという。惨事ののち、信長は景気づけに着飾った遊女たちを石のうえに乗せ、三日三晩かけて山頂へ運ばせた。

「安土山には石引きの歌声が木霊《こだま》し、山も谷も動かんばかりにござりました」

穴太《あのう》の職人たちによって積まれたという石垣は、緊密な均衡を保ちながら日の本一の城郭を支えている。

黒金門を潜《くぐ》ると、雄壮な御殿の屋根が眼前に迫ってきた。

「二ノ丸にござります」

二ノ丸につづいて本丸があり、東の端に三ノ丸がある。

本丸御殿は内裏の清涼殿を模しており、乱丸によれば、天皇の御幸を想定しているとのことだが、この清涼殿もふくめてすべての御殿群から、天主を見上げる造りになっていた。通例で考えれば、主君とその一族は御殿のなかで寝起きするはずだが、信長の寝所や政庁は天主のなかにあるという。

日海たちは乱丸につづいて、二ノ丸御殿を通りぬけた。

広々とした白砂の中央に青石を敷きつめた道がつづき、まっすぐ延びた道の向こうに天主が超然と聳えている。

「屋根は五層にござりますが、四階部分は望楼の支えとなる屋根裏部屋になっております」

四階までは外観の木部が黒の漆塗《うるしぬ》り、壁は白漆喰《しろしっくい》に仕上げてあった。目を引くのは五階の望楼で、法隆寺《ほうりゅうじ》夢殿のごとく正八角形の造りになっており、柱にはすべて朱の漆が塗られている。さらに、最上階は正方形で外部はすべて金箔押《きんぱく》し、各層の屋根に葺《ふ》かれた赤瓦《あかがわら》と青瓦を金箔押しの軒瓦が縁取っていた。首を捻《ひね》って大屋根を仰げば、金箔の鯱《しゃち》が左右一対で向かいあうように配されている。

内陣の装飾もふくめて三年掛かりで完成させたそうだが、たった三年でこれほどの天主を築いたことに驚きを禁じ得ない。

天主の周囲を旋回しているのは、白鷹《はくたか》であろうか。

「陸奥《むつ》国遠野《とおの》の阿曽沼広郷《あそぬまひろさと》さまご献上の白鷹にございまする」

乱丸は指をさし、目を爛々《らんらん》と輝かせる。

白鷹はぜんぶで十数羽も届けられたらしい。信長と誼《よしみ》を通じておきたい国人は、遥か彼方《かなた》の国にも大勢いるのだ。

道の脇《わき》から、威勢の良い胴間声《どうまごえ》が響いてきた。

「乱丸、こっちじゃ。客どもを連れてこい」

歴戦の強者といった風情《ふぜい》の老将が、赭ら顔《あかがお》で手招きしている。

乱丸は客たちをしたがえ、老将のもとへ歩を進めていった。

「うっ」

あまりに酒臭いので、日海は顔をしかめる。

「佐久間《さくま》さま、お役目の際は御酒をお控えください」

「何じゃと、小姓の分際で、筆頭家老の佐久間信盛《のぶもり》に意見するかっ」

「御天主のお披露目は、織田家家臣のたいせつなお役目。すべては、公儀のご意向にございまする」

「公儀とは何じゃ」

「お忘れですか。御屋形さまのことにござる」

「ふうむ」

信盛は歯噛《はが》みして口惜しがる。

音に聞こえた織田家筆頭家老の佐久間信盛が目の前に立っているのも驚きだが、乱丸の毅然とした態度には感服するしかない。

信盛は気を取りなおし、人垣を眺《なが》め渡す。

「ここからさきは見料を頂戴する。銀二匁《もんめ》じゃ。払えぬ者は、天主を拝んで早々に立ち去るがよい。ふん、商人と坊主ばかりじゃのう。言うておくが、内陣をみたら腰を抜かすぞ。銀二匁では安いくらいじゃ。ほれ、早う見料を払わぬか」

もちろん、内陣を見学したい気持ちは山々だが、日淵に銀四匁の持ち合わせはあるまい。あきらめて踵を返しかけると、小西隆佐が一歩前に踏みだした。

「佐久間さま、三人ぶんをよろしゅうお願い申しあげまする」

小西に目配せされ、日淵は嬉《うれ》しそうに拝んでみせる。

どうやら、ふたりのぶんまで払ってくれるらしい。

小西隆佐に手渡された銀六匁を、信盛は後ろの大箱へ無造作に抛《ほう》った。

やはり、払えぬ者が多かったらしく、見学する者の数は十人ほどに減じられる。

乱丸は素知らぬ顔で信盛のもとを離れ、小西や日淵たちを引きつれて石畳《いしだたみ》の道をたどりはじめた。

「ふん、色小姓め」

信盛の悪態を背にしつつ、日海も急いであとを追う。

天主の表口を潜ったところで、ことばを失って立ちつくしてしまった。

「……う、美しい」

石垣の下に地階が隠れており、驚くべきことに心柱がなく、地階から地上三階までは吹きぬけになっている。

おそらく、十一間余りの高さはあろう。

地階中央には金箔の施された宝塔が置かれ、二階には張りだしの舞台があり、三階の中空には黒漆の塗られた橋が架かっている。

荘厳な雰囲気《ふんいき》だ。

日海は南蛮寺の教会堂をおもいだした。

壁面には金箔が施され、黒漆の長押《なげし》や柱との対比が鮮烈である。長押を飾る牡丹唐草《ぼたんからくさ》の打ちだしなどには、当代随一の匠《たくみ》たちの技巧が結集されているのだろう。吹きぬけの周囲は座敷で、一階は政庁ならびに内外臣の控えの間となっており、配膳部屋もふくめて大小二十四の部屋があるという。

乱丸は南の座敷へ向かい、廊下《ろうか》から手を合わせた。

「みなさまも、お祈りください」

床の間には、漬け物に使うような石が置かれている。

これも噂には聞いていた。

信長はみずからの生誕日を祝うべく、訪れた客たちに「盆石《ぼんせき》」と呼ぶ石を拝ませたという。

あの石が信長の身代わりなのであろうか。

拝むことに抵抗があったものの、乱丸の鋭い眼差《まなざ》しが気になった。

ようやく石の間から解放され、脇の階段を上りはじめる。

二階には信長の御座をふくむ十二部屋があり、三階には信長常任の諸部屋や奥方の居間や茶座敷など十四の部屋があるという。

乱丸は廊下を辰巳《たつみ》に向かい、金の茶室に導いてくれた。

「おっ」

息を呑む。

金箔を背景にして描かれた壁画がすばらしい。

「東の壁には桐《きり》と鳳凰《ほうおう》、それと許由《きょゆう》が耳を洗う図が描かれております。そして、西には岩と木の絵と竜虎争闘の絵、南にはめでたい松と竹の絵が描かれてござります。すべては狩野源四郎《かのうげんしろう》とその一門によって描かれたものにて、京の御所にでも参じねば拝見できぬものばかり」

東の壁に描かれた許由とは、帝王の堯《ぎょう》が後継者に指名した途端にすがたを隠した賢人のことらしいが、乱丸は絵の題材に選ばれた理由までは口にしなかった。

さらに、屋根裏部屋の四階を通りすぎると、いよいよ八角形の五階へたどりつく。格天井《ごうてんじょう》や壁面の装飾は、釈迦《しゃか》を中心に仏の世が描かれていた。柱には昇り竜と下り竜の双竜が珠《たま》を争っている絵が、廊下を挟んで外陣には阿鼻《あび》叫喚《きょうかん》の地獄絵図が、そして内陣には釈迦の説法図と降魔《ごうま》成道図《じょうどうず》が描かれている。

仏堂なのだと、日海は理解した。

法華《ほっけ》宗御本尊の釈迦如来《にょらい》を描いたのは、織田家が法華宗の檀家《だんか》であるという理由からではなく、本願寺御本尊の阿弥陀《あみだ》如来を嫌悪しているからにちがいない。

さらに、一行は階段を上り、望楼の最上階へ導かれていった。

広さは約三間四方の四角い空間で、壁面には古代中国の帝王や聖人が描かれている。

「東南の壁には三皇五帝から伏犠《ふっき》と神農《しんのう》、さらには孔子《こうし》の絵が、南西には黄帝《こう》と老子《ろうし》の絵が、北西には周王朝をつくった武《ぶ》王の父文《ぶん》王と、文王と武王に仕えた太公望《たいこうぼう》の絵が、東北には武王の弟で後周を統治した周公旦《しゅうこうたん》が髪を洗う絵と孔門十哲の絵が、そして天井には天人影向《てんにんようごう》の絵が描かれております」

選んだ人物の規準はわからぬが、ともあれ、息を吞むような美しさである。

ただ、望楼の廻り廊下へ向かう扉は閉ざされ、扉のさきへ進むことは許されない。望楼からの眺望を楽しむことができるのは、選ばれたごく一部の者たちだけなのであろう。

ここまで上ってこられただけでも充分だった。

銀二匁どころか、財のすべてを投じてでも観たいと願う者は大勢いるにちがいない。

「正月二十日、摂津で地震《ない》がありましたな。四天王寺《してんのうじ》の鳥居も倒れるほどの大地震《おお》にございます」

顕如の拠《よ》る石山本願寺も大揺れに揺れ、荒木村重の守る有岡城にも甚大な被害が出たと聞いた。

「この安土城は微動もいたしませなんだ。すべては、織田信長公の御威光によるものにございましょう」

堂々と胸を張る乱丸は、信長に心酔しきっている。

見物人のなかには、乱丸を拝もうとする者さえあった。

日海は抗《あらが》うべくもない力を感じつつも、危うさと紙一重の中空に浮かんでいるような錯覚を抱いた。

二

日海が安土へやってきたのは、信長の城をみたかったからだけではない。足労しなければならない理由があった。巷間《こうかん》でも「安土問答《もんどう》」と呼ばれている宗論《しゅうろん》を闘わせるべく、書役として日淵に随行したのだ。

きっかけは半月ほどまえ、安土城下で説法をしていた霊誉《れいよ》玉念《ぎょくねん》という浄土《じょうど》宗の高僧にたいして、建部《たけべ》紹智《しょうち》と大脇伝介《おおわきでんすけ》なるふたりの法華宗信者がからかい半分に仏法の奥義を問うたことであった。

玉念が法華宗の高僧を連れてくれば教えると応じたので、建部と大脇は伝手《つて》をたどって方々に声を掛けた。そして、堺にある頂妙《ちょうみょう》寺の日珖《にちこう》、洛中からは常光院《じょうこういん》の日諦《にったい》といった名刹《めいさつ》の僧たちとともに、久遠院の日淵も安土へおもむくことになったのだ。

日海にも詳しい経緯はわからない。

「売られた喧嘩《けんか》は買わねばなるまい」

と、日淵が柄にもなく昂揚《こうよう》した面持ちで吐きすてたのをおぼえている。

宗論の相手は浄蓮寺《じょうれんじ》の霊誉玉念のほかに、安土田中にある西光寺《さいこうじ》の聖誉貞安《せいよていあん》、正福寺《しょうふくじ》の信誉洞庫《しんよどうこ》といった浄土宗の長老たちであった。

安土では連日のように相撲《すもう》が開催されており、人々は勝負事に飢えている。しかも、平常《ふだん》はなかなかみられない他宗派同士の論争だけに、日海たちが着くまえから城下では噂にのぼり、大勢の人々が関心を寄せていた。

仏門の宗派はときに武装し、血で血を洗う争いをしてきた。日蓮を奉じる法華宗も例外ではなく、本願寺の寺院を焼き討ちにしたことがあり、そのせいで大坂の石山本願寺は堅牢な造りになったとも伝えられている。逆しまに、守護大名と手を組んだ比叡山の僧兵から洛中にある二十一ヶ所の日蓮宗寺院すべてを焼き払われ、一万人におよぶ犠牲を出したこともあった。いずれも、三十年以内に勃《お》こった出来事である。

宗教問答は本物の合戦になる危うさを孕《はら》んでいるので、信長はわざわざ双方に使者を遣わし、大袈裟《おおげさ》なことはせぬようにと釘を刺していた。ところが、法華宗側は勧告にしたがわずに宗論での決着を求め、ついに、信長の選んだ立会人のもとで問答がおこなわれることになったのだ。

ところは安土城下にある浄厳院《じょうごんいん》仏殿、浄土宗の寺院なので敵地に乗りこんでいくようなものだが、煌びやかな法衣《ほうえ》を纏った日蓮宗の僧たちは自分たちが負けるわけがないと意気込んでいた。

「みな、博識で弁も立つ。案ずるにおよばずじゃ」

日淵も選ばれたことに誇りと喜びを感じているようだった。

皐月二十七日、法華宗側の僧たちは法華経八巻を携えて登場した。立派な法衣に身を包んだ法華宗側と、黒染めの質素な衣を纏った浄土宗側の僧たちは、横並びで対峙《たいじ》してみれば鮮やかな対比をなしている。

日海の正面には、知恩院から派遣された助念《じょねん》という若い僧が座った。書役の立場で参じているようだった。

判定人の筆頭は鉄叟景秀《てつそうけいしゅう》、臨済《りんざい》宗の南禅寺《なんぜんじ》と建仁寺《けんにんじ》両寺の長老にして、京都五山でも指折りの博学で知られる人物である。さらに、南禅寺帰雲院《きうんいん》の華渓正稷《かけいしょうしょく》と法隆寺の仙覚坊《せんかくぼう》も列座し、安土を訪れていた高名な因果居士《いんがこじ》もくわわった。いずれも、みるからに偉そうな僧侶たちであった。

なお、信長の名代は織田家連枝《れんし》衆の津田信澄《つだのぶずみ》がつとめる。奉行《ぶぎょう》は近習の菅屋長頼《すがやながより》、堀秀政《ほりひでまさ》、長谷川秀一《はせがわひでかず》の三人、目付役として矢部家定《やべいえさだ》と森乱丸が遣わされていた。

何故か、境内は浄土宗の信者たちで埋め尽くされ、宗論の行方に注目している。それだけでも公平を欠いているようにおもわれたが、信長の設《しつら》えた舞台だけに文句を言うことはできない。

要は、相手を論破すればよいだけのはなしだ。日海はみずからに言い聞かせたものの、頼るべき日淵も緊張のせいで横顔があきらかに強《こわ》ばっている。

辰ノ刻、いよいよ問答がはじまった。

日海の記憶によれば、口火を切ったのは浄土宗側の貞安であったようにおもう。法華教八巻における念仏の有無、法華宗の信じる阿弥陀如来と浄土宗の阿弥陀如来は一体かどうか、浄土宗の開祖法然《ほうねん》が法華宗の阿弥陀如来を捨てよと諭した意味は何かなど、難解な問答がつづき、日海は双方の主張を紙に書き留めることだけに労力を費やした。

宗論とは宗派の優劣を決めようとする試みだが、そもそも、日海にはこうした試み自体が不毛のようにおもえてならない。釈迦は解脱《げだつ》から涅槃《ねはん》にいたる四十年のあいだ、さまざまな説法をおこなった。やがて、口伝で伝承された説法は経典となり、一切《いっさい》経《きょう》に纏められたのだ。

各宗派は信仰の拠り所をいずれかの経典に求め、どの経典が優れているかの判断をおこなうようになった。これを「教相判釈《きょうそうはんじゃく》」と呼ぶのだが、多くの宗派では釈迦が説法をおこなった時期や内容に応じて「五時八教」に区分けし、そのなかから拠り所にすべき経典を選んでいる。

すなわち、解脱から二十一日間を華厳《けごん》、それから十二年間を阿含《あごん》、さらに十六年間を方等《ほうら》、またさらに十四年間を般若《はんにゃ》、そして涅槃にいたる八年間を法華涅槃とし、たとえば、浄土宗ならば方等時に説かれた阿弥陀経などを拠り所に選び、法華宗ならば法華涅槃時の法華三部経を選んだ。

教相判釈は宗派によっても異なる。

優劣を決めようとすること自体が釈迦の教えに反するような気もするが、みずからの宗派を信じる気持ちが深い僧侶ほど、負けたくないとおもってしまうものなのだろう。平常はそんなふうに一歩退いて考えられる日海だが、いざ、問答の場にのぞむと、そうした余裕は吹き飛んでしまった。

浄土宗は阿弥陀教などの浄土三部教をもっとも重視し、一方、日蓮を奉じる法華宗は法華三部経以外の経典をいっさい認めない。当然、根っこは同じ教えのはずだが、異なる部分や矛盾《むじゅん》も生じてくる。知識の乏しさから主張が一貫しないこともあり、そのあたりを巧みに突きながら相手を論破する。なかでも法華宗の頑強な姿勢が他宗派にとっては目に余るようで、隙があればやり込めたいと願う僧は多かった。

　こたびの宗論もその延長上にあり、仏堂を取りまく浄土宗の信者たちは法華宗の僧たちが無様にやり込められることを期待して止まない。今にも襲いかかってきそうな圧力のまえに、日海は恐怖すら感じていた。

　日海の筆が止まったのは、貞安から「妙」に関する問いが発せられたときであったやにおもう。

「釈尊《しゃくそん》が四十余年の修行をもって以前の経を捨つるなら、汝《なんじ》は方座第四の妙の一字を捨てるか、捨てざるか」

　必死に書き留めた文言は、日海の理解を超えていた。

　方座第四の妙とは、いったい何をしめすのか。

　法華宗が拠り所にする法華三部経は、五時に区分けされたうちの晩年に説かれた法華涅槃時での教えを纏めたもので、法華宗の捨て去ったそれ以前の教えとなれば、華厳、阿含、方等、般若の四つの時期に生まれたものとなる。すなわち、法華宗では「爾前《にぜん》の妙」と呼ぶもので、貞安の言う「方座」が「方等」をしめすのならば、方座第四ではなく、方座第三の妙と言うべきではあるまいか。

日淵が日海と同じ疑念を口にする。

「今言うは、四十余年の四妙中の何《いず》れや」

得たりとばかりに、貞安が大喝《だいかつ》した。

「法華の妙よ。汝知らざるか」

まさしく、妙法蓮華経（法華経）の真髄ともいうべき「妙」の一字を問われているのだ。

明快にこたえねばならぬと、法華宗の僧たちが焦《あせ》るのも無理はなかろう。

だが、方等に第四の妙などない。いや、ひょっとしたら「五時八教」の「八教」のほうを指しているのではないか。「八教」には説法の深浅《しんせん》をあらわす「化儀《けぎ》の四教」と、教法の深浅をあらわす「化法の四教」がある。「化儀の四教」とは、頓《とん》教、漸《ぜん》教、秘密《ひみつ》教、不定《ふじょう》教のことで、一方の「化法の四教」とは、三蔵教、通教、別教、円教のことをしめす。

化法の四教かもしれぬと、日海は察した。

なるほど、釈迦は方等でも「蔵、通、別、円」の四教を説いている。貞安は「方座第四の妙」という言いまわしによって、この「円教」をしめそうとしたのかもしれない。だとするならば、方等で説かれた「円教」はいまだ完全な教えではなく、法華宗門徒の立場でみれば、真の妙とは言えない。法華涅槃時に説かれた「円教」こそが完成された教えであり、法華宗門徒の信奉する「妙」の真髄にほかならない。

日海は必死に頭をめぐらせ、おおよそ、そのような筋立てを考えた。

だが、横に居並ぶ法華宗の高僧たちは黙して語らず、経典を捲《めく》る紙の音だけが嵐のように聞こえている。

貞安は前のめりになり、さらに大喝した。

「捨てるか、捨てざるか」

日海は床に片手をつき、日淵の横顔を睨《にら》みつける。

何故、こたえぬ。

法華涅槃時以外の教えをすべて否定するのならば、方等時で問うた円教、すなわち、不完全かもしれぬが後に繋がる妙の教えも捨てるのかと、貞安は問うているのだ。

たとえ、的を外したとしても、黙していては勝負にならない。

こたえてくれと、日海は祈った。

突如、どっと仏殿に嗤いが湧《わ》きおこる。

対座する浄土宗の僧侶たちだけではない。一切経に精通した判定人たちまでもが、腹を抱えて嗤ったのだ。

「法華の負けじゃ、それ、袈裟を剝《は》ぎ取《と》れ」

境内から、浄土宗の信者たちが駆《か》けあがってくる。

名代の津田信澄はじめ、奉行衆も目付衆も誰ひとり制しようとしない。

日淵も日海も、ほかの僧侶と同様、袈裟を乱暴に剝ぎ取られてしまった。

貴重な法華教八巻も破られ、目の色を変えた信者たちに踏みつけられている。

「……に、日海……た、耐えよ」

師の声がこれほど弱々しく聞こえたことはない。

日海は奥歯を嚙みしめて屈辱に耐え、騒ぎが収まるのをじっと待つしかなかった。

三

宗論の顚末《てんまつ》は、さっそく安土城の天主へもたらされた。

信長は時を移さずに浄厳院へ出向き、宗論に携わった双方を召しだし、褒美《ほうび》として浄土宗側に軍配団扇《うちわ》を贈り、判定人の鉄叟景秀には杖《つえ》を授けた。

そのあたりの経緯は、はっきりとおぼえていない。

日海はぼろぼろになった薄衣一枚を纏い、末席で震えていた。

やがて、宗論の原因をつくった大脇伝介が召しだされてきた。

信長のものらしき疳高《かんだか》い声が、棘《とげ》のような鋭さで耳に刺さってくる。

「人の命は同等ではない。重き命と軽き命がある。この身は命の重さを量る度量を携えておる。けっして、好き嫌いで命を絶つのではない。敢《あ》えて言うなら、そやつの姿勢をみる。生きる価値があるかないか。無論、生きる価値のない者を生かしておく道理はない」

目付のひとりである森乱丸が縁側まで歩を進め、信長のことばを境内の隅々まで届くほどの声で発した。

「宗論の儀、一国一郡を支配する身分であってもすべき事にあらず。俗人の塩売りの分際で敬うべき長老に問答を挑み、京や安土の内外に騒動を巻きおこせし罪は重い。不届きゆえ、厳罰に処す」

大脇は境内の隅まで引きずられていき、その場で斬首された。

境内には血腥《ちなまぐさ》さが漂いはじめる。

つぎは自分たちかと、日淵もほかの僧らも身を震わせた。

このとき、信長がまだ仏殿に座していたかどうかもわからぬ。

ただ、乱丸の口を借りて、信長のことばは日海の耳にはっきりと聞こえていた。

「兵らは軍役を日々勤め、並々ならぬ苦労を重ねている。ひるがえってみるに、僧職の者たちは寺庵を立派に造り、安逸で贅沢《ぜいたく》な暮らしをしている。それにもかかわらず、学問もせずに『妙』の一字すらこたえられぬとは情けないにもほどがある。この場で宗旨替えをして浄土宗の弟子になるか、さもなくば、宗論に負けたことを潔くみとめ、これからは他宗を誹謗《ひぼう》中傷せぬとの約定を差しだすがよい」

命を長らえたことがよかったのかどうか、宗論に参じた僧たちは判じかねたことだろう。敗者の汚名を着て残りの人生を過ごさねばならぬのだ。誇り高き僧であればなおさら、起請文《きしょうもん》を差しだして生き恥を晒《さら》すくらいなら、首を刎ねられたほうがましだとおもったにちがいない。

が、誰ひとり、裁定に抗う者はいなかった。

こののち、宗論のきっかけをつくった建部紹智も逃走先の堺で捕まり、公開の場で斬首された。法華宗の僧たちには、浄土宗側への謝罪と他宗派との問答禁止を誓う起請文を差しださねばならず、洛中の日蓮宗寺院十三ヶ所には多額の罰金が科されることとなった。ただ、寺領が減じられたり、移転を命じたりすることはなかった。

法華宗の人々は宗論の顚末を耳にし、歯噛みをして口惜しがったものの、存外に浅い傷で済んだとおもう者も少なくない。信長の心情を推しはかることはできぬが、少なくとも一向宗にたいするような敵意は持っていないことがわかり、正直、ほっと胸を撫《な》でおろしたのである。

京に戻ってからも、日淵はしばらく鬱《ふさ》ぎこんでいたが、暑い夏が過ぎて秋になり、洛中に冷たい風が吹きおろす頃になると、安土での出来事は遥かむかしの出来事として忘れ去られていった。

無理に忘れようとして、ことさら明るく振るまっていたのかもしれない。そんな日淵が哀れにも感じられ、近頃は踏みこんだはなしも控えるようになった。

日海自身はいっそう囲碁にのめりこみ、畿内《きない》では誰ひとり五分で対局できる相手もいなくなった。本能寺《ほんのうじ》の利賢《りけん》だけが、性懲《しょうこ》りもなく通ってくる。利賢はいつも勝負にこだわったが、日海はどうでもよかった。盤上に石を並べているだけで、辛い世を一時でも忘れられる。おそらく、それだけの気持ちだったのかもしれない。

神無月、明智光秀は丹波ならびに丹後《たんご》の平定を終えた。

信長に反旗を翻していた波多野秀治《ひではる》の八上城が水無月《みなづき》の時点で落ち、捕らえられた秀治は洛中引きまわしのうえ、安土で磔《はりつけ》になった。不名誉な磔は侍の刑としては異例で、信長の怒りが察せられた。葉月には難攻不落とされた黒井城もついに落ち、足かけ五年も掛かった丹波攻略は成し遂げられたのである。

もちろん、他国への影響は大きかった。

激しく動揺したのは、摂津の有岡城に籠城する荒木村重である。

長月のはじめに単身城を脱《ぬ》けだし、嗣子《しし》村次の守る尼崎城へ逃げこんだ。

信長は主人のいない有岡城を攻撃し、尼崎城と花隈城を明け渡せば有岡城に残された妻子と城兵を助けるという条件を出したが、村重はこれを拒む。それ以降、信長はいっさいの交渉をせずに城を攻めさせ、ついに霜月九日、有岡城は約一年の攻防戦ののちに開城された。

一方、毛利と対峙する秀吉も優位な戦いをすすめていた。

まずは、毛利方に臣従していた大友《おおとも》氏を春先の時点で寝返らせ、豊前《ぶぜん》で挙兵させた。これによって、安芸《あき》の膝元で陣触れまでしていた毛利輝元《てるもと》は、東上を断念せざるを得なくなった。同時期には備前《びぜん》と美作《みまさか》に勢力を張る宇喜多直家《うきたなおいえ》も秀吉に帰順を約束する。

この調略は信長の許可なしに進められたので、のちに秀吉は大叱責《だいしっせき》を受けるも、宇喜多を寝返らせて毛利と対峙する強硬策は継続される。そのため、三木城に籠城する別所氏はいっそう孤立を深めていった。

東の方面ばかりでなく、越後《えちご》や甲斐《かい》にも大きな動きがあった。

越後では弥生《やよい》の終わり、上杉謙信の後継争いに決着がついた。景勝《かげかつ》が御館《おたて》を攻め、逐《お》われた景虎《かげとら》が逃亡先の鮫《さめ》ヶ尾《お》城で自刃を遂げたのだ。一方、甲斐の武田勝頼は遠江《とおとうみ》に向けて出陣し、高天神《たかてんじん》城をめぐって徳川家康《いえやす》と激しい攻防戦を繰りかえしていた。そうしたなか、家康に由々しい出来事が勃こる。文月、正妻の築山《つきやま》御前と嗣子信康《のぶやす》が武田側に内通しているとの疑念が生じ、葉月の終わり、家康は信長の命にしたがって泣く泣く妻子を処刑した。おそらく、家康は信長に怨みを抱いたにちがいない。だが、表向きは恭順の姿勢をみせ、翌月には北条《ほうじょう》氏と和睦《わぼく》して武田を挟撃する態勢を整えた。武田勝頼もこれに対抗するかのように、妹の菊《きく》姫を上杉景勝のもとへ輿入《こしい》れさせた。

周囲の激動をよそに、安土においてはさかんに相撲がおこなわれていた。人心安定と典礼再開の意図もあっての催しで、力士のなかには七番勝負を勝ち抜き、信長に一千石で召し抱えられた者もあった。

長月なかばには、次男の信雄《のぶかつ》が勝手に伊賀《いが》へ侵攻し、功を焦って大敗したあげく、蟄居《ちっきょ》の沙汰を下された。信雄は多くの兵を失ったが、これとても今の信長にとってはさほどの痛手とはならなかった。

一方、洛中における大きな出来事といえば、先月の霜月五日、信長と親密な仲の誠《さね》仁親王《ひとしんのう》へ新築の成った二条御所が献上された。二十二日には移徙《わたまし》の儀が催され、明智光秀と村井貞勝が奉行をつとめ、今や信長の盟友ともいうべき近衛前久《このえさきひさ》が行列の先触れをおこなった。

洛中の人々が注目したのは華々しい行列だけでなく、五つになった誠仁親王の五の宮が信長の猶子《ゆうし》とされたことだ。まんがいち、五の宮が誠仁親王につづいて天皇に即位すれば、信長は太上《だじょう》天皇となって院政を敷くことができると、先々まで勘ぐる輩の囁きも聞こえてきた。

さらに師走となり、入洛した信長は馬廻り衆や諸奉公を妙覚寺に集め、高価な反物《たんもの》一千反余りを床に積みあげて下賜などしてみせた。

しかし、何といっても都の人々が衝撃を受けたのは、有岡城に籠城していた荒木村重の家臣やその妻子ら百二十人余りが尼崎近くの七松において磔にされ、足軽や侍女など五百人余りが家屋に閉じこめられたまま焼き殺された出来事であった。これは条件を拒んだ村重と、妻子を捨てて逃走をはかった名代の荒木久左衛門《きゆうざえもん》へのみせしめのためにおこなったものであったという。

師走十六日、悲惨な仕置きの噂が洛中にも広まるなか、いよいよ、村重の妻子ら三十六人の処刑がおこなわれる当日となった。

信長は昨日摂津から帰京し、本陣の妙覚寺で猿楽を興行させた。

手こずった有岡城を落としたことが、よほど嬉しかったのだろう。

織田諸将らの笑い声が洛中の闇《やみ》に轟いた翌朝、日海は六条 河原《ろくじょうがわら》へ足を向けた。

摂津から護送された村重一族と重臣の家族は、大八車に縛りつけられて市中を引きまわされたのち、六条河原へ引っ立てられてきた。

霧に包まれた河原には、女や子どもの啜《すす》り泣《な》きが響いている。

見物する人垣のなかには貰《もら》い泣きする者たちもおり、どうしてここまでせねばならぬのかと嘆いてみせる鉢《はち》貫いもあった。日海も名状し難い怒りを感じたが、それは厳しい沙汰を下した信長へのものではなく、妻子を置き去りにして自分だけ逃げた村重にたいする怒りであった。村重は有岡城から逃れる際、兵庫の茶壺を背負い、名鼓の立桐筒を腰に結わえていたという。

やがて、霧は晴れ、筵《むしろ》に座らされた白装 束《しろしょうぞく》の妻子たちがすがたをあらわした。

いずれも川を背にして眸子《まなこ》を瞑《つむ》り、一心に経を唱えている。

「世尊妙 相具《せそんみょうそうぐ》、我今重 問彼《がこんじゅうもんぴ》、仏子何因縁《ぶっしがいんねん》、名為観世音《みょういかんぜおん》……」

馴染《なじ》みの深い観音経だ。

我知らず、日海も手を合わせた。

「……具足妙 相尊《ぐそくみょうそうそん》、偈答無尽意《げとうむじんに》、汝聴 観音行《にょうちょうかんのんぎょう》、善応諸方所《ぜんのうしょほうしょ》……」

眸子を開けたまま、ともに唱えはじめると、周囲に点在する僧たちもつぎつぎに唱和しだす。

「……弘誓深如海《ぐせいじんにょかい》、歴劫不思議《りゃくこうふしぎ》、侍多千億仏《じたせんのくぶつ》、発大清浄願《ほつだいしょうじょうがん》……」

もはや、宗派を問う必要はない。すべての僧たちが死にゆく者らへの手向《たむ》けとして、真心を授けようとしているのだ。

見物人たちも頭を垂れた。

役人のなかで文句を言う者もいない。

筵に座った白装束の妻子たちは、ひとりずつ首を刎ねられていく。

そのたびに唱和はどんどん大きくなり、最後のひとりが首を刎ねられると、うねるような響きとなって河原一帯を包んでいった。

四

天正《てんしょう》八（一五八〇）年正月十七日、三木《みき》城は陥落した。

籠城《ろうじょう》開始から一年と十月《とつき》、世に言う「干殺《ほしごろ》し」もついに限界を超え、別所長治《べっしょながはる》とその一族が自刃したのち、城の明け渡しとなった。秀吉《ひでよし》は本陣の平井山《ひらいやま》や平田《ひらた》陣地の攻防戦で多くの兵を失っており、よほど腹に据えかねていたのか、城兵らに恩情を掛けて救おうとはしなかった。

日海《にっかい》がおもうに、このときの秀吉は信長《のぶなが》の残忍さを範にしているかのようだった。

信長本人は洛中《らくちゅう》での陣屋を移転するべく、村井貞勝《むらいさだかつ》に命じて本能寺《ほんのうじ》の改修を命じた。

利賢《りけん》は夜通し騒がしくて眠れぬと嘆いたが、本能寺は周囲に濠《ほり》を巡らせた砦《とりで》のようになるとのことだった。

弥生朔日《やよいついたち》、本能寺改修と相前後して、朝廷は石山本願寺《いしやまほんがんじ》へ和睦《わぼく》の勅使《ちょくし》を遣わせた。

昨年の暮れにも、正親町《おおぎまち》天皇は女房奉書をもって本願寺へ信長との和睦を勧告しており、すでに地均《じなら》しは進んでいた。閏《うるう》弥生五日、顕如《けんにょ》はついに本願寺からの退去を約し、和議は成立したのである。

そして卯月《うづき》九日、顕如は嫡子の教如《きょうにょ》に石山本願寺を譲り、自身は紀伊《きい》雑賀《さいか》の鷺森御坊《さぎもりごぼう》へ退いた。軌を一にするかのように、柴田勝家《しばたかついえ》らが一向一揆《いっこういっき》の拠点である加賀《かが》の尾山《おやま》御坊を陥落させ、およそ百年におよんだ一向宗門徒の国は終焉《しゅうえん》を迎えることとなった。

文月《ふづき》二日、顕如は朝廷の勅命にしたがい、信長に太刀《たち》代として銀子《ぎんす》百枚を贈り、返礼に黄金三十枚を受けとった。こうしたやりとりがおこなわれたのち、しばらく抗《あらが》っていた教如も妻女の養父である近衛前久《このえさきひさ》の仲立ちもあって退去を決め、葉月《はづき》二日、石山本願寺は無傷で織田《おだ》方へ明け渡されることとなった。ところが、退去直後に付け火があり、本殿伽藍《がらん》や宿坊は寺内町《じないちょう》ともども丸三日にわたって炎上しつづけた。

「何はともあれ、終わったの」

すっかり痩《や》せ細った日淵《にちえん》は、ほっと安堵《あんど》の溜息《ためいき》を吐《つ》く。

「十年じゃ、長いものよ」

他宗派の仏難とはいえ、対岸の火事で済まされるはなしではない。

日海も肩に載った重い石が外れた心地《ここち》だった。

熾烈《しれつ》な戦いを繰りひろげた一向宗にたいして、信長は「惣赦免事《そうしゃめんごと》」の御墨付きを与えるという。布教をしてもよいとの寛大な措置である。

「わからぬおひとじゃ。あるときは鬼になり、あるときは仏になる。世間の予想をことごとく覆し、涼しい顔で安土《あづち》城の高みから下界を見下ろしておられるのじゃろう」

信仰は両刃《もろは》の剣《つるぎ》と言ったのは誰であったか、日海は失念してしまったが、信長は人々の信仰をも巧みに利用し、おのれの理想とする世を造ろうとしている。

「おぼえておるか、御天主の壁に描かれた御用絵師の絵を」

「狩野源四郎《かのうげんしろう》さまの絵にござりますね」

「あれは本物じゃ。これでもかと言うほどに、本物をみせつけられたな」

「はい」

狩野源四郎の筆になる「安土山図屏風《びょうぶ》」を、信長は正親町天皇の上覧に供するという。

おそらく、源四郎とその一門は後世に名を残すことになるだろう。

「安土城二ノ丸の広間には、奇妙な絵馬が掲げられたそうじゃ」

絵馬から奉納者の意図を読みとる「さとり絵」のたぐいらしい。絵馬の上方に数匹の蚊《か》と蚊帳《かや》、その前面には町人風の男がひとり描かれているという。

「男は左手に角材をまっすぐに持ち、右手には箕《み》を高く掲げ、足許《あしもと》には続飯篦《そくいべら》が転がっているとか」

人はへつらい（篦）を捨て、気（木）をまっすぐに持って稼げば（蚊防げば）、身（箕）を持ちあげるとの意味らしい。

「一所懸命に励めば、どんなに低い身分の者であっても出世できるという教えじゃ。信長さまは絵遊びに託《かこ》つけて、出自や由緒などではなく、おのれの力次第でいくらでも上に引きあげてやると、下々に向けて公言しておられるのさ」

信長は武家にかぎらず、町人でも技量の高い者を重用する。狩野源四郎しかり、安土城の建造に携わった宮大工の岡部又右衛門《おかべまたえもん》や石工の戸波平右衛門《いしくとなみへいえもん》しかり、重用する物差しは技量の高さだけなので、才覚と努力次第ではたしかに誰でも出世できる。それゆえ、野心に溢《あふ》れたやる気のある連中が挙《こぞ》って信長のもとへ集まってきた。

今や、安土は未曽有《みぞう》の賑《にぎ》わいをみせつつある。関所もないので人の出入りが自在なうえに、才覚次第ではいくらでも商売ができた。人が集まればおのずと諸国の噂《うわさ》も集まり、信長は居ながらにしてあらゆる地域の情勢を把握し、的確な策を立てて迅速《じんそく》に動くことができるようになる。

「それゆえ、織田は強いのじゃ。泰然と構える毛利《もうり》より一日の長がある」

信長はまた役人の不正を憎み、紛《まが》いものや騙《かた》りのたぐいを嫌悪する。人を騙《だま》して金を稼ぐような輩はけっして許さず、みつければ自分自身で裁き、見懲らしの意味も込めて残虐《ざんぎゃく》な刑に処した。

日海は、悲惨な末路をたどった無辺《ぶへん》という廻国僧のはなしを知っている。

群衆を集めて秘法をみせ、数々の奇蹟を起こす。そうした触れこみで人気を博すようになり、噂を聞いた信長が御前に招いた。ところが、ひと目でごまかしを見破り、その場で鋸《のこぎりび》引きの極刑に処すように命じたのである。

さらに、信長は裏切りも許さない。かつては、松永久秀《まつながひさひで》のように大目に見てやった相手もあったが、今はそうではない。裏切った本人ばかりか、一族郎党まで根絶やしにする。そのあたりは徹底しており、人々に恐怖を植えつけることで意のままにしたがわせようとした。

日淵は言う。

「荒木村重《あらきむらしげ》さまのご妻子の最期《さいご》をみたであろう。ついに、池田恒興《いけだつねおき》さまの軍勢が花隈《はなくま》城を落としたそうじゃ。城兵たちには厳しい仕置きが待っているに相違ない」

敵とみれば鬼になる信長だが、価値をみとめた相手は手厚くあつかう。その使い分けがじつに鮮やかで、細やかすぎるほどの気配りすら感じさせた。

「安土城に畳《たたみ》を納入した畳刺しの職人に、天下一なる称号が与えられるそうじゃ」

「天下一」

「さよう、天下一の称号を得た者は信長さまの職人として重用され、租税や町役を免除されるとか。一芸に秀でた者という意味では、おぬしとて同じ。すでに、名人の称号も得ておるしな」

近頃では、巷間《こうかん》でも「名人」と呼ばれることがあった。

こそばゆい感じもしたが、何故か誇らしく、囲碁の道を究《きわ》める意欲が湧《わ》いてきた。

「人をその気にさせる。信長さまには、そうした魔力が備わっておる。ただし、信長さまに認めていただくためには、おのれの力量を磨き、熾烈な競争を勝ちぬいていかねばならぬ。武将を例にあげれば、さしずめ、明智《あけち》さまと羽柴《はしば》さまということになろう。明智さまは丹波《たんば》に丹後《たんご》、羽柴さまは播磨《はりま》に備前《びぜん》に美作《みまさか》と、国盗《くにと》りを競わせることで信長さまは織田家の所領を拡げてきた。おふたりは疲れを知らぬ駿馬《しゅんめ》のようじゃが、今のままの勢いをつづけていけば、いずれは疲弊《ひへい》するやもしれぬ。そのとき、信長さまがどういった断を下すのか。はたして、手綱《たづな》を弛《ゆる》めるのか、それとも、使い捨てるのか。注視せねばならぬのは、そのことであろうな」

血の通った人間ならば、いずれは競争に疲れ、牛馬のごとくはたらかされていることに嫌気がさすようにもなろう。日淵がことさら光秀《みつひで》の動向を気にするのは、このところ何度か坂本城《さかもと》へ招かれたせいであった。光秀は信長の意向を斟酌《しんしゃく》してか、あるいは、気遣い上手な生来の性分ゆえか、安土宗論で負けた法華宗《ほっけ》のことを案じ、懇《ねんご》ろにあつかってくれた。

「ま、ほかの誰を差しおいても、明智さまが見捨てられることはあるまい。それはご本人がいちばんよくわかっておられよう」

丹波一国が与えられれば、光秀は近江国《おうみ》志賀郡《しが》と合わせて三十四万石にのぼる大大名となる。近江の坂本城と丹波の亀山城《かめやま》をみずからの城とし、八上城《やかみ》には従兄弟《いとこ》の明智光忠《みつただ》を、黒井《くろい》城には重臣の斎藤利三《さいとうとしみつ》を、奥丹波の拠点として築城した福知山《ふくちやま》城には股肱《ここう》の明智秀満《ひでみつ》を置き、万全の布陣を敷いたうえで、すでに、領地の経営を順調に進めている最中であった。

「公平に検地をおこない、地子銭《じしせん》を免除し、未納の年貢米を破棄する徳政令まで発布し、大掛かりな治水普請《ぶしん》も遂行なさる。領民にとっては、さぞやありがたいご領主であろうよ」

朝廷とも密接な関わりを保ち、もはや、山城《やましろ》と大和《やまと》の政事《まつりごと》には欠かせぬようになっている。光秀ならば、日淵の言うとおり、信長に見放されることはなかろうし、むしろ、光秀が抜ければ織田家の屋台骨が揺らぐのはあきらかだった。

「わしは宗論で学んだ。驕《おご》りゆえに負けたのだと。信長さまとて同じこと。驕れる者も久しからず、ただ春の夜の夢のごとしじゃ」

暗に光秀の謙虚さが欲しいとでも言いたいのであろうか。

織田家は源氏ではなく、平家に源流を持つ。かつて、都に威勢を張ったすえに滅びていった平家の教訓を、信長ともあろう者が知らぬはずはあるまい。

「平家と同じ轍《てつ》を踏むのかどうか、じっくり腰を据えて眺めねばならぬわ」

けっして表沙汰《おもてざた》にはできぬ日淵のはなしを拝聴した数日後、葉月なかばのことであった。

おそらくは、光秀をも震撼《しんかん》させる出来事が勃《お》こった。織田家の筆頭家老格と目されていた佐久間信盛《さくまのぶもり》に、嗣子《しし》信栄《のぶひで》ともども高野山《こうやさん》へ追放するとの厳しい沙汰が下されたのである。

「あの佐久間さまが」

森乱丸《もりらんまる》から虚仮《こけ》にされて怒った将の赭《あか》ら顔《がお》がおもいだされる。

のちに公開された信長の十九箇条からなる折檻状《せっかんじょう》について、日海はその写しを京都所司代の村井貞勝からみせてもらった。

折檻状の半分以上は、石山本願寺攻めの失態をあげつらっている。大将として大軍を率いていたにもかかわらず、何ら有効な手も打たずに、丸四年も天王寺砦《てんのうじとりで》でいたずらに時を過ごし、痺《しび》れを切らした信長自身が朝廷に和睦を依頼する羽目になった。そのことの責を厳しく問い、光秀や秀吉の功績などと対比して叱《しか》りつけているのだが、なかでも来《こ》し方《かた》の失態を遡《さかのぼ》って糾弾《きゅうだん》するところなどは、怒りにまかせて一気に書きあげたかのような文面だった。

失態で挙げられたのは主にふたつ、三方《みかた》ヶ原《はら》の戦いで徳川《とくがわ》軍の援軍へおもむいた際に手柄も立てずに負けたことと、朝倉義景《あさくらよしかげ》の追撃戦で家臣の遅れを叱った際に「われらほど有能な家臣はなかなかおらぬ」などと吹聴してみせ、信長の面目を潰《つぶ》したことであった。いずれも、七、八年前のはなしだが、信長は折檻状を書きながら、いったんは胸に納めたはずの怒りを鮮烈におもいだしたのだろう。

さらに、信長は「第一に欲深く、気むずかしく、良い家来を抱えようともしない。そのうえ、物事をいい加減に処理するとなれば、親子ともども武者の道を心得ていないことになる」と、佐久間父子《おやこ》の性格までをも責め、頭を丸めて高野山にでも隠棲《いんせい》しろと言いはなっていた。

折檻状に目を通した光秀や秀吉は、どのように受けとったのであろうか。

なるほど、責められるべき失態はあったにせよ、信盛は功労者にまちがいない。信長と三十余年もともに戦ってきた歴戦の強者《つわもの》であり、一時は織田軍で最大の兵力を預かった将である。しかも、自分たちよりも目上の立場にあった信盛があっさりと切り捨てられたことに、言い知れぬ不安を抱いたことは想像に難くない。

「詮無《せんな》いことではあるがな」

と、貞勝は萎《しお》れた顔でつぶやいた。

もちろん、一介の碁《ご》打ちが当て推量することではないが、碁打ちであるからこそ臣下たちの心の揺らぎが手に取るようにわかってしまう。

日海は眸子《まなこ》を瞑《つむ》り、高野山へ向かう父子の後ろ姿を脳裏に浮かべてみた。

昨日まで指先ひとつで何万もの兵を動かしていた一軍の将が、物乞いも同然のすがたで都から去っていく。あまりに不条理な光景のようにおもわれてならなかった。

五

佐久間父子につづいて、長老とも言うべき宿老の林秀貞《はやしひでさだ》も来し方の謀反《むほん》などを理由に追放された。

「用無しの遺物は欠け茶碗《ちゃわん》のごとく捨てられる」

日淵は皮肉交じりにつぶやいたが、隠居の勧告と追放とでは天地ほどの開きがある。織田家中でも首をかしげる将兵は多かったらしいが、無論、信長に異を唱える者などあろうはずはなかった。

このところ、信長はしきりに鷹狩りをおこなっているという。

久方ぶりに誘われた吉田《よしだ》家の石風呂で、当主の兼和《かねかず》と薬師の曲直瀬《まなせ》道三《どうさん》が交わしているはなしを聞いたのだ。

すでに、ふたりとも安土城の天主を何度か拝んでいたが、兼和は朝廷で官位を持つ身の上だけに、足労するとなれば相手も気を遣う。安土へ気軽に足を向けられるのは、信長の脈も取る道三のほうであった。

「お気に入りは土佐《とさ》の長宗我部《ちょうそかべ》元親《もとちか》さまから贈られた黄鷹でしてな、御自らのご幼名と元親さまのご幼名から『三郎丸《さぶろうまる》』なる名まで付けておられます」

「ほう、名からして、ずいぶん獰猛《どうもう》そうな鷹でござるな」

うっかり口を滑らしたとおもったのか、兼和はぺろっと舌を出す。

信長は元親に「四国は切取り次第」の朱印状を与えていた。嫡男《ちゃくなん》の烏帽子《えぼし》親《おや》となり、みずからの名を一字与えて「信親《のぶちか》」と名乗らせ、左文字《さもんじ》の銘刀と名馬も下賜《かし》している。

「長宗我部家との橋渡し役は、石谷《いしがい》頼辰《よりとき》さまであられる。長らくご苦労なさったお方ゆえ、これを機に日の目をみていただきたいもの」

「兼和どの、明智さまがおられるゆえ、案ずるにはおよびますまい」

頼辰は今でこそ明智光秀の臣下だが、以前は足利義昭《あしかがよしあき》の奉行衆であった。出自は光秀と同じく美濃《みの》土岐《とき》氏の庶流で、明智家重臣の斎藤利三は実弟にほかならない。足利義輝《よしてる》の側近をつとめた同じ土岐一族の石谷光政《みつまさ》に請われて婿養子《むこようし》となったが、光政のもうひとりの娘が「信親」を生んだ長宗我部元親の正妻だった。

「同じ土岐氏の流れとはいえ、以前は石谷家のほうが格上でした。今はお立場が逆しまになり、美濃源氏とも言われた土岐氏の命脈を後世に継ぐお方は明智光秀さましか考えられませぬ」

「兼和どの、明智さまはさようなことをお考えなのであろうか」

「と、仰ると」

「信長さまは古きしきたりを壊すのがお好きなお方、血筋が平家であろうが源氏であろうが関わりなく、できると見込んだ相手ならばいくらでも出世の機会をお与えなさる。たとえば、尾張《おわり》の百姓だった羽柴さまが良い例でしょう。明智さまとて、出自や血筋にこだわってなどおられぬように拝見いたしますが」

「表向きは素知らぬ顔をしておられても、明智さまは血筋を心の拠《よ》り所《どころ》にされている節がござる」

「まさか、衰退した土岐氏の再興を願っておられるのではありますまいな」

「さて、そこまではわかりかねますが、明智さまはどなたよりも古きものをたいせつになさっておられる」

しばしの沈黙ののち、兼和がはなしを変えた。

「ところで、帚星《ほうきぼし》はまことにあらわれましょうか」

「ひょっとしたら、今宵《こよい》にでも」

「陰陽頭《おんみょうのかみ》の土御門《つちみかど》久脩《ひさなが》さまも、さように仰せでした。凶兆ゆえ、祈禱《きとう》をせねばなるまいと」

天体の動きに異変の兆候があれば、神道を司る吉田家へ朝廷から祈禱の命がもたらされる。道三は天体の動きや暦《こよみ》にも詳しいので、兼和は屋敷に招いて尋ねようとおもったのだ。

石風呂を出てから、ふたりと一局ずつ盤を囲み、そのあとは夕餉《ゆうげ》に誘われた。

「明智さまから頂戴《ちょうだい》した初鮭《はつじゃけ》を食べてゆかぬか」

丹波の氷上《ひかみ》郡を流れる加古川《かこがわ》の源流で捕れた鮭らしい。同じ鮭は信長名で朝廷にも献上されていた。

日海は誘いを丁重に断り、吉田神社をあとにした。

西の空は血の色に染まっていたが、眼下の都は平穏さを保っている。

緩やかな坂道を下り、土手に沿って帰路をたどった。

群生する吾亦紅《われもこう》が、晩秋の風に揺れている。

室町の近くまで戻ると、何処《どこ》からか美しい調べが聞こえてきた。

「南蛮寺《なんばんじ》か」

誘われるように足を向けてみれば、胸に手を重ねた信者らしき者たちが教会堂のなかへはいっていく。

オルガンティーノのミサがおこなわれるのだろうか。

日海は何度か訪れているので、憎形でも恥じらうことなく敷居をまたいだ。

「あっ」

オルガンの伴奏に合わせて、二十数人の童たちが聖歌を歌っている。

切支丹《キリシタン》では神に仕える羽の生えた童をつかわしめの意で「天使《アンジョ》」と呼ぶのだが、まさに、天の使いとしか言いようのない童たちであった。

「日海どの、ようこそお越しくださいました」

満面の笑みで近づいてきたのは、オルガンティーノにほかならない。

「童たちはみな、高槻《たかつき》から来たのですよ」

「高槻から」

「ええ、あちらのお方に、わざわざお連れいただいたのです」

オルガンティーノの潤んだ眼差《まなざ》しの先をたどると、白い着物を纏《まと》った武将らしき人物の後ろ姿があった。

十字架に架けられたキリスト像に向かって、熱心に祈りを捧げている。

「高山《たかやま》ジュスト右近《うこん》さまであられます」

摂津《せっつ》の国人領主の家に生まれ、父に導かれて十歳で洗礼を受けた。洗礼名の「ジュスト」は「義の人」という意味らしい。一時は松永久秀に仕えていたが、足利義昭が摂津守護のひとりに任命した和田《わだ》氏の臣下となり、その和田氏を見限って以降は、信長より「摂津国は切取り次第」の御墨付きを得た荒木村重の与力《よりき》となって高槻城の守りを任された。

容姿も凛々《りり》しい右近だが、その首には生々しい刀傷がある。

七年前の弥生、和田氏の臣下と高槻城内で斬りあいになり、そのときに負った傷だった。普通に考えれば死んでいたという。九死に一生を得たことで、いっそう信仰にのめりこみ、右近の治める高槻は切支丹の城下町と称されるほどになった。

「……あ、あのお方が」

「荒木さまのご妻女やご臣下の御霊《みたま》を慰めておられるのです」

村重の女房衆が六条河原《ろくじょうがわら》で処刑されたあと、南蛮寺を頻繁《ひんぱん》に訪れては祈りを捧げているという。もちろん、信長に知られたら一大事なので、大きな声で言えることではなかったが、オルガンティーノは日海を信用しており、右近の心情を代弁してくれたようだった。

村重の謀反を知った右近は、妹や子を人質として有岡《ありおか》城へ送るとともに、村重に翻意を促した。ところが、拒まれたために信長との板挟みになって悩み、オルガンティーノに助言を求めたという。

「主の声にしたがえと、助言いたしました」

正義は信長にあることを言外に匂《にお》わせた。

高槻城は要衝なため、右近を味方につけるべく説得せよと、オルガンティーノは信長から命じられていたらしい。

右近自身も織田方に寝返るべきだとはおもっていたが、村重の掌中にある人質たちのことも案じられた。家臣たちの意見もまっぷたつに分かれるなか、右近は秘策を考えつく。信長に高槻の領地を返上することで織田方との合戦を避け、出兵しないことで村重に人質を処刑する口実も与えないという策だ。

右近は紙衣一枚を纏い、信長の面前へおもむいたという。

高山勢の離脱は織田方の優位にはたらくため、信長は寛大な態度をみせた。そうした経緯ののち、右近は織田方の将として有岡城攻めに参戦、信長を大いに喜ばせ、高槻城主の地位を安堵されたばかりか、新たに摂津領内に土地を与えられて、二万石から倍の四万石へ加増されることとなった。

「安土の御城下にも御屋敷を持たれ、今や織田家に欠かすことのできぬ将となられました。されど、お忙しい合間を縫《ぬ》ってはこちらをお訪ねになり、あのように敬虔《けいけん》な祈りを捧げておられるのです」

右近は「申し訳ない、自分だけが申し訳ない」と、低声《こごえ》でつぶやいているという。それゆえ、オルガンティーノは秘かに「嘆きのジュスト」と呼んでいるらしかった。

「じつは、教会も信長さまに土地を与えていただきました。もうすぐ、安土にセミナリヨが建立《こんりゅう》されます」

眸子を輝かせるオルガンティーノは親しんだ洛中を離れ、神学校《セミナリヨ》の院長として安土へ向かうことになるという。

可憐《かれん》な童たちも、いっしょに連れていかれるのであろう。童たちの歌う歌は、グレゴリオ聖歌というらしい。

「お別れですね」

オルガンティーノは淋しげに言い、節くれだった右手を差しだした。

日海が不慣れな仕種《しぐさ》で右手を握ると、ぎゅっと強く握りかえしてくる。

感極まり、涙が溢れてきた。

涙をみせまいとお辞儀し、足早に教会堂をあとにする。

辺りはとっぷり暮れ、露地に冷たい風が吹きぬけていた。

ふと、仰《の》け反《ぞ》って見上げれば、漆黒《しっこく》の空に星が流れている。

「……ほ、帚星か」

煌《きら》めく星が夜空に黄金の筋を引いていった。

「……う、美しい」

あまりに美しすぎて、凶兆とはおもえない。

穢《けが》れなき童たちの歌声に耳をかたむけながら、日海は帚星に見入っていた。

絶頂の魔王

一

天正九（一五八一）年、如月《きさらぎ》二十八日。

春の彼岸《ひがん》も過ぎた。日毎《ひごと》に暖かさも増しつつあるなか、上京《かみぎょう》の御所周辺は朝からたいへんな賑わいとなっている。

朝廷の要請に応じ、織田軍団の御馬揃えが催されるのだ。

すべての仕切りを任された明智光秀の命で、内裏《だいり》の東に南北八町におよぶ馬場が造成された。東門御築地《おついじ》の外には仮御殿も設《しつら》えられ、一段高い上覧席には御簾《みす》の内に隠れた正親町天皇をはじめとする堂上公家衆《くげ》が陣取り、少し離れた席にはイエズス会の巡察師アレッサンドロ・ヴァリニャーノのすがたもあった。

ヴァリニャーノは鷲鼻《わしばな》で豊かな髭《ひげ》をたくわえ、通詞として侍《はべ》るフロイスとくらべても威厳がある。地位の高い切支丹《キリシタン》の伝道師であるばかりか、西班牙《イスパニア》や葡萄牙《ポルトガル》といった大国の意向をも携えて日本へやってきたかのようでもあった。初目見得《はつめみえ》となる信長が特別に席を用意させたのは、役に立つ相手と踏んだからだろう。

衆目を集めたのは、ヴァリニャーノの従者らしき人物であった。とんでもなく丈が高く、筋骨隆々としており、しかも、驚くべきことに肌の色が磨かれた黒檀《こくたん》のように黒く光っている。大きな目の白目がめだち、鼻は横に広がり、唇は分厚く、もちろん、異人であることはわかったが、一見すると黒塗りの金剛力士像にもみえた。

馬場の両端には人垣ができている。

「日海よ、えらい人出やな」

ともども見物に足を運んだ利賢が溜息を吐いた。

無論、織田軍団の将兵たちにとっては、紛《まご》うかたなき晴れ舞台にほかならない。

本願寺を屈服させたことで、信長は五畿内の平定をほぼ終えた。今日の馬揃えは織田家の勝利を祝う祭りであると同時に、天下泰平を日の本六十余州に向けて高らかに知らしめる一大行事なのだ。

信長が諸将に申し渡した触れ状にも「切々馬を乗り遊ぶべく候。自然にわかやぎ、思々の仕立てこれあるべく候」とあるように、馬の御し方は好き放題だし、どれだけ華美に着飾ってもよい。なかには夫に恥を掻《か》かせまいと、この日のために身代すべてを擲《なげう》って馬を買った女房もあるらしく、将兵たちの気持ちの入れようは相当なものだった。

——ひひぃん。

軍馬の嘶《いなな》きとともに、いよいよ騎馬武者の行軍がはじまった。

一番手は丹羽長秀《にわながひで》率いる若狭《わかさ》衆、摂津衆、西岡《にしおか》の革嶋《かわしま》衆である。さらに、二番手は蜂屋頼隆《はちやよりたか》に率いられた河内《かわち》衆、和泉《いずみ》衆、根来寺《ねごろじ》衆の大ヶ塚《だいつか》、佐野《さの》衆がつづく。騎馬武者が通過するたびに見物人のあいだから歓声が騰《あ》がり、三番手の登場で一段と大きな歓声が沸きおこった。

「明智さまじゃ」

三鈷剣《さんこけん》の前立《まえだち》も凛々しい筋兜《すじかぶと》に猩々緋《しょうじょうひ》の陣羽織《じんばおり》、正月に安土で催された左義長《さぎちょう》の馬揃えで誰よりも目立ったおかげで、信長から今日の仕切りを任される名誉を授けられたとも言われている。正親町天皇は左義長の評判を近衛前久から聞きつけ、是非とも洛中で馬揃えを催してほしいと信長に依頼したのだ。

馬上にある光秀の威風たるや、おもわず見惚《みほ》れてしまうほどであった。

「絶頂やな」

利賢も興奮気味に発してみせる。

「今日が明智さまの絶頂やないか」

なるほど、出世争いをする好敵手の羽柴秀吉は毛利攻めに掛かりきりで、晴れの場に参じることが許されなかった。華やいだ馬揃えを目《ま》の当たりにした都人にとっては、名実ともに、明智惟任日向守《これとうひゅうがのかみ》こそが屈強な織田軍団を統率する将のなかの将にみえたことだろう。

大和衆や上山城衆を率いた光秀が通りすぎたのち、四番手は京都所司代の村井貞勝が根来衆や上山城衆を率いて登場した。

さらに、織田家一門の御連枝《ごれんし》衆がつづく。

先頭は嫡子の信忠《のぶただ》、馬上八十騎からなる尾張衆や美濃《みの》衆を率いて威風堂々とあらわれた。これに次男の信雄《のぶかつ》が馬上三十騎からなる伊勢《いせ》衆を率いてつづき、三番目には信長の弟である信包《のぶかね》、四番目には三男の信孝《のぶたか》、五番目には甥《おい》の津田《つだ》信澄《のぶずみ》が、各々、馬上十騎で連なった。

信澄は信長が死に追いやった弟信行《のぶゆき》の嫡男である。柴田勝家のもとで養育され、数々の修羅場を踏むなかで信長に認められた。信包や信孝と同格にあつかわれているのは、風貌《ふうぼう》が誰よりも信長に似ているからかもしれない。荒木村重の女房衆を大坂から京へ護送する役目も担い、ちょうどそのころ、信長の仲立ちで光秀の娘を娶《めと》った。つまり、光秀は信澄を介して、信長と姻戚《いんせき》になっていたのである。そのあたりの自負がないはずはなかろうし、周囲も光秀を信長股肱の将として別格にあつかわぬわけにはいかなかった。

一門御連枝衆の後方からは、面白の公家衆がやってくる。先頭で鹿毛《かげ》を繰るのは、かつて関白の位にあった近衛前久にほかならない。今は無官だが、信長との格別な関わりから、近々、重き役目に就くのではないかと目されている。

前久が朝廷で実権を握れば、信長の覇権はいっそう強固なものとなろう。

公家衆のつぎは足利幕府に仕えた旧幕臣衆がつづき、さらに、馬廻《うままわ》り衆や小姓《こしょう》衆が十五騎ずつで行進してくる。

ただ、行進するだけでなく、十五騎ずつが一組になって駿馬を疾駆《しっく》させ、そのうちの三組、四組がいっしょになり、馬術に優れた者たちが入れ替わり立ち替わり、数多《あまた》の馬を乗りまわしてみせる。

曲芸まがいの手綱捌《さば》きを間近で目にし、仮御殿の公家衆が喝采《かっさい》したのは言うまでもない。

さらに、柴田勝家、柴田勝豊《かつとよ》、不破《ふわ》光治《みつはる》、前田《まえだ》利家《としいえ》、金森長近《かなもりながちか》といった越前《えちぜん》衆の堂々たるすがたも見受けられた。百人余りの弓衆がこれにつづき、弓衆の途切れたあとは先立ちの騎馬武者ふたりに先導され、信長自慢の名馬が馬子たちに鼻綱を引かれてあらわれた。

一番は鬼蘆毛《おにあしげ》、二番は小鹿毛、三番は大蘆毛、四番は遠江《とおとうみ》鹿毛、五番は小雲雀《こひばり》、六番は河原毛《かわらげ》と、選りすぐりの馬ばかりが二列の等間隔で面前を闊歩《かっぽ》していく。

名馬の行列が遠ざかると、人垣に漣《さざなみ》のような笑いが起こった。

古稀《こき》を過ぎた右筆《ゆうひつ》の武井《たけい》夕庵《せきあん》が、山姥《やまんば》の扮装《ふんそう》で登場したのだ。

唯一、信長に諫言《かんげん》できるという老臣が、必死の形相《ぎょうそう》で馬の鞍《くら》にしがみついている。本人は大真面目《おおまじめ》で、一所懸命なのだろう。その様子《ようす》があまりに滑稽《こっけい》なので、日海もおもわず吹きだしてしまう。

夕庵のあとに松井《まつい》友閑《ゆうかん》らの長老衆や力士衆などもつづき、いよいよ、先導役の御先小姓たちが色とりどりの扮装であらわれる。

そして、黒光りする西洋兜を掲げた森乱丸に導かれ、煌《きら》びやかに装った信長が登場した。

「おお」

見物人のあいだから、どよめきが巻きおこる。

漆黒の愛馬にまたがった信長の威容が尋常ではない。

纏うのは金紗の煌めく蜀江錦《しょっこうにしき》の小袖《こそで》に紅緞子《べにどんす》桐唐草文様《きりからくさもんよう》の肩衣《かたぎぬ》、肩衣には鯨《くじら》の髭を差しこんで肩をぴんと尖《とが》らせている。同じ緞子の袴《はかま》を着け、白熊の毛皮でつくった腰《こし》蓑《みの》を着けたうえに、禁裏から拝領した牡丹《ぼたん》の造花で飾りたて、足先には立ちあがりが唐錦の猩々皮でできた沓《くつ》を履《は》いていた。

やはり、豪華さでは群を抜いている。

「さすがとしか言われへんわ」

利賢は鼻の穴を膨らませ、嘆息してみせた。

日海は首を持ちあげ、信長の雄姿を目に焼きつける。

ふと、微《かす》かに焦臭《きなくさ》さを感じ、左右の人垣をみまわした。

ひょっとしたら、真葛《まくず》が紛れているのではあるまいか。

心ノ臓が早鐘を打ちはじめる。

だが、怪しい者は見当たらない。

道を挟んだ対面にも、刺客らしき人影はなかった。

「気のせいか」

真葛は今ごろ、どうしているのだろうか。

信長を乗せた大黒《おおぐろ》は、尻《しり》をみせて遠ざかっていく。

公家衆はもちろん、ヴァリニャーノとフロイスも身を乗りだして見入っていた。

ただ、黒い肌の従者だけが表情も変えず、彫像のように佇《たたず》んでいる。

「費用《ついえ》の掛け方が半端やないと、あちらの方々はおもうておられるやろう」

利賢が目を向けたさきには、御簾に隠れた正親町天皇の気配があった。

朝廷の通例で考えれば、早々に誠仁親王《さねひとしんのう》へ譲位し、御自らは上皇として院政を敷きたいにちがいない。ただし、立派な譲位式をあげるには費用が掛かるので、側近たちもなかなか踏みきれずにいるのだ。

信長ならば、ふたつ返事で金子《きんす》を用立ててくれるだろう。

正親町天皇がそのように確信したとすれば、誠仁親王への譲位もほどなくおこなわれるはこびとなるはずだ。

それを証拠に、正親町天皇は興奮も冷めやらぬうちに、権大納言《ごんだいな》庭田《ごんにわた》重保《しげやす》らを勅使として信長のもとへ遣わし、馬揃えを賞賛する感状と御服一枚を贈った。感状には「信長御面目挙げて計《かぞ》うべからず。千秋万歳珍重々々」と、最大限の祝辞が綴《つづ》られてあった。

さらに、翌月九日には上臈局《じょうろうのつぼね》と長橋局《ながはしのつぼね》を勅使として遣わし、信長の左大臣推挙を表明した。ところが、信長はありがたい推挙を謝絶し、正親町天皇の譲位と誠仁親王の即位が成ったのちに受けると応じたらしかった。

不遜《ふそん》とも受けとられる謝絶は、正親町天皇を落胆させたにちがいない。

朝廷の権威には頼らぬということなのか。

あるいは、取りこまれたくないということなのか。

それとも、天下を御するにあたって、朝廷に使い道があるのかどうかを見極めようとでもしているのか。

正月に鯨肉を献上するなどして、信長は今まで以上に朝廷を丁重にあつかっていた。洛中での派手な馬揃えも、みずから申し出たのではなく、正親町天皇の強い要望に応じておこなったものだ。

双方の関わりは良好なはずだった。

しかし、譲れぬところは譲れぬということなのだろうか。

覇王への階段を上る人物の思惑など、塔頭《たっちゅう》の住人には想像すべくもない。

いずれにしろ、豪華絢爛《けんらん》な馬揃えの噂は、日の本六十余州の隅々にまで轟《とどろ》きわたることだろう。

日海は行列の去った馬場をみつめた。

ひんやりとした空気を吸っても、焦臭さは感じなかった。

二

樫原宿《かたぎはら》の棒鼻《ぼうはな》を抜けると、旅籠《はたご》の軒先に白い五弁の花が咲いていた。

「卯の花やな」

皺顔《しわがお》に上品な笑みを湛《たた》えてみせるのは、当代一の連歌師と評される里村紹巴《さとむらじょうは》である。

日海は紹巴に頼まれて供人となり、丹後の宮津《みやづ》城へ向かう旅に出た。

今朝早く、西市の立つ丹波口を起《た》って桂渡《かつらのわたし》を越え、山陰道をたどってきたのだ。

宮津城の城主は信長から丹後の南半国（加佐《かさ》郡、与謝《よさ》郡）を与えられた長岡藤孝《ながおかふじたか》、明智光秀の盟友にほかならず、光秀も参じる茶の湯の会が九日に催されるはこびとなっていた。

灌仏会《かんぶつえ》を控えているので日淵は送りだすのを渋ったが、光秀や藤孝から直々《じきじき》に指名されたとあっては拒むわけにもいかない。

堺《さかい》では光秀と碁盤を囲み、藤孝とも三度ほど碁を打ったことがあったが、茶の湯の会に招かれるのは初めてだった。嗜《たしな》みとして茶の湯の作法は教わってきたものの、教養の高い光秀や藤孝の面前できちんと振る舞えるかどうか、不安がまったくないとは言いきれない。

正月十日、紹巴は丹波の亀山城で催された光秀主催の茶の湯の会に初めて参じたのだという。招かれた客のなかには、親しくしている堺商人の津田《つだ》宗及《そうぎゅう》や山上《やまのうえ》宗二《そうじ》らも見受けられた。出兵前の恒例として、連歌の会はすでに何度か催されており、光秀や藤孝とは昵懇《じっこん》の間柄でもある。ただ、藤孝とともに宮津城を守る嫡男の忠興《ただおき》には初の目見得となるらしい。

「十九になられたそうや。馬揃えにも参じておられたが、じつに凜々しい若武者ぶりであられたなあ。おまはんも観たんか」

「はい」

「ほんなら、おぼえておるはずや。信長さまは、蜀紅の錦の小袖を纏っておられたやろう。あれはな、忠興さまが献上なさった代物らしいで」

「まことですか」

「まちがいない。豪勢な馬揃えを仕切りはった明智さまから、直々に教えてもろうたのやからな」

今から三年前、忠興は信長の仲立ちによって、玉《たま》という光秀の三女を娶った。正直な気持ちを言えば、丹後一国を拝領したかったであろうが、信長の裁定によって、敵対していた旧守護大名の一色《いっしき》氏が同国の北半国（中《なか》郡、竹野《たけの》郡、熊野《くまの》郡）を治めるかたちとなった。

「痩せても枯れても守護大名やったお方や。丹後に根を張っておるゆえ、さすがの長岡さまも手こずりはった。そこでな、相談をお受けになった明智さまが策を授けはったんや。力攻めは止《や》めて、一色家に娘を娶らせよとな」

一色家当主の満信《みつのぶ》は若輩ながらも剛勇で知られ、信長好みの武将でもあった。そこまで読んだ光秀の策によって、丹後は長岡家と一色家が南北に分割統治することで決着したのである。

忠興の好敵手として知られる満信は馬揃えにも参じており、そう言えば、ふたりは仲良く轡《くつわ》を並べていた。

日海はその様子を眺め、不思議に感じたのをおぼえている。

「おぬしはいくつや」

「二十四にござります」

「ほう、二十歳《はたち》を超えておったんか。童の面影を残しておるゆえ、忠興さまより年下かとおもうておったのや。今朝会うたときは、囲碁の名人とはおもわれへんかった。若いわりには思慮深いと聞いておったしな。ふふ、どないした、口をへの字に曲げおって。褒《ほ》めておんのやで。面立《おもだ》ちは賢そうやが、下手《へた》に大人びてはおらぬし、童のごとく初々《ういうい》しい印象を受ける。目のせいやろか。ほら、その目や。きらきらと輝いておる。人への興味が尽きぬ目や」

褒められて素直に嬉しかった。あいかわらず、引っ込み思案で人と交わるのが不得手な性分は変わらず、法華僧には不向きだと日淵に叱られてばかりいるものの、紹巴に指摘されたとおり、人への興味は尽きない。公卿《くぎょう》や武家、高僧や豪商、囲碁を通じて立場の異なるさまざまな人々と出会うなかで、物事の本質を見極めんとする眼差しが少しは磨かれたような気もしていた。

ふたりは宿場を足早に抜け、軽快に街道を進んでいった。

坤《ひつじさる》の方角に広がる野面《のづら》は、公卿たちの狩場として知られる大原野《おおはらの》であろう。遥《はる》か以前は随所から塩を焼く煙が立ちのぼっていたという。

「大原《おおはら》や小塩《おしお》の山もけふこそは、神世のことも思ひ出づらめ……在原業平《ありわらのなりひら》は、都を奈良から京に移した桓武《かんむ》天皇の曽孫や。二条后《にじょうのきさき》に心を通わせたせいで東国に下った。晩年、十輪寺《じゅうりんじ》あたりに隠棲《いんせい》したとき、野面に立ちのぼる紫の煙を目にして、来《こ》し方《かた》の切ない恋情を思い出したのや」

光秀の城がある亀山までは四里弱、日のあるうちには着きたいところだが、紹巴には立ち寄りたいさきがあった。

「勝持寺《しょうじじ》や」

「西行《さいぎょう》さまにござりますか」

勝持寺は大原野の西方、小塩山の中腹にある。天台《てんだい》宗の古刹《こさつ》だが、西行法師に縁《ゆかり》のある花の寺として知られていた。

「ねがはくは花のしたにて春死なん、そのきさらぎの望月《もちづき》の頃……鳥羽《とば》院に仕える北面の武士やった佐藤義清《さとうのりきよ》は、おぬしと同じ齢《とし》の頃に出家した。西行と号し、心のままに奥州や四国へ漂泊の旅をつづけ、仏に帰依《きえ》するかたわら多くの歌を詠《よ》み、世に名を残して惜しまれつつ、齢七十三で入寂《にゅうじゃく》したのや」

春になると勝持寺は、桜の花に埋もれたようになるという。

「西行法師の入寂した齢まであと十六年、この身も何とか生きぬいて、死ぬまえに一度だけ勝持寺の桜を観たいと願《ねご》うておるのや」

都から少し足を延ばせばいつでも観にこられるというのに、紹巴は敢《あ》えて桜の時期を外して寺へ詣《まい》っているらしい。

「惜しいのや。惜しんで観る景色こそが、心に沁《し》みるとはおもわへんか」

山道を登って古刹を訪ね、葉桜の狭間《はざま》に緋牡丹をみつけた。赤紫の九輪草《くりんそう》や純白の手鞠花《てまりばな》も咲いている。花は桜だけではないようだ。

満ちたりた気分で山を下り、街道をしばらく進むと老ノ坂《おいのさか》へたどりついた。坂を越えれば丹波国、山陰道と篠山《ささやま》道の分岐点も近く、都に侵攻する丹波以西の軍勢はかならずこの坂を通らねばならない。

「後醍醐《ごだいご》天皇も足利尊氏《たかうじ》公も、この坂を通って都をめざされはったのや」

老ノ坂は丹波国を抑える要《かなめ》、歴代の朝廷や幕府はここで都の守りを固めた。今からおよそ二百五十年前、北条《ほうじょう》氏に抗って隠岐《おき》に流されていた後醍醐天皇は山陰諸国の兵を募り、伯耆《ほうき》国の船上山《せんじょうさん》で挙兵した。老ノ坂を越えて桂川《かつらがわ》を渡り、六波羅《ろくはら》軍を破って入京したのち、建武《けんむ》の新政をはじめたのだ。その五年後、征夷大将軍《せいいたいしょうぐん》となった足利尊氏によって足利幕府が開かれた。

尊氏は後醍醐天皇に忠誠を誓って倒幕に向かう際、老ノ坂の北に設《しつら》えられた関所を避けて間道を抜け、六波羅探題へ攻めいったという。

「唐櫃越《からとごえ》や」

険しい間道には追《お》い剝《は》ぎが出没するので、もちろん、ふたりは関所へ向かう。

関所を守るのは丹波を統治する明智勢ではなく、京都所司代配下の役人たちであったが、紹巴が藤孝直筆の書状をみせると、丁重に通してくれた。

老ノ坂を越えると、亀山城下は指呼《しこ》の間となる。

北方に聳《そび》える愛宕山《あたごやま》は、夕陽を浴びて山脈《やまなみ》を赤く染めていた。

ふたりは疲れた足を引きずり、城下の入口に近い旅籠の敷居をまたいだ。

何処の旅籠もかなり混《こ》んでおり、足を濯《すす》いでくれる女中も足りない。

詮方なく草鞋《わらじ》を脱いで二階へあがり、案内されたとおり、狭い部屋のひとつへ滑りこんだ。しばらくすると、愛想のない手代《てだい》があらわれ、簡易な酒膳を置いていく。

「まずは一献」

僧籍にあるがゆえに遠慮すると、紹巴は呵々《かか》と大笑しながら手酌《てじゃく》で豪快に呑みはじめた。連歌師であれば慎み深く物静かであろうと勝手に思い描いていたが、ことごとく予想を裏切ってくれるので、むしろ、清々《すがすが》しい気持ちになる。

「暇を託《かこ》つお公家はんらにとって、連歌はただのお遊びや。歌を詠むだけで、宮廷に居ながらにして、名所旧跡へ足をはこんだ気分になる。先人の歌を知れば知るほど、訪れてみたいさきは増え、先人の心を知れば名所の価値もあがる。先人の歌になぞらえて、我が身の心情を謳《うた》うこともできるし、喜びや悲しみを歌詠みの仲間と分かちあうこともできる。一方、戦塵《せんじん》にまみれた武将たちにとって、連歌は一時の慰みとなる。連歌に親しむのは知将の証《あか》しでもあり、連歌はみずからを高く売りこむための道具にもなる。近頃は誰もが歌を詠みたがるゆえ、連歌師は重宝される。ただし、期待されておんのは、歌を上手に詠むことだけではない。諸将はみな、敵や味方の心の有り様を聞きたがる。もちろん、軽々に応じれば、連歌師としての信を失う。誰にたいしても平らかな心で接するのが肝要やし、歌に託してそこはかとなく心の有り様を伝えてやるのが腕の見せ所や」

日海が聞き上手だからか、紹巴は胸の裡《うち》に閉じこめた存念を赭《あか》ら顔で滔々《とうとう》と語りつづけた。

「織田家のなかで歌詠みの双璧は、明智さまと長岡さまや。おふたりは分をわきまえておられるゆえ、けっして争わぬ。比叡山延暦寺《ひえいざんえんりゃくじ》の焼き討ちで先陣を切ったことからしても、いざというときに非情になれるんは明智さまのほうや。そやから、信長公の信を勝ちとり、山陰道の要となる丹波の地を任された。近江の志賀郡と合わせれば御領地の石高は三十四万石、今や押しも押されもせぬ大大名や。洛中の馬揃えをみてもわかるとおり、織田家家臣団の一番手はまちがいなく、明智さまにほかならぬ。されどな、盤上に置かれた石をじっくり眺めてみれば、明智さまが一番手とは言いきれぬ節もある。碁打ちのおぬしなれば、察することもできよう。織田家でもっとも勢いのある御仁が、まことは誰なのか」

羽柴秀吉さまでしょうかと言いかけ、日海はごくりと唾《つば》を呑みこむ。

何故、連歌師の紹巴が、そのような危ういはなしを仕掛けてくるのか。

「ふふ、ただの遊びや。日の本の絵図に見立てた碁盤のうえに強い武将の石を配し、好きなように動かしてみたいのや。安土城の天主に鎮座しますお方のごとくな」

そんな遊びが発覚すれば、即刻、首を失うにちがいない。

くわばらくわばらと、日海は胸中につぶやいた。

三

卯月九日、宮津城広間。

茶の湯の会で茶頭をつとめるのは、頭髪の薄い明智光秀である。

高貴な品格を漂わせる長岡藤孝は城主であるにもかかわらず、若々しい風貌の忠興ともども隣席に控えていた。

炉のうえで湯気を立てている平釜《ひらがま》は、光秀がわざわざ亀山城から携えてきた。

床の間には、信長直筆の書が掛けてある。

——天下布武。

存外に細い枝のごとき筆跡だった。

平釜も書も、光秀が信長から下賜されたものだという。

織田家家臣団のなかでは、信長に許された者だけしか、公《おおやけ》に茶の湯の会を催すことはできない。それゆえ、茶頭は光秀がつとめる。場所を貸すことしかできぬ藤孝はさぞ口惜しかろうと推察されたが、藤孝自身は喜怒哀楽を表情にいっさい出さぬので、揺らめく心模様など想像すべくもなかった。

日海は紹巴と亀山城下を起ち、園部《そのべ》、須知《しゅうち》と経由して福知山へいたり、山陰道を逸《そ》れて北へ向かった。三日掛かりで二十里を優に超える道程《みちのり》をたどり、日本海に面する宮津へ到着したのである。

光秀は一日遅れであらわれ、本来の目途である娘婿との面会を果たした。

酒席では忠興から、北条氏縁《ゆかり》の名刀、地《じ》蔵行平《ぞうゆきひら》を贈られた。

末席に控えた日海の目でみても、光秀は終始、上機嫌であった。

渋い木賊色《とくさいろ》の狩衣《かりぎぬ》を纏って点前畳《てまえたたみ》に座る今も、口許には笑みを絶やさずにいる。

信頼を寄せる父子や気のおけぬ仲間たちに囲まれ、心の底から寛《くつろ》いでいる様子は一目でわかった。

ひとりだけ場違いなように感じ、日海は小さくなっている。

光秀は茶釜の蓋《ふた》を取り、茶柄杓《ちゃびしゃく》で器用に湯を掬《すく》った。

茶杓《ちゃしゃく》の櫂先《かいさき》に抹茶を盛り、温めた天目茶碗《てんもくぢゃわん》に分けてから湯を注ぐ。

そして、茶筅《ちゃせん》を巧みに振り、さくさくと泡立てはじめた。

一分の隙《すき》もない、流れるように美しい所作だ。

さすが明智さまと、誰もがおもったことだろう。

ひとり、またひとりと、客は交替で客畳へ移動し、光秀の点《た》てた茶を順に呑みほしていく。

茶の湯の会では、身分や年齢の上下を問われない。

通常ならば会う機会も得られぬ相手と面と向かい、茶の湯を介して心を通わすことができるのだ。

馬揃いで近寄り難い雄姿を目に焼きつけていただけに、茶席での光秀は親しげな好々爺《こうこうや》に映った。

それでも、自分の番が近づいてくると、心ノ臓が早鐘を打ちはじめる。

楚々《そそ》と進んで客畳へ座り、光秀の手許に目をやった。

茶筅を振る音が、小気味よく聞こえてくる。

音は止み、すっと膝前《ひざまえ》へ天目茶碗が差しだされた。

節くれだった指ではなく、痩せて細長い女性《にょしょう》のごとき指だ。

日海は作法どおりに茶碗を手に取り、ひと口に茶を呑みほす。

「けっこうなお点前にござります」

震えた声で神妙に発し、茶碗の底をみつめた。

「何がみえる」

光秀がこちらも向かずに尋ねてくる。

「夜空に瞬《また》く星々が……」

と、言いかけ、日海は黙りこんだ。

釉薬《うわぐすり》の変容が彩《あや》なす降る星のごとき文様を褒めようとしたとき、黒雲のごときものが意識の狭間を通りぬけた。それはおそらく、死の影と呼ぶべきものであったかもしれない。

光秀は即座にそれと察したのか、蛇のごとき眼差しで睨《ね》めつけてくる。

「今一度聞こう。おぬしは、茶碗の底に何をみた」

「……ふ、不立《ふりゅう》文字《もんじ》を」

日海は消え入りそうな声で応じた。

不立文字とは、ことばや文字にすれば真意が伝わらぬという禅の核心である。

「ぷっ、ふはは」

光秀は唐突に吹きだし、柔和《にゅうわ》な顔に戻った。

「なるほど、ことばには尽くせぬものがみえたと申すか。賢《さか》しらげなこたえじゃが、当を得ておるやもしれぬ。かつて、茶碗の底に妙の一字がみえたと申す法華の坊主がおったが、そやつは善人を誑《たぶら》かしておるのがばれて都から追放された。あるいは、名利《みょうり》がみえるとうそぶいた商人もあったが、そやつは旅の途中で山賊に身ぐるみを剝がされ、野垂《のた》れ死《じ》んでしまいよった。茶碗は愛《め》でる者ごとに、さまざまに語りかけてくれる。ときには、定めなきこの世の無常をみせてくれることもある。もちろん、すべてはおのれの抱いた夢想にすぎぬ。されど、血腥《ちなまぐさ》い合戦場から戻ったときなどは、一服の茶が輪王の妙薬ほどに感じられることもある。所詮《しょせん》、人の生とは一服の茶を呑み干すまでのあいだのこと。ふっ、さように考えれば、名利などという厄介な代物にとらわれることもあるまいに」

いったい、誰に向かってつぶやいているのか。

茶席はしんと静まりかえり、咳《しわぶき》ひとつ聞こえてこない。

ほどもなく茶の湯の会はおひらきとなり、日海は囲碁を所望されることもなく、紹巴とともに宮津城をあとにした。

帰路はふたたび亀山城下に一夜の宿を求め、光秀の発したことばを反芻《はんすう》する。

「名利のくだり、どなたに向かってつぶやかれたとおもう」

「はて」

日海が首を捻《ひね》ると、紹巴は手酌で酒を呑みつつ、さも楽しげに身を乗りだしてくる。

またもや、架空の盤上に諸将の石を置く遊びのつづきをやる気なのだ。

まんがいちにも発覚する恐れのないことを、わかっているのであろう。

「はてさて、盤上に目を凝らせば、何処に火が付いておるのかようわかる」

弥生二十二日、徳川家康《いえやす》は遠江の高天神城《たかてんじん》を陥落させた。武田勝頼《たけだかつより》は遠江における牙城を失い、相模《さがみ》の北条氏との対峙《たいじ》を余儀なくされている。一方、家督相続の争いにようやく決着をつけた上杉景勝《うえすぎかげかつ》は、越後《えちご》の春日山城《かすがやま》に引っこんだまま、上洛の気配すらみせていない。対峙する柴田勝家は、加賀の一向一揆を率いた首謀者らの首級を安土へ送ってきたり、与力の佐々成政《さっさなりまさ》に越中《えっちゅう》一国を与えるべく仲介の労を取りつつ、希少な切石や黄鷹を贈ってきたりと、信長の歓心を繫《つな》ぎとめておくのに苦慮している様子だった。

弱体になった武田と上杉が同盟を結んでも、信長にとって大きな脅威とはならない。やはり、当面の大いなる敵は毛利であった。毛利が堅固な壁となって立ちはだかっているかぎり、織田軍団の西国進出は絵に描いた餅《もち》で終わる。

「織田家の槍《やり》は羽柴さまや。なれど、羽柴さまの意識は毛利に向いておらぬ。毛利は穴蔵から出てこぬと、見抜いておられるからや。羽柴さまは顔だけは毛利に向けつつも、意識は常のように後ろを向いておられる」

「後ろ」

「明智さまや」

すでに、ひとつ目の布石は四年前に打たれていたと、紹巴は言う。

松永久秀が謀反を起こし、信貴《しぎ》山《さん》城で爆死を遂げた年だ。秀吉は弟の秀長《ひでなが》を但馬《たじま》へ送り、生野《いくの》銀山《ぎんざん》を制圧させた。丹波、丹後と治めれば、山陰道でつぎに狙《ねら》うのは但馬である。ただし、生野銀山を掌中に納めなければ、山陰道を西進する意味合いは半減する。秀吉はそこまで見込んで先手を打ち、光秀の勢いを殺《そ》ごうとしたのだという。

「生野銀山だけやない。羽柴さまにとって、最大の狙いは何処やとおもう。四国や」

「えっ」

「意外におもうやろう。四国は長宗我部元親さまが、信長公から切取り次第の御墨付きを貰《もろ》うておられたからな」

元親は安土の信長へ砂糖や黄鷹や伊予鶏《いよどり》などを献上し、しきりに機嫌を取りつつ、

「四国全土を駆けまわっていた。正月中旬には西園寺公広《さいおんじきんひろ》の守る南伊予の黒瀬《くろせ》城を攻撃し、翌月には土佐から逃げた一条内政《いちじょうただまさ》を伊予の法華津《ほけつ》に攻め、五摂家の流れをくむ名門の土佐一条氏を滅亡させた。

紹巴によれば、そのあたりから雲行きが怪しくなった。

元親にたいする信長の態度が、急に冷たくなったのだ。

「鍵《かぎ》を握るお方は、三好笑岩《みよししょうがん》さまや」

凋落《ちょうらく》の一途をたどった三好家のなかで、笑岩の号で呼ばれる康長《やすなが》は最後まで織田方に抗った。だが、六年ほど前に降伏し、信長に名物茶器の三日月《みかづき》を献上するなどして赦《ゆる》された。そののちは、石山本願寺攻めの先鋒《せんぽう》となって潰走《かいそう》させられたりしたものの、河内の半国を与えられるなどの厚遇を受け、今年になって阿波《あわ》へ侵攻した。

すでに、長宗我部勢は「四国切取り次第」の朱印状を盾に取り、阿波と讃岐《さぬき》にも勢力を伸ばし、阿波の岩倉《いわくら》城を守る笑岩の子康俊《やすとし》を調略していた。一方、笑岩は信長に旧領地でもある阿波の回復を訴えて認められ、康俊をふたたび自軍へ寝返らせることに成功したのである。

信長の方針転換に、元親は強い憤りと戸惑いをおぼえたにちがいない。元親の後ろ盾となって支える光秀も首を捻った。

何故、落ち目の笑岩が厚遇されねばならぬのか。

「じつは、羽柴さまが動かれたのや」

紹巴は声をひそめる。

秀吉は笑岩に近づき、請われて断りきれなかったと周囲に喧伝《けんでん》しつつ、姉の子の信《のぶ》吉《よし》を養嗣子に送った。当面の狙いは淡路《あわじ》であり、同島を領する安《あ》宅信康《たぎのぶやす》は笑岩に調略されていた。淡路を足掛かりにして四国へ渡り、三好勢を長宗我部勢に拮抗《きっこう》させるというのが、どうやら、秀吉の描いた企てらしい。

「山陽道を西進して毛利と対峙しながら、但馬の生野銀山を抑えて手放さず、四国にまで手を伸ばそうとする。いかにも欲張りな羽柴さまらしいが、四国への侵攻も明智さまの進路を阻《はば》む布石なのや」

「まさか」

秀吉にとって、三好勢を使った横槍とも言うべき四国侵攻は、光秀に拮抗するための布石であるとともに、おのれの生き残りを懸けた秘策でもあると、紹巴は読む。

信長がここ数年決めかねていたのは、毛利攻めの大方針にほかならない。

「力攻めに終始して滅ぼすか、それとも、和睦をはかって上手に取りこむか」

前者の策を推進するのが秀吉なら、後者の策の担い手こそが光秀であった。

光秀は毛利家政僧の安国寺恵瓊《あんこくじえけい》と交渉し、宇喜多《うきた》家は信用できぬので毛利家と和睦したい旨を伝えさせていたという。信長自身、右筆の武井夕庵を毛利方へ遣わし、毛利は宇喜多との戦いに専念すること、信長の娘を吉川元春《きっかわもとはる》の子に娶らせること、鞆《とも》の足利義昭は「西国の公方」とすることなどの条件をしめしている。

要するに、ふたつの相反する策が模索され、秀吉が勝手に宇喜多家を調略して信長の逆鱗《げきりん》に触れた段階では、和睦のほうへかたむいていた。

「まんがいち、信長公が和睦に舵《かじ》を切れば、明智さまの思う壺《つぼ》となったはずや。日向守という官名も、立ちどまって考えてみれば、四国から豊後《ぶんご》水道をたどって九州の日向へ渡る目途で付けた名や。毛利家を温存すれば、長門《ながと》から赤間関《あかまがせき》を渡る役目を課された羽柴さまは用をなさぬようになり、官名の筑前守《ちくぜんのかみ》も信長さまからあっさり奪われてしまいかねない」

すなわち、四国をめぐる熾烈な争いは毛利攻めと密接に繋がっており、とどのつまりは西国九州の利権を摑むための前哨《ぜんしょう》戦なのだと、紹巴は言いきってみせる。

それにしても、何故、三好笑岩は信長からそれほど厚遇されているのだろうか。

「水軍や」

紹巴は得たりとばかりに胸を張った。

「笑岩さまは剽悍《ひょうかん》な水軍を抱えており、何千もの軍勢と夥《おびただ》しい兵糧《ひょうろう》を船に積み、瀬戸《せと》内《うち》を好きなときに移動できる。信長公が欲したのは、それや。織田勢は陸地では無類の力を発揮しよるが、海のうえでは弱い」

それは石山本願寺との戦いで、信長が骨身に沁みて感じたことだ。海路を封じねば、戦いを終わらせることはできない。ゆえに、畿内《きない》と阿波を自在に行き来できる三好勢を取りこんでおきたかった。

「長宗我部は水軍を持たぬ。ゆえに、四国の内でどれだけ勢力を拡げても、外へは打って出られぬ。信長公にとって、使えるのは水軍を擁する笑岩さまのほうや。羽柴さまならば、そのあたりを懇々《こんこん》と述べたて、信長公を説きふせることもできたやろう」

もはや、紹巴の顔は軍師のごとくであった。

「羽柴さまは必死や。正直、馬揃えどころやなかったはずや。一方、明智さまのほうは余裕綽々《しゃくしゃく》であられた。されど、それも馬揃えまでのことや」

弥生になり、信長は毛利との和睦をあきらめた。秀吉の再三にわたる支援要請もあって、和睦策を捨てたと言ってもよい。毛利にたいしては力攻めの正攻法を講じる決定が下され、四国攻めの方針も大きく転換された。

信長は長宗我部元親と三好笑岩の調停と称し、元親に阿波で占領した土地の半分を返還するように命じたのである。約定破りのやり口に、元親が納得できるはずもなく、双方の板挟みになった光秀は面目を失うこととなった。

なるほど、そうした経緯を丹念にたどっていけば、茶席で沈痛な表情を垣間見せた《かいまみ》光秀の苦悩もわからぬではない。

「羽柴さまは、名利を得るためなら、どないなことでもなされる。身内も平気で裏切ろうし、汚い手も厭《いと》うまい。そういうお方やが、憎めぬところもある。気づいてみれば、まんまと誑《たら》しこまれておるのや。もちろん、明智さまも調略は得手としておられるが、理詰めで相手を説きふせるやり方や。情に訴えようとはせぬ。笑岩さまのごとき百戦錬磨の曲者《くせもの》は、羽柴さまでなければ飼いならされぬ」

盤上の布石を俯瞰《ふかん》すれば、秀吉のほうが有利にみえるのだろうか。

「おまはんも心しておくがよい。月の満ち欠けは得てして、人の運命《さだめ》と重なる。明智さまと羽柴さま、はたして、欠けた月になるのはどちらなのか、じっくり見定めなあかんところや」

紹巴は手酌で酒を呑みながら、危ういはなしをいっこうに止めようとしない。

連歌師とは間諜《かんちょう》のごとき者なのだろうかと、日海は胸の裡で首を捻った。

四

長月《ながつき》十三日。

背には安土《あづち》城の天主が聳《そび》えている。

日海《にっかい》は琵琶《びわ》湖の畔《ほとり》に立ち、紺碧《こんぺき》の湖面を眺《なが》めていた。

武将のなかで囲碁《いご》を嗜《たしな》む者が増えたため、近頃は月に一度は碁を打ちに安土へ足をはこぶ。

碁盤を挟んで向きあえば、単に碁石を並べるだけに留《とど》まらず、諸所の情勢や諸将の思惑《おもわく》などにはなしがおよぶ。光秀《みつひで》や藤孝《ふじたか》と碁盤を囲み、松永久秀《まつながひさひで》や荒木村重《あらきむらしげ》とも碁を打った。武家ばかりか、公家《くげ》にも知りあいが多く、何と言っても、信長《のぶなが》から名人の称号を賜っている。それだけの碁打ちならば、一度屋敷に招いてじっくりはなしを聞いてみようと、そんなふうに考える相手も少なくない。

もちろん、紹巴《じょうは》に諭されたとおり、何を聞かれても軽々に応じてはならず、ひたすら聞き役に徹すると決めているものの、諸将に共通しているのは誰もが言い知れぬ不安を抱いているという点だった。

織田《おだ》家そのものは安泰だが、みずからは信長からいつ何時引導を渡されるかわからない。佐久間信盛父子《さくまのぶもりおやこ》の例をみてもわかるとおり、気を抜けば紙屑《かみくず》も同然に捨てられる。たった一度の失態が命取りになりかねず、誰もが疑心暗鬼になり、魔王と化した天主の主人を振りあおいでは深い溜息《ためいき》を吐《つ》くしかなかった。

この半年足らずで、じつにさまざまな出来事が起こった。

信長が身内にたいして鬼と化したのは、日海が紹巴と宮津《みやづ》城からの帰路をたどっていたころのことだ。

摠見寺《そうけんじ》に弁財天《べんざいてん》を勧請《かんじょう》すべく、信長は舟に乗って琵琶湖に浮かぶ竹生島《ちくぶしま》へ詣《まい》った。女房たちは主人の留守をよいことに、断りもなく城下の桑實寺《くわのみでら》へ薬師詣《やくしもう》でに向かった。遊山《ゆさん》気分で散策しただけのはなしだ。ところが、一泊の予定を切りあげて城に戻った信長は出迎えるべき女房たちが居ないのを知り、怒髪天を衝《つ》くほどに怒りあげた。そして、女房たちのみならず、それを庇《かば》おうとした住職まで斬首したのである。

同月、片時も信長のそばを離れぬ小姓《こしょう》の森乱丸《もりらんまる》は、知行五百石を与えられた。

同じころ、摂津《せっつ》の高槻《たかつき》ではヴァリニャーノ神父主催の洗礼式が催され、二千人もの信者が洗礼を受けた。西国なども合わせると、改宗して切支丹《キリシタン》になった者は五万人を超えたという。

さらに、水涸《が》れの水無月《みなづき》、羽柴秀吉《はしばひでよし》は因幡《いなば》の鳥取《とっとり》城を攻略すべく姫路《ひめじ》城を出陣し、翌月中頃までには収穫前の城下を囲んで兵糧《ひょうろう》攻めを開始した。前年、すでに城を攻略して山名豊国《やまなとよくに》を安堵《あんど》したにもかかわらず、毛利《もうり》贔屓《びいき》の家臣らに謀《はか》られて豊国は追放され、石見《いわみ》から吉川経家《きっかわつねいえ》が新城主に迎えられていた。鳥取城は険《けわ》しい地形から難攻不落の山城と目されており、秀吉は兵糧攻めを即断したのだ。

紹巴の読みにしたがえば、秀吉は丹波《たんば》と丹後《たんご》を掌握した光秀の西進を阻むべく、播《はり》磨《ま》から北進して但馬《たじま》寄りに位置する鳥取城を奪いにいったことになる。

一方、秀吉が城下周辺の田圃《たんぼ》を刈田にしつつあったころ、安土では「天下一」と称される規模の盂蘭盆会《うらぼんえ》が催されていた。安土城の天主ならびに摠見寺は無数の提灯《ちょうちん》で飾られ、琵琶湖の湖面一帯には松明《たいまつ》を掲げた大小の舟が何艘《そう》も浮かべられた。

主賓《しゅひん》として信長に招かれたのは、ヴァリニャーノである。

セミナリヨと呼ばれる神学校は開校しており、神学生たちの歌う聖歌や珍しい楽器の音色は城下の人々に親しまれていた。ヴァリニャーノは信長から、狩野源四郎《かのうげんしろう》の描いた黄金の屛風《びょうぶ》を贈られた。よほど居心地がよいのか、それとも、信長と難しい交渉でもしているのか、ふた月が経《た》とうとしている今も、ヴァリニャーノは安土から離れていない。

日海もできることなら、暗闇《くらやみ》を煌々《こうこう》と照らす光の祝祭に酔い痴《し》れたかった。

だが、安土を訪れたのは盂蘭盆会が終わったあとのことだ。

葉月朔日《はづきついたち》、城下で馬揃えが催された。

信長の雄姿が見事だったのはもちろん、子息らもじつに堂々たるもので、信忠《のぶただ》は信長から貰《もら》いうけた秘蔵の雲雀毛《ひばりげ》に乗り、信雄《のぶかつ》や信孝《のぶたか》も下賜《かし》された名刀を腰に差していた。信長に官位受領を促すべく下向した勅使《ちょくし》が絶賛したのは言うまでもない。

同月中頃、突如、信長は高らかに親征を宣言した。

――毛利《もうり》を討つべし。

秀吉から、毛利本軍が鳥取城の救援に参じるとの急報を受け、毛利輝元《てるもと》と雌雄《しゆう》を決する強い意志をしめしたのだ。

鳥取城を囲む秀吉には激励の書状が送られ、光秀にも海路から兵糧を補給せよとの命が下された。ところが、毛利本軍の到来はなく、信長の親征も光秀の出陣もともに取消しとなった。

その直後、信長はまたもや鬼と化した。

荒木村重の旧臣が高野山《こうやさん》に匿《かくま》われているとの報を受け、松井友閑《まついゆうかん》の配下三十数名が山中の探索におもむいた。詳しい経緯《いきさつ》は判然とせぬものの、兵たちは探索の際に乱暴をはたらき、高野山の行人たちに斬殺された。これを聞いた信長は怒り心頭に発し、一千三百人余りの高野聖《こうやひじり》を斬首するという暴挙に出たのである。

この惨事は比叡山延暦寺《ひえいざんえんりやくじ》の焼き討ちを想起させ、信長の残忍さをあらためて世に知らしめた。

さらに、息をつく暇も無く、織田軍は伊賀《いが》へ攻めこんだ。

信雄と信包《のぶかね》に率いられた五万の兵力が甲賀《こうか》や信楽《しがらき》などから雪崩《なだ》れを打って侵攻し、十日足らずで伊賀一国を平定してしまった。平定ではなく、大量の虐殺と言うべきかもしれない。大軍の去った合戦場には、下忍やその妻子たちの屍骸《しがい》が山と築かれた。

合戦の数日後、日海は題目を唱えるべく、日淵《にちえん》らとともに伊賀へ向かった。殺伐とした野面《のづら》には異臭が漂い、屍骸を焼く煙が随所に立ちのぼっていた。

この世の無常をおもわざるを得なかった。まさしく、戦いを好む人の業《ごう》がもたらした惨劇にほかなるまい。

「思い出したくもないな」

日海は湖畔から離れ、城下へ足を向けた。

何処《どこ》からか、ビオラとクラボの調べが聞こえてくる。

ビオラは琵琶にかたちの似た弦楽器《げんがっき》で、馬の毛を束ねた弓で弦を擦《こす》って音を出す。一方、クラボとはオルガンよりも硬質な音を響かせる鍵盤《けんばん》楽器のことだ。

誘われるように足を向けると、三階建ての豪壮な建物へたどりついた。

大屋根は安土城と同じ鮮やかな空色の瓦《かわら》で葺《ふ》かれており、柱や壁からは濃厚な檜《ひのき》の匂《にお》いが漂ってくる。

陽気なオルガンティーノが院長をつとめるセミナリヨであった。

すでに、何度か訪れている。一階には茶室付きの座敷が設《しつら》えられ、二階にはオルガンティーノの居室、三階には教室と神学生たちの寮がある。諸国から集まった十五、六歳の男子ら二十数名が寝食をともにし、切支丹の教理やラテン語、修辞学や音楽などを学ぶ。勉学に励む男子らのなかには、高槻城の高山右近《たかやまうこん》が選んだ家臣の子弟たちもふくまれていた。

オルガンティーノによれば、信長もしばしばセミナリヨに立ち寄り、ビオラやクラボの音色や神学生たちの歌声に耳を澄ませていると聞いていたが、今日はすがたをみせていないようだ。

おそらく、相撲《すもう》見物へと向かうにちがいない。

近在の力自慢たちを集めた相撲の会が、百々橋口《どどばしぐち》にある石部《いしべ》神社の境内《けいだい》で催されることになっていた。

織田家の家臣でも身分の低い足軽《あしがる》たちは見物できない。町人についても誰もが見物できるというわけではなく、名士と目される者たちが招かれているようだった。日海は同朋頭の一雲斎針阿弥《いちうんさいしんあみ》から特別に見物の許しを得ている。日が暮れて天主へ戻ったあと、信長公からお召しがあるやもしれぬゆえ、待機しているようにとも命じられていた。

正直、気が重い。

日海はまだ、信長と碁盤を囲んだことがなかった。

まんがいちにも粗相《そそう》があれば、首を失うかもしれない。

桑實寺に参拝した女房たちが斬首されたことや、一千を超える高野聖が厳罰に処せられた惨事をおもえば、身震いを禁じ得ぬところだが、日淵には「どうせ、お召しはあるまい」と言われてきた。

すでに何度かお召しがあり、その都度、日淵と安土を訪れたものの、囲碁を打つどころか目見得《めみえ》の機会も訪れなかった。このたびも日淵は付きあうはずであったが、風邪《かぜ》をこじらせて寝込んでしまった。日海はひとりで旅仕度《たびじたく》を整え、比叡山麓の道をたどって安土へやってきたのである。

セミナリヨを離れ、重い足を引きずった。
北へ延びる道をしばらく進み、安土川に架かった百々橋を渡る。
石部神社は川を渡って左手にあった。
鳥居の向こうには、大勢の人が集まっている。
侍と町人が入り乱れ、褌《ふんどし》一丁の力士たちも見受けられた。
日海は見物人の背につづき、境内の一角へ向かっていく。
人垣を掻《か》きわけるようにして進むと、土俵が築かれてあった。
土俵正面の砂かぶりには幔幕《まんまく》が張られ、特設席が造られてある。
と、そこへ、信長の近習《きんじゅ》たちが駆けてきた。
「上様のお成りじゃ。道を空けよ」
叫んでいるのは、森乱丸にまちがいない。
知行持ちになったせいか、以前よりも大人びてみえた。
露払いの小姓たちに先導され、八の字髭《ひげ》をそびやかした信長が悠然とあらわれる。
狩衣《かりぎぬ》のうえに天鵞絨《ビロード》の黒い洋套《カッパ》を纏《まと》い、股引《ももひき》の脚には踵《かかと》の高い長靴《ながぐつ》を履《は》いていた。
鳥居の内ゆえか、さすがに馬ではなく、せかせかと歩いてくる。
傀儡《くぐつ》のごとき奇妙な装束《しょうぞく》が様になっており、さすがは信長さまだと、誰もが目を瞠《みは》ったのは言うまでもない。

すぐ後ろからは、肌の黒い大男がのっそり従《つ》いてくる。

ヴァリニャーノの奴僕《ぬぼく》は「弥助《やすけ》」と名を変え、今では信長の従者になっていた。

弥助は朱色の着物を纏い、真紅の大傘を信長に差しかけている。

恐ろしいほど手足が長いせいか、腰に差した刀も短くみえた。

やがて、大傘はたたまれ、信長は特設席へ腰を落ちつける。

行司の呼びだしに応じて、ふたりの力士が土俵へあがった。

四股名《しこな》や出自が紹介され、双方は土俵の東西で四股を踏む。

——どしん、どしん。

凄《すさ》まじい迫力に、見物席から歓声が沸《わ》きあがる。

一番多く勝ちぬいた力士には、褒美として金工家の後藤《ごとう》家で鋳造《ちゅうぞう》させた判金《ばんきん》が下賜されることになっていた。

三方に積まれた判金をみれば、嫌でも力がはいろう。

見物人たちは息を呑《の》み、水を打ったような静けさが訪れた。

力士ふたりは面と向かい、土俵に両手をついて睨《にら》みあう。

そして、呼吸を合わせ、今しも立ちあおうとした瞬間。

——ぱん。

一発の乾いた筒音が静寂《しじま》を破った。

五

鉛弾は風を孕《はら》み、幔幕に穴を開けた。

信長は床几《しょうぎ》に座ったまま、身じろぎひとつしない。

「くせもの」

小姓たちが叫び、信長の前面に人の壁を形作る。

「ふわああ」

見物人たちが我先に逃げだした。

土俵のうえの力士たちも、頭を抱えて蹲《うずくま》る。

周囲が混乱の坩堝《るつぼ》に陥るなか、日海は人の波に弾《はじ》きだされ、幔幕のほうへ転がった。

どうにか起きて鳥居をみれば、逃げる人の群れに抗《あらが》い、三つの人影が飛翔する。

「あっ」

ひとりは真上に、あとのふたりは左右に飛び、猿《ましら》のように跳ねながら迫ってきた。

「伊賀者じゃ。刺客は伊賀の忍びじゃ」
乱丸が叫んだ。
——ひゅん、ひゅん。
手裏剣が投げつけられ、小姓たちが倒れていく。
「上様をお守りしろ」
乱丸に命じられ、小姓たちはさらに堅固な壁をつくる。
そのとき、大きな黒い影が幔幕の前方に飛びだした。
弥助だ。
身を仰《の》け反《ぞ》らせ、撓《しな》らせた右腕を前方に振りだす。
——ひゅっ。
無造作に投擲《とうてき》された手槍《てやり》は弧を描き、中央から迫る刺客の胸板を貫いた。
弥助はそのまま地べたを蹴《け》り、黒い疾風《はやて》のごとく走りだす。
右手からは、背の低い刺客が地べたを這《は》うように近づいていた。
「邪魔をいたすな」
刺客は唸《うな》り、地を蹴って蛙《かえる》のように跳ねる。
弥助も跳ねた。

両者は中空で激突し、ひとかたまりになって土俵へ落ちる。
すっくと立ちあがったのは、弥助のほうだった。
俯《うつぶ》せの刺客は、大きな足で背中を踏みつけられる。
「むぐっ」
まるで、潰《つぶ》れた蝦蟇《がま》のようだ。
弥助は刺客を動けぬようにし、長い両手を伸ばす。
上から顎《あご》を抱え、きゅっと捻《ひね》った。
——ごきっ。
鈍い音がする。
首の骨が折れたのだろう。
一方、左手に飛んだ三人目は、小姓たちに囲まれていた。
縦も横もある入道だ。
「ぬおっ」
太い金棒を振りまわし、何人かを血祭りにあげる。
小姓たちも怯《ひる》まない。
徐々に輪を狭め、四方から一気に槍を繰りだした。

「いやっ」

入道の首や胴に、何本もの穂先が突きささる。

「ぐおっ」

槍衾《やりぶすま》の餌食《えじき》になっても、入道は倒れない。

「覚悟せよ」

乱丸が叫び、低い姿勢で駆け寄った。

牛若のごとく跳躍し、腰の刀を抜きはなつ。

「死ね」

疳高《かんだか》く叫ぶや、入道の左脇を擦り抜けた。

地に舞いおりると同時に、入道の首が地に落ちる。

――ぶしゅっ。

輪切りになった斬り口から、夥《おびただ》しい鮮血が噴きあがった。

樽《たる》のような胴が海老《えび》反《ぞ》りになり、倒木と化して倒れる。

土埃《つちぼこり》が濛々《もうもう》と立ちのぼるなか、小姓たちは目を擦った。

三人は成敗できたが、筒を撃った刺客のすがたはない。

日海は幔幕の端に立っている。

背中に刺すような眼差《まなざ》しを感じた。

信長だ。

金縛りにあったように動けなくなる。

「うっ」

首筋に冷たいものがあてがわれた。

白刃《しらは》であろう。

尋常ならざる殺気が膨《ふく》らんだ。

「動くな」

臭い息を吐きかけてきたのは、蟷螂《かまきり》に似た顔の男だ。

もうひとり、四人目の刺客が潜んでいたのである。

「坊主、盾になれ」

白刃を突きつけられ、半歩後ろに退がった。

小姓たちが勘づく。

「うわっ、くせものじゃ、坊主ともども斬りすてよ」

小姓たちが身構え、一斉に襲いかかってきた。

死ぬのか。

日海は目を瞑《つむ》る。
――ぱん。
あらぬ方角に筒音が響いた。
――ひゅん。
鉛弾《なまりだま》が首筋を擦り抜け、隣の蟷螂を撃ちぬいた。
額に開いた風穴から、硝煙《しょうえん》が立ちのぼっている。
四人目の刺客は、声もなく頽《くずお》れていった。
――ぱん。
さらに、三発目の筒音が響いた。
弥助が小姓の刀を奪い、横薙《よこな》ぎに薙いでみせる。
支え棒がまっぷたつになり、幔幕が揺れながら落ちてきた。
床几に座る信長は幔幕に隠され、狙《ねら》いを定めることができない。
小姓たちは左右に散り、筒を撃った刺客を捜した。
それらしき者は、何処にもいない。
日海は惚《ほう》けたように佇《たたず》むしかなかった。
微《かす》かに、硝煙の臭いがする。

つんと、誰かに袖《そで》を引かれた。

振りむけば、すぐそばに娘が立っている。

「あっ」

真葛《まくず》だった。

「早く、日海さま」

誰かの跫音《あしおと》が近づいてくる。

土俵の脇から、乱丸が駆けてきた。

「逃げるのです、日海さま」

真葛に手を握られ、日海は小走りになる。

「待て、その娘」

乱丸の声は、すぐさま遠ざかった。

日海は必死に駆けた。

自分でも驚くほどの速さだった。

もちろん、しばらくすると息苦しくなってくる。

転びかけるたびに、真葛が手を強く握ってくれた。

どうにかして、愛《いと》おしい気持ちを伝えたい。

荒い息を吐きながらも、そんなふうにおもった。
切ないほどの恋情が力となり、背中をぐんぐん押される。
「……い、いったい、何処へ」
連れていくつもりなのか。
気づいてみれば、神社の鳥居も百々橋も遥《はる》か後ろにあった。
信長を的に掛けようとしたのは、真葛にまちがいあるまい。
一発目は外しても、二発目は当てる自信があったはずだ。
しかし、真葛は役目を捨て、狙いを換えた。
刺客の眉間《みけん》を撃ち、命を救ってくれたのだ。
咄嗟《とっさ》の判断で、信長の命を奪うよりも、一介の坊主の身を生かすほうを選んだ。
何故《なにゆえ》、助けてくれたのか。
尋ねようとおもっても、苦しすぎてことばが出てこない。
ふたりで手を繋《つな》ぎ、地の涯《はて》までも逃げていきたくなった。
行く手には、琵琶湖がみえてくる。
夕照を映して、眩《まばゆ》いばかりに煌《きら》めいていた。
ふたりで草履《ぞうり》を脱ぎ、汀《みぎわ》まで裸足《はだし》で駆けていった。

棒杭《ぼうぐい》に小舟が繋がれており、頬被《ほおかぶ》りの船頭が手招きをしている。

「……あ、あれは」

真葛はにっこり笑った。

「ご安心を。味方です」

刺客たちとちがい、身に殺気を纏っていない。

「伊賀の忍びではありませぬ。さきほどの連中はおそらく、一族の怨《うら》みを晴らそうとしたのでしょう」

真葛に手を取られ、日海は舟上の人となった。

真紅に染まる湖面に、小舟は黄金の水脈《みお》を曳《ひ》きはじめる。

ふたりは仲良く並んで船首に座った。

どちらからともなく、手を差しだす。

日海はなよやかな手を握り、真葛の横顔を盗み見た。

真葛は恥ずかしげに俯《うつむ》き、顔をあげようともしない。

舟の向かう彼岸には、かならずや、西方浄土があるにちがいない。

このまま永遠に時が止まってくれればと、日海は願わずにいられなかった。

ときは今

一

二日後、夕刻。

紀伊《きい》雑賀《さいか》、鷺森《さぎもり》御《ご》坊《ぼう》。

石山本願寺《いしやまほんがんじ》が焼失したのち、一向宗の総本山は顕如《けんにょ》の退いた鷺森御坊に移った。

日海は法華宗の僧侶でありながら、金色の阿弥陀如来《あみだにょらい》を奉じる伽藍《がらん》の一隅に坐《ざ》している。

眸子《まなこ》を瞑って冷静になろうとしても無理なはなしだ。

刺客の役目を負う真葛に連れてこられたのである。

今から会おうとしている人物こそが、信長の命を狙う相手にちがいない。

みずからの正体を晒《さら》すということは、他人に告げてはならぬ密命を課す気でいるということではないのか。

密命を拒めば、二度と洛中《らくちゅう》へ戻ることはできまい。

それをおもうと、真葛に従《つ》いてきたことを後悔したくなった。

琵琶湖で舟に乗ったときから、わかっていたのだ。真葛には使命がある。使命を果たすためならば、情を捨てることも厭《いと》わぬのであろう。が、それだけなら、相撲の会で信長公を撃っていたはずだ。死なせたくない気持ちがあったからこそ、この身を救ってくれたのではないのか。

堂々巡りのおもいが、瞑想《めいそう》を掻き乱す。

ともあれ、伽藍にやってくる人物を待つしかない。

半刻《はんとき》余りも目を閉じていたであろうか。

西陽が板の間に長々と延びたころ、跫音がひたひたと近づいてきた。

微かに、硝煙の臭いもする。

日海は目を開いた。

伽藍へはいってきたのは、頰の瘦《こ》けた初老の男だ。

「ふうん、おぬしが碁打ち坊主か。いつぞやは、真葛の命を救ってくれたらしいの。

おかげで、わしはぼろ儲《もう》けができる。何せ、真葛は鈴木《すずき》孫一《まごいち》をも超える筒撃ち名人じゃからの」

「鈴木孫一」

「わしのことじゃ」

孫一は大股《おおまた》で近づき、灰色の顔をぬっと差しだす。

鉄砲隊の精鋭を率いて石山本願寺に助力し、織田軍を散々に手こずらせた。織田軍の紀州攻めでも最後まで頑強に抗った雑賀衆の棟梁《とうりょう》は、予想に反して貧相な外見の人物であった。

日海は掠《かす》れた声を絞りだす。

「真葛どのは何処に」

「的の動向を探りにやらせたわ」

「的とは」

「信長ではないぞ。ふん、信長ごとき、撃とうとおもえばいつでも撃てる。値を釣りあげるために生かしておくだけのことよ」

強がりであろう。真葛は信長を葬ることが、みずからに課された使命だとまで言いきった。撃つ機会があれば、躊躇《ちゅうちょ》しないはずだ。

「真葛はわしの養女じゃ。紀ノ川の河原で拾った捨て子でな、筒撃ちに関しては天性の才を持っておる。されど、心がまだ弱い。おぬしに拾われ、いっそう弱くなりおった。誰かに心を寄せておるようでは、雑賀の刺客はつとまらぬ。ゆえにな、おぬしには消えてもらいたい。ふっ、それがわしの本心よ」

猛禽《もうきん》のような眼差しをみれば、嘘《うそ》でも脅《おど》しでもないようだ。

空唾《からつば》を呑みこんだところへ、衣擦《きぬず》れの音が近づいてきた。

孫一はすっと離れ、入口の近くにかしこまる。

緊張した面持《おもも》ちから推すと、雇い主にちがいない。

やはり、御坊の主でもある顕如なのだろうか。

光沢のある絹地《きぬじ》の裾《すそ》がふわりと揺れ、沈香《じんこう》の匂いが漂ってくる。

伽藍にあらわれた人物を仰ぎ、日海は「あっ」と小さく声をあげた。

「久方ぶりやな。おぬしとは石風呂で一度会うたことがある」

「はは」

日海が平伏すると、色白のうらなり顔に屈託のない笑みを浮かべてみせる。

前の関白、近衛《このえ》前久《さきひさ》であった。

名義上は教如《きょうにょ》の義父なので、御坊に居てもおかしくはない。

まさか、蜜月《みつげつ》な仲と目されている前久が、信長の命を狙っているとでもいうのか。

日海の臆測《おくそく》など気にも掛けず、五摂家筆頭の当主が滑るように近づいてくる。

両袖を払って丸莫蓙《ござ》に座り、やんわりと声を掛けてきた。

「安土へは頻繁《ひんぱん》に訪れておるそうやの」

「……は、はい」

「光秀や藤孝とも碁を打つんか」

「はい、お召しがあれば伺います」

「兼和《かねかず》が申しておったぞ。おぬしの碁は容赦《ようしゃ》がないとな。くふふ」

前久は扇子《せんす》を開き、口を隠して笑った。

そして、すぐさま真顔に戻る。

「ここに連れてこられた理由がわかるか」

「……い、いいえ」

「ふん、嘘を申すな。無理難題を押しつけられやせぬかと、恐れておるのやろうが。

案ずるな、信長はんは盟友や。大それたことは考えておらぬ。ただし、今のところはな」

「えっ」

日海の反応を楽しむかのように、前久はふくみ笑いをする。

「くふふ、巡察師のヴァリニャーノが安土のお城で信長公に尋ねたそうや。御天子様にお目にかかれぬものかとな。信長公は嘲笑《あざわら》い、天下の政事《まつりごと》はすべて信長が決めるゆえ、会うまでもないと応じなされた。それでも、どうしてもと申すならと仰《おっしゃ》り、この身が招じられたのや。信長公はどうしたわけか席を外されてな、通詞のフロイスも入れて三人だけが部屋に残された。ヴァリニャーノの本心を聞いたぞ。何のために日本へやってきたのか。どうしても、信長公に助力願いたいことがあるのだと、あの者は切々と訴えおった」

何故、前久はそのような重要な内容を告げようとするのか。

何か魂胆《こんたん》があるとしかおもえず、日海は耳を塞《ふさ》ぎたくなった。

「イエズス会の後ろ盾は、葡萄牙《ポルトガル》や。堺の商人たちは、葡萄牙との南蛮《なんばん》貿易で肥え太った。鉄砲も火薬に使う硝石《しょうせき》も、ぜんぶ葡萄牙の商人たちから買《こ》うてきた。信長公も葡萄牙との南蛮貿易を有益とみなしておられるゆえ、イエズス会を厚遇してこられたのや。ところが、知らぬ間に、葡萄牙は西班牙《イスパニア》いう隣国に呑みこまれてしまいよった。昨年のことや。西班牙国の王はフェリペ二世と仰るそうや。海原を何千里も航行できる強靫《きょうじん》な水軍を持っておってな、自国からみれば海の向こうの見知らぬ地へ兵を送りこんでは領土を拡げておるそうや」

　葡萄牙が併合された今、イエズス会は生きのびるために西班牙と手を組むしかなくなった。つまり、ヴァリニャーノはただ布教のために訪れたのではない。暗に西班牙の意向を伝えるべく、遥か極東の日本へわざわざやってきたのだという。

「ヴァリニャーノは丸い地球儀《グロボ》いうもんを持ちだし、信長公にこの世の広さを説いたらしい。大半は海やが、大海を渡るガレオン船さえあれば、何処へでも好きなところへ渡ることができる」

　極東の地でもっとも版図が大きいのは、隣の明国《みん》にほかならず、明国には欧州にも匹敵するほどの高度な文明があり、王侯貴族の暮らしは潤っている。ただし、貧富の差は激しいので、民の暮らしをよりよいものにできる余地は充分にあり、そのためには外から新しい血を入れたほうがよい。民の心を変えるのに信仰も役に立つと信じるので、近々、自分は明国へ渡ろうとおもっている。できれば、手助けしてもらえぬかと、ヴァリニャーノは巧みな話術で信長を説きにかかったらしい。

「イエズス会ではなく、西班牙が明を狙《ねろ》うておるのや。武力にものを言わせて、まずは優位な貿易をみとめさせたいのやろう。ところが、相手を脅すための兵が足りぬゆえ、援軍を送ってほしい。それがヴァリニャーノの本音や。そないなこと、信長さまが気づかぬはずはなかろう」

前久の読みどおりだとすれば、信長はヴァリニャーノに不純なものを感じたはずだ。無論、宣教師たちは命懸けで切支丹の教義を広めようとしているのだろう。だが、上に立つ者が不純な動機を携えているのだとすれば、この国で布教活動を継続できなくなるのは目にみえていた。

信長は何と応じたのであろうか。

日海は知りたくなったが、ことばを口にできない。

前久の狙いがわからぬからだ。

「ふふ、ようも首を落とされなんだわ。信長公は手助けするともせぬとも言わず、曖《あい》昧《まい》な笑みを浮かべながら、狩野源四郎に描かせた金屏風を下賜なされたそうや。ヴァリニャーノは困り果て、信長公の本心を教えてもらえぬだろうかと、この身に尋ねてきた。ゆえに、はっきりと告げてやった。少なくとも、西班牙の水軍と同数のガレオン船を献上せぬかぎり、信長公は貴殿の申し出をお受けになるまいとな」

面と向かって峻拒《しゅんきょ》せず、あいだに誰かを挟むことで回答をはぐらかす。短気な信長にしてはめずらしいことだが、それは朝廷の意向でもあることをしめすのに、前久ほどうってつけの人物はほかにいなかったのであろう。

ヴァリニャーノは目に涙を浮かべ、黙りこむしかなかったという。

その日を境にして、西班牙の要求が持ちだされることはなくなった。信長は欧州《おうしゅう》のさまざまな歴史や風俗に興味をしめしたが、なかでも身を乗りだしてきたのは、二千年ほどもむかしに活躍したアレキサンドロス大王のはなしであったという。

当時、欧州ではギリシャという国が栄えていた。国王のアレキサンドロスは生涯を戦いに費やし、三十歳までにギリシャから天竺《てんじく》にいたる巨大な版図を築いた。

「大王は世の涯てをおのが目でみたいがために、屈強な兵らを率いて東征したそうや。そして、力で奪いとった二十余りの都に、アレキサンドリアというみずからの名を冠していった」

欧州では知らぬ者がおらぬほど有名な人物らしい。

「ヴァリニャーノはおそらく、信長公のおすがたに語り継がれたアレキサンドロス大王の雄姿を重ねたのやろう。信長さまも海の向こうへ渡り、御自らの名が冠された都を築いていきたいとおもわれたやもしれぬ。ふふ、胸の躍るようなはなしやないか。やがては西班牙にも、ノブナガという都ができるやもしれぬ」

前久は眸子を輝かせて語り、すぐに顔を曇らせた。

「されどな、ぜんぶ絵空事や。海の向こうへ渡るまえに、この国でせなあかんことは山ほどある。信長公の本心が知りたいのや。いったい、この国をどうしたいのか」

「この国を……どうしたいのか」

「そうや。もし、戦乱の世を終わらせ、この国に本気で王道楽土を築こうとなさるのであれば、ともに手を携えて進みたいとおもうておる。されど、ただ闇雲に領地を拡げたいというだけなら、朝廷にとっては百害あって一利も無しや。そのときは……」

と言いかけ、前久は空咳《からせき》を放つ。

日海はぎゅっと拳《こぶし》を握りしめた。

やはり、信長公を亡き者にするつもりなのであろうか。

「……信長公は誰にも本心をみせぬ。一介の碁打ちにたいして本心をみせることなどあり得まい。されどな、いずれ近いうちに、おぬしは信長公と碁盤を挟んで対峙《たいじ》する機会を得るやろう。当代一の名人なら、信長公の意図することを察することができるやもしれぬ。それをな、こっそり聞かせてほしいのや」

前久が一介の碁打ちに何を期待しているのか、ほんとうのところはわからない。

ただ、少なくとも今は、恐ろしい企てに巻きこまれずに済みそうだ。

真葛への恋慕は募るものの、日海は一刻も早く御坊を離れたくなった。

二

半年後、天正十（一五八二）年弥生《やよい》二十二日。

御所の西、一条戻橋《いちじょうもどりばし》の河原に、武田勝頼《たけだかつより》父子の首級が晒された。

洛中で晒し首を目にするのは、これで何度目のことであろうか。

「戦《いく》さとは勢い、川の流れのようなものやな」

連歌師《れんがし》の里村紹巴《さとむらじょうは》は橋の欄干《らんかん》から身を乗りだし、しみじみとつぶやく。

ほかに本音を吐露《とろ》できる相手がいないのか、このところは散策がてら頻繁に寂光寺《じゃっこうじ》を訪れてきた。

塩漬けにされた生首には、鴉《からす》さえも寄ってこない。

襤褸布《ぼろぬの》を纏った女の物乞いが、憑《つ》かれたように念仏を唱えている。

橋を渡れば晴明《せいめい》神社、五芒星《ごぼうせい》を奉じる橋占いは戦国の雄と評された名家の滅亡を予見していたのかもしれない。

昨年の霜月《しもつき》頃、武田勝頼は織田方との決戦に備え、甲府《こうふ》から韮崎《にらさき》の新府《しんぷ》城へ移りつつあった。しかし、徳川《とくがわ》方との攻防で高天神《たかてんじん》城へ援軍を送らなかったことから、国人領主たちの離反を招いていた。事を構えるのは時期尚早と判断し、織田方へ和睦《わぼく》を求めるべく、父信玄の養子に預かっていた信長の末子を安土へ送り返した。

一方、信長は朝廷にはたらきかけ、勝頼を朝敵の「東夷《とうい》」と断じさせ、石清《いわし》水《みず》八幡宮などの寺社で戦勝の祈禱《きとう》もおこなわせていた。したがって、和睦の申し出に応じるはずもなく、諸将には年明けの武田攻めを公言するとともに、徳川方の拠点である三《み》河《かわ》の牧野《まきの》城へ兵糧米を送るなどしていたのである。

年が明けて天正十年正月、信濃《しなの》木曽《きそ》谷《だに》の木曽義昌《よしまさ》が織田方へ寝返った。信長はこの機に乗じ、如月《きさらぎ》二日、岐阜《ぎふ》城から信忠率いる先鋒《せんぽう》軍を送りだす。

「進撃の途上で、浅間《あさま》山《やま》が噴火したのや。凶兆にちがいないと、武田方の兵らは動揺した。信濃の諸将は織田方へ内応し、伊奈《いな》口の守りは脆《もろ》くも崩れ、信忠さまの先鋒軍は無人の野を進むかのごとく驀進《ばくしん》したのや」

唯一、武田方で激しく抗ったのは、勝頼の弟仁《に》科盛信《しなもりのぶ》が籠城《ろうじょう》する高遠《たかとお》城だけだった。信忠の軍勢は高遠城を陥落させるや、奔騰《ほんとう》する激流となって甲府へ達した。

このとき、徳川方の軍勢も駿府《すんぷ》を席捲《せっけん》しながら迫り、信玄の娘婿《むすめむこ》でもある穴山梅雪《あなやまばいせつ》の裏切りが明らかになると、もはや、武田勢に抵抗の余地は残されていなかった。勝頼は新府城に放火し、小山田《おやまだ》信茂《のぶしげ》の居城である岩殿《いわどの》城へ逃げようとした。ところが、信茂は瀬戸際で織田方に寝返り、勝頼は行く手をふさがれてしまった。後方からは滝《たき》川一益《がわかずます》率いる追手に追われ、いよいよ逃げ場を失った勝頼は、武田家縁《ゆかり》の地である天《てん》目山《もくさん》の栖雲寺《せいうんじ》をめざす。その途上、田野《たの》の辺りで追手に捕まり、嫡男信勝《のぶかつ》や北条《ほうじょう》夫人ともども自刃を遂げたのである。

「今から十日前のはなしや」

美濃《みの》、信濃、甲斐《かい》へと延びた織田方の兵力は十八万にも達したが、信長率いる本隊はそのころ、美濃と信濃の国境にも達していなかった。

「戦さは数やない。勢いや。そして、運もある。浅間山が噴火せなんだら、武田さまも少しはましな戦さができていたやもしれぬ」

まことに、武田は滅んだのか。

腐った勝頼父子の首級を眺めても、にわかには信じられない。

信玄は死すとも、武田家は東国一の大名と懼《おそ》れられていたはずだ。

それを、織田方は出陣からわずかふた月足らずで滅ぼしてしまったのである。

遡《さかのぼ》ること十四日、信長は美濃との国境に近い信州の波合《なみあい》で勝頼父子の首級に対面したという。首級は飯田《いいだ》で一度晒されたのち、信長近習の長谷川宗仁《はせがわそうにん》らによって洛《らく》中《ちゅう》へ運ばれてきた。

信長はそのまま信濃へ向かい、論功行賞では同盟を結ぶ家康《いえやす》に駿河一国が、勝頼を追いつめた一益に上野《こうずけ》一国と信濃二郡が、同じく河尻秀隆《かわじりひでたか》に甲斐一国が与えられる見込みとなった。

「武田が滅んだことで、伊達《だて》、最上《もがみ》、蘆名《あしな》といった奥州の大名たちはみな、信長公に恭順の意をしめしておるそうや」

東国では北条家も佐竹《さたけ》家も同盟を結んでいるので、対峙するのは北陸の上杉《うえすぎ》家だけになった。が、上杉景勝《かげかつ》に正面切って抗う力は残されていない。

信長の眼差しは、今や、毛利討伐の一点に向けられている。

紹巴に説いてもらわずとも、その程度は日海にもわかった。

秀吉は昨年の神無月《かんなづき》二十四日、すでに、因幡の鳥取城を陥落させていた。城主の吉《きっ》川経家《かわつねいえ》は二百日の籠城に区切りをつけ、城兵約一千人と百姓約四百人の助命を条件に開城し、みずからは腹を切った。播磨《はりま》の三木《みき》城の「干殺《ほしごろ》し」につづく「飢殺《かつえごろ》し」である。秀吉は如才なく安土へ歳暮を届け、因幡平定の褒美として信長から茶道具を貰っていた。

さらに霜月より、秀吉は光秀を意識したのか、各方面でしきりに「信長公の中国進征、西国表御出馬」と記された書状を使いはじめた。そして、同月十七日、不意打ちのように淡路《あわじ》へ侵攻、岩屋《いわや》、由良《ゆら》などを平定し、四国進出の足掛かりを築いた。配下に任せておくだけでなく、みずからも淡路へおもむき、洲本《すもと》城等を降伏させたのである。

秀吉は時を移さず、三好康長《みよしやすなが》の援軍として志知《しち》城城主の野口長宗《のぐちながむね》を阿波《あわ》に移し、四国統一への道筋を確保することで、光秀と蜜月の関わりにある長宗我部元親《ちょうそかべもとちか》に対抗してみせた。

「羽柴さまは今、備中《びっちゅう》高松《たかまつ》城へ兵を進めておられるそうや」

武田家が華々しく散ったために忘れてしまいがちだが、毛利と角突きあわせる秀吉の勢いには鬼気迫るものがあった。

「明智《あけち》さまは信長公に従って武田攻めにくわわったものの、手柄をあげる機会すら訪れなんだ」

畿内の情勢も安定しており、皮肉なことに光秀の手柄はみえにくくなっている。

紹巴はまたもや、日海には何の益もない光秀と秀吉の出世競《くら》べを説きはじめた。

「好みを言えば、断然、明智さまや。茶、歌、嗜み、所作、どれを取っても一流やし、同朋衆にもきちんと敬意を払ってくださる。都の空気を纏っておられるところは、松永久秀さまや荒木村重さまといっしょやな」

教養人の光秀にくらべて、秀吉はどうか。

「尾張《おわり》の山猿にすぎぬと、明智さまも胸の裡《うち》では蔑《さげす》んでおられよう。明智さまは、美濃土岐《とき》氏の末裔《まつえい》であるという矜持《きょうじ》をお持ちのはずや。猿に負けるはずはないとのおもいは強かろう」

されど、秀吉には強烈な推進力がある。剥《む》きだしの競争心を隠そうともせず、猪のごとく前へ前へと突きすすむことができるのだ。

「これとおもった相手の尻の穴まで平気で嘗《な》めよるお方や。たぶん、明智さまにはできまい。教養の高さや家柄の良さが邪魔するのや。信長公はどちらかと言えば、なりふり構わずに突きすすむ御仁《ごじん》のほうがお好きや。今は羽柴さまに分がある。分があるほうに従いていくんが、戦国の世の習わしとちがうやろか」

武将でもない一介の連歌師が、何故、主人を選ばねばならぬのか。

「生きのびるためや、決まっておるやないか」

離合集散の激しい戦乱の世にあって、兵を統《す》べる諸将は相手が敵か味方かの判断を常に迫られる。面には出さぬ本心も、歌に託して吐露されることはままあった。ことに、出陣の折りなどに催される連歌の会では、諸将の本音が出やすい。ゆえに、連歌師は時折、間諜《かんちょう》のごとき役目を求められる。誰がどのような句を詠《よ》んだのか、その解釈もふくめて追及されることがあるのだと、紹巴は言う。

「間諜と気取《けど》られぬのが一流の連歌師や。なれど、誰とでも同じように付きあうことなどできぬ。仕舞いまで面倒をみてくれる主人は誰なのか、見極めることが肝要や。碁打ちも同じじゃから、おぬしには本音を打ちあけておんのや」

屈強にみえる織田軍団も、けっして一枚岩ではない。それは日海にもわかる。だが、光秀と秀吉のどちらか一方だけが生き残り、一方が排除されるような事態は想定できない。

「信長公は決断がお速い。われわれなんぞの何歩もさきを行かれる。そして、いっさい迷いがない。高野山へ逐《お》われた佐久間信盛さまのこともある。織田さまの御家中なら、どなたでも明日は我が身とおもうておられるはずや。明智さまや羽柴さまとて、けっして例外ではない。家臣ではないが、徳川さまとてそうやろう。ご子息を死に追いやられても、信長公にあれだけの忠誠を尽くしておられる。されど、人の心はわからぬもの。子を殺されて悲しまぬ親がどこにあろうか。徳川さまは顔に鉄の面を付けておられる。わずかでも本心をみせれば、即座に、一族郎党ともども滅せられることがわかっておられるからや」

武田勝頼亡き今、東国でもっとも有力な大名となったのは、ひょっとすると徳川家康かもしれぬと、日海はおもった。とりもなおさず、それは信長から命を狙われる危うい立場になったことを意味する。少なくとも、家康自身はそうした危惧《きぐ》を抱きはじめているのかもしれない。

いずれにしろ、紹巴が生き残りたいと欲するのならば、信長に従いていけばよいだけのはなしではなかろうか。

「恐ろしゅうて、それだけはできぬ。信長公は一瞬で、人の心を見抜かれる。媚《こ》びや諂《へつら》いをみせた瞬間、首が無《の》うなるのを覚悟せねばならぬ。針の筵《むしろ》に座った気分で、歌など詠みとうはないからの」

わからぬではない。信長本人ではなく、信長がもっとも信頼する家臣のそばに居るほうが賢い方法なのであろう。

「それだけが理由やない」

紹巴は意味ありげに笑みを浮かべる。

「裏切りが日常茶飯事《さはんじ》の世の中や。信長公とて、このさきどうなるかわからぬ。平家といっしょや。驕《おご》れる者は、いつか滅びる。武田を討った織田は、今が絶頂やろう。絶頂のときこそ、つぎを冷静にみておかなあかん。従く相手をまちがえたら、地獄が待っておるのや。そのことを肝に銘じておかなな」

一条戻橋には、酒呑童子《しゅてんどうじ》の恐ろしい逸話がある。渡辺綱《わたなべのつな》が女に化けた酒呑童子に髪を掴《つか》まれ、愛宕山《あたごやま》のほうへ連れていかれる途中、咄嗟の判断で酒呑童子の片腕を斬って難を逃れたというはなしだ。

安倍晴明《あべのせいめい》は万が一のときに備え、異相の式神たちを橋の下に隠していたという。なるほど、橋の周囲には瘴気《しょうき》のようなものが漂っていた。三好長慶《ながよし》の家臣和田《わだ》新五郎《しんごろう》が不義密通の罪に問われ、この河原で鋸《のこぎりび》引きにされたのも、わずか四十年足らずまえの出来事だ。

――ぶおっ。

突如、川風が音を起《た》てて吹きあげてきた。

式神たちが凶兆を察し、騒ぎはじめたのだろうか。

物乞いの女は晒し台のそばで、念仏を唱えつづけている。

「哀れなものや」

勝頼父子のことなのか、それとも、物乞いに堕ちた女のことなのか。

紹巴は歌を詠もうともしない。

逝ってしまった者たちの怨念を呼びさますかのように、不気味な念仏は殷々《いんいん》と河原に響きわたっていた。

信長の傍若《ぼうじゃくぶ》無人《じん》ぶりは今にはじまったことではないが、このところはあまり好もしい噂《うわさ》を聞かない。名のある寺社の御本尊や御神体を安土の摠見寺へ持ってこさせ、それらの頂点に「盆山《ぼんさん》」と称する石を置き、石をみずからの化身と称して奉る。はなしを聞いただけでは奇行にしかおもえぬが、日海も何度か「盆山」を拝まされていた。

三

「信長さまは神になられたのじゃ」

安土の人々は口々に言い、蒼天に聳える天主を仰ぎみるしかない。

信長は正月十五日の爆竹で威勢をしめし、馬場の其処此処《そここ》に火を点《つ》けてまわって大騒ぎしたあと、朝廷からご機嫌伺いで遣わされた勧修寺晴豊《かじゅうじはるとよ》に向かって「今年は閏《うるう》十二月があるはずゆえ、暦《こよみ》にくわえておくように」と、驚くようなことを口走った。

これは美濃や尾張で使用される三島《みしま》暦との相違を述べたものであったが、朝廷の暦では来年早々に閏一月が想定されていた。

そもそも、暦作りは古来より天皇の大権にほかならない。朝廷に従属する陰陽院《おんみょういん》の暦博士が暦学に基づいて暦を作り、毎年霜月朔日に翌年の暦を天皇へ上奏する。朝廷の陰陽師は土御門《つちみかど》家と勘解由小路《かでのこうじ》家であり、陰陽寮の長官は土御門久脩《ひさなが》が任じられていた。慌てた久脩はわざわざ安土へおもむき、事細かに暦の仕組みを説いてどうにか信長を納得させたのである。

いずれにしろ、天皇の大権まで侵そうとする信長の横暴を垣間見《かいまみ》るような出来事であった。

そののち、破竹の勢いで武田家を滅ぼした信長は、さらなる暴君ぶりを発揮する。諏訪で知行割を発表して軍勢を解散させたのち、新府城の焼け跡を見物し、卯月《うづき》三日に甲府へはいった。甲府では信忠が武田信玄の居館であった躑躅《つつじ》ヶ崎《さき》館を普請《ふしん》して出迎えた。北条家からは酒やら米やらの貢ぎ物がしきりに届けられており、仕舞いには馬や鷹《たか》も送られてきたが、武田攻めでこれといった手柄を挙げられなかったせいか、信長はことごとく献上品を拒んだ。

信長が鬼の顔をみせたのは、甲府にはいった当日のことである。

武田家に身を寄せていた六角次郎《ろっかくじろう》を匿った罪で、臨済《りんざい》宗の名刹《めいさつ》として名高い甲斐の恵《え》林寺《りんじ》を焼き討ちにしたのだ。

六角次郎は織田家に滅ぼされた近江《おうみ》源氏佐々木《ささき》氏の縁者ゆえ、信長に命じられた信忠は強硬に引渡しを求めるも、住職の快川紹喜《かいせんじょうき》は寺院の不介入を盾に毅然《きぜん》として断った。快川和尚《おしょう》は正親町《おおぎまち》天皇から「大通智勝《だいつうち》国師《しょうこくし》」の称号を与えられたほどの高僧であり、信長に同行した近衛前久や明智光秀などとも親交がある。

にもかかわらず、信長は快川和尚をはじめとする長老十一名と老若上下百五十人余りを焼き殺させた。快川和尚は炎に巻かれても「心頭滅却すれば火も自ずから涼し」とうそぶき、従容《しょうよう》と死についたという。

「悪鬼のごとき所行にございます」

涙ながらに訴えるのは、真葛であった。

洛中で檀家《だんか》巡りをしていた日海の面前に、忽然《こつぜん》とあらわれたのだ。

雑賀へ連れていかれて以来の再会だが、真葛は昨日も一昨日も会っていたかのような顔をする。

「いつも、心のなかに日海さまがおられます。それゆえにでござりましょう」

切なげに訴えられれば、気持ちがぐらりとかたむいてしまう。

法華経の一説をもごもご唱え、火照《ほて》った頭と躰《からだ》を冷ますしかない。

鴨川《かもがわ》の土手には薫風《くんぷう》が吹いている。

日海は真葛に誘われ、河原の一角へ降りた。

かつて、気を失った真葛をみつけたところだ。

口移しで水をふくませた感触は、まだおぼえている。

「わたしは甲斐におりました」

今は皐月《さつき》も十日を過ぎようとしているので、恵林寺が焼かれたのはひと月余りまえのはなしだ。悪鬼のごとき所行は噂には聞いていたが、生きたまま焼かれた者たちの慟哭《どうこく》までは伝わってこなかった。

真葛はおのが目で、快川和尚が焼け死ぬ様子をみたという。

「その場から踵《きびす》を返し、信長の命を奪おうかともおもいました」

されど、仕損じることを危惧した。

もちろん、仕留める自信はある。だが、これまで二度の機会にのぞんで感じたことがあった。

——信長に鉛弾は当たらぬ。鉛弾のほうが避けて通る。

信じがたいはなしだが、石山本願寺の攻防戦以来、雑賀衆のあいだでまことしやかに語られてきた噂だ。噂にすぎぬと一笑に付しても、肝心なときにおもいだしてしまう。照準のなかに信長を据えると、尋常ならざる気の力で潰されそうになる。ただの的にすぎぬとみずからに言い聞かせても、この身が吸いこまれてしまうような感覚に陥るのだという。

やはり、信長は常人にはない煌めきを放っている。天下人になるべき宿命を背負った選ばれし者なのだ。と、そんなふうにおもった瞬間、指先が震えてしまう。頭も心も空《から》にし、現世のあらゆる呪縛から解放されぬかぎり、役目を遂行することはできない。

「一毛《いちもう》の迷いが失態に繋がります。わずかでも怒りがあれば、指先の震えを抑えきれなくなる。それゆえ、自重いたしました」

信長は躑躅ヶ崎館跡の仮御殿にしばらく滞在し、供廻《ともまわ》りだけをつれて十日に甲府を出立した。家康の案内で霊峰富士を眺めながら、悠々と東海道をたどったのだ。家康は領国を通る信長一行を万全の配慮で接待し、下士にいたるまで手厚くもてなしたという。

十二日間におよんだ富士遊覧の旅は、一見すればのんびりとした遊山旅であった。しかし、信長は明確な狙いを携えていた。征夷大将軍になる者は東国を平定した者にかぎるという朝廷の不文律にしたがい、おのれこそがこの国を統べる君主なのだということを日の本六十余州に遍《あまね》く訴えようとしたのだ。

朝廷の命による武田征伐であったことを喧伝《けんでん》するため、信長は遊覧の旅に公家衆を随行させていた。ところが、太政大臣に任命されたばかりの近衛前久だけは、旅の起点となった甲斐の柏坂《かしわ》で一行から離れた。

真葛は木陰に潜み、肝心の場面を目撃していた。

「近衛さまは、信長さまに諫言《かんげん》をなされました」

国師の称号を得た高僧を殺《あや》めるのは、朝廷の権威を傷つける行為にほかならぬ。暦作りに口出ししたことも念頭にあったのか、朝廷を軽んじる信長を許し難いと感じたのであろう。前久は信長と馬の轡《くつわ》を並べ、恵林寺を焼き討ちにした行為は「やりすぎだったのではないか」と、強い口調で諫《いさ》めた。

間髪を容《い》れず、振りかえった信長は「近衛」と呼びすてにし、憤怒《ふんぬ》の表情で「われなんどは木曽路を上らしませ」と、一喝《いっかつ》してみせたという。

「近衛さまが斬られるのではないかと、案じたほどでござりました」

ふたりのそばに控えていた光秀は、馬上で石地蔵のように固まったままであった。

暴言を吐かれた前久は街道の岐路に佇み、遊山旅へとおもむく信長主従を見送った。ほかの公家衆も無言で随行するなか、ひとり残された前久は口惜しげに口を結ぶしかなかったという。

「明智さまだけが馬上から振りかえり、申し訳なさそうにお辞儀をなされました。近衛さまもお辞儀をし、木曽路のほうへ馬首を向けられたのでござります。わたしは懸命に馬の尻を追いかけましたが、途中で見失ってしまいました」

前久から鈴木孫一を介して密命があったのは、洛中へ戻ってから数日後のことであったという。

「増長した暴君は、遅かれ早かれ撃たねばならぬ。そのことをしかと心得ておくようにとの命にござりました」

「近衛さまが心を決められたと」

「さようにござります。好機はあと一度、仕損じは許されぬと念を押されました」

「待ってくれ。何故《なにゆえ》、この身に告げるのだ」

「日海さまだけには、知っていてほしいのでござります」

真葛は溢《あふ》れる涙を拭こうともしない。

「洛中におられれば、おわかりになりましょう。都はこのところ、すっかり廃《すた》れてしまいました。ひと頃のように、夜盗のたぐいが跳梁跋扈《ちょうりょうばっこ》し、物乞《や》いの子どもたちも増える一方にござります。それもこれも為政者たちが争いを止めぬため。一刻も早く、戦さを止めさせねばなりませぬ」

「されど、信長さまを亡き者にいたせば、今よりも世の中は乱れるかもしれぬ。それでもよいのか」

「人々に恐怖を植えつけることで、国の安寧を保つことなどできませぬ。それを平安と呼ぶのならば、偽りの平安にござりましょう。信長さえおらぬようになれば、今より少しはましになるに相違ない。そうであると信じて、引鉄《ひきがね》を引くしかありませぬ」

真葛は遠慮がちに近づき、日海の胸に身を寄せてくる。

「しっかり、抱いてくださりませ。わたしに、功徳《くどく》を与えてくださりませ」

日海は抗えず、小さく震えるからだを抱きしめた。

やがて、真葛は身を離して後退《あとずさ》り、丁寧にお辞儀をする。

「つぎにお目に掛かるのは、信長の死に目かもしれませぬ」

「何を申す」

「袂《たもと》に匂い袋を入れておきました。わたしとおもって、肌身離さずお持ちください」

「……ま、待て」

「されば」

真葛は背を向け、一度も振りむかずに遠ざかっていった。

日海は袂から匂い袋を取りだし、鼻のそばに近づける。

麝香《じゃこう》であろうか。

堺の商人に嗅《か》がせてもらったことがある。
いずれにしろ、貴重なものにちがいない。
「……真葛」
何故、そのような過酷な運命を選ぶのだ。
ほかに生きようは、いくらでもあろうに。
ともに手を携えて生きる道もあるではないか。
日海は心の叫びを口に出すことができなかった。
頰を伝う涙は、悔し涙かもしれない。
日海は目を閉じ、静かに両手を合わせた。
そうすることしかできぬ自分に腹が立った。

四

梅雨空《つゆぞら》はいっこうに晴れる気配がない。
吉田《よしだ》神社の境内《けいだい》に咲く紫陽花《あじさい》が人の生首にみえた。
——月の満ち欠けは得てして、人の運命《さだめ》と重なる。

かつて里村紹巴《さとむらじょうは》に言われたことばをおもいだした。

昨年の卯月《うづき》、長岡藤孝《ながおかふじたか》から茶の湯の会に招かれ、丹後《たんご》の宮津《みやづ》城へ向かったときだ。明智《あけち》光秀《みつひで》は、最強を誇る織田《おだ》家家臣団のなかで、今まさに欠けゆく月となりつつあるのは、明智光秀なのかもしれない。

皐月《さつき》十五日、信長《のぶなが》は武田《たけだ》家討伐の慰労と富士遊覧の御礼を兼ねて、徳川家康《とくがわいえやす》主従を安土《あづち》城内の摠見寺《そうけんじ》へ招いた。栄誉ある饗応《きょうおう》役を仰せつかったのは光秀であったが、信長のもっぱらの関心事は中国攻めにあった。

羽柴秀吉《はしばひでよし》は調略した宇喜多《うきた》勢を先鋒《せんぽう》に立て、ひと月ほどまえから清水宗治《しみずむねはる》の守る備《びっ》中高松《ちゅうたかまつ》城を包囲していた。攻める側は約三万、守る側は約五千、兵力の差は歴然としているものの、秀吉は沼地に築かれた城を攻めあぐね、焦りを募らせたあげく、水攻めという奇抜な手法をおもいつく。

一方、高松城を突破されてはなるまじと、毛利《もうり》方が挙《こぞ》って東進してくるのは火をみるよりもあきらかだった。信長は高松城の攻防を契機に毛利輝元《てるもと》と雌雄《しゆう》を決すべく、秀吉からの出馬要請を今か今かと待っていた。

「『猿《さる》はまだか』と、ご近習《きんじゅ》に繰りかえされ、信長さまは終始、心ここにあらずといった風であられました」

宴席での様子を語るのは、安土へ伺候《しこう》していた曲直瀬道三《まなせどうさん》である。聞き役は吉田兼和《かねかず》、ここは兼和自慢の石風呂だった。

日海《にっかい》は碁を打ちにきたついでに誘われ、断りきれず帷子《かたびら》一枚になっている。

今日は二十二日、六日間つづいた安土での饗応は一昨日で終わっていた。

信長は道三に脈《みやく》を取らせながら、暦《こよみ》についても意見を求めたという。

朝廷のつくる京暦と尾張《おわり》や三河《みかわ》で使用されている三島《みしま》暦と、どちらが正しいのかと聞かれたので、道三は「閏月《うるうづき》を十九年のあいだに七回付け足せば元に戻る」という古来からの言い伝えを説き、さらに「いずれの暦も誤ってはおらず、前の月と後の月のどちらで帳尻を合わせるかの相違でござります」と応じたところ、信長は「そんなものか」と、つまらなそうに吐きすてたらしかった。

時折、巫女《みこ》が焼き石に水を掛けにくる。

――じゅっ。

はじめてのときは驚かされた音にも慣れた。

乳色の湯気に包まれた石風呂のなかには、宴席での信長の振るまいを語る道三の声が響いている。

「信長さまは諸将の手柄話などには耳もお貸しにならず、徳川さまが絶賛なさった幸《こう》若太夫《わかたゆう》の舞いすらも浮かぬお顔で眺《なが》めておられました」

信長にとって、終わった戦いはどうでもよいのだろう。滅亡した武田家のことなど念頭にもなかったはずだし、家康主従を饗応するのも覇者としての威勢をしらしめる方便にすぎなかった。

「光秀さまに癇癪《かんしゃく》玉《だま》を落とされたのは、饗応三日目となる十七日の晩にござりました」

信長は「魚が腐っておる」と言って小姓《こしょう》に御膳をさげさせ、そば近くに侍《はべ》る光秀を睨《にら》みつけた。

「徳川さまやご列席の方々にしてみれば、唐突な印象は拭《ぬぐ》えなかったに相違ござりませぬ。信長さまは明智さまにたいして、西美濃《にしみの》衆を束ねる稲葉《いなば》一鉄《いってつ》さまの訴えを持ちだされました」

稲葉家の家老だった那波《なわ》直治《なおはる》が、同じく以前は同家に仕えていた斎藤利三《さいとうとしみつ》の仲立ちで明智家に仕えることとなった。右の件について、光秀から一言の断りもなかったことに腹を立て、一鉄が訴訟《そしょう》沙汰《ざた》を起こしていたのだ。

すでに、信長は光秀に毛利攻めの支援におもむくようにと命じていた。直治や利三の扱いは、織田本隊の先鋒を担う明智勢の陣立てに影響する。それゆえ、敢《あ》えて言及したのだろうと、道三は考えた。

「かりに、そうであったとしても、信長さまはよほど虫の居所が悪かったとしか言いようがござりませぬ」

戦国武将の慣行として、家臣が主人を代えるときは旧主人の許しを得なければならない。味方同士で臣下の引き抜きをするときも、新しい主人は旧主人に礼を尽くさねばならず、光秀はこの慣行を黙殺した非礼を訴えられたのである。

ただし、光秀は一鉄の訴えなど歯牙《しが》にも掛けていなかったはずだ。

なるほど、一鉄は十五年前に信長が美濃の稲葉山《いなばやま》城を攻略した際に臣下となり、浅《あざ》井《い》朝倉《あさくら》勢を相手取った姉川《あねがわ》の戦いや一乗谷《いちじょうだに》の戦いなどで数々の軍功をあげた。頑固一徹を絵に描いたような古強者《ふるつわもの》にほかならず、信長も一目置く武将ではあったが、織田家家臣団の序列や実績からみれば、光秀とは比べものにならない。

一鉄の訴えなど一笑に付されるであろうし、よもや黒井《くろい》城の城主でもある斎藤利三が罰せられることなどあろうはずもないと、光秀は高をくくっていた。

ところが、信長は光秀が垣間《かいま》見《み》せた傲慢《ごうまん》さと過信を見逃さなかった。

突如《とつじょ》として立ちあがり、幸若舞の『敦盛《あつもり》』を朗々と唄《うた》いながら舞いはじめたという。

「おもへばこの世は常の住み家にあらず、草葉におく白露《しらつゆ》、水にやどる月よりなほあやし。金谷《きんこく》に花《か》を詠《えい》じ、栄花《えいが》は先立つて無常の風に誘はるる、南楼《なんろう》の月を弄《もてあそ》ぶ輩《ともがら》も、月に先立つて有為《うい》の雲にかくれり。人間《じんかん》五十年、化天《げてん》のうちを比ぶれば、夢幻《ゆめまぼろし》の如《ごと》くなり。一度生《ひとたびしょう》を享《う》け、滅せぬもののあるべきか。これを菩提《ぼだい》の種《たね》とおもひさだめざらんは、口惜《くちお》しかりき次第《しだい》ぞ」

今から二十二年前の永禄《えいろく》三年皐月十九日、織田軍は桶狭間《おけはざま》における奇襲で今川義元《いまがわよしもと》の首を獲った。信長は一世一代の決戦へのぞむにあたり、心を落ちつかせるために清《きよ》洲《す》城にて『敦盛』をひとさし舞った。そして、陣貝や陣太鼓《じんだいこ》が派手に轟《とどろ》きわたるなか、小姓たちに命じて足腰に具足を着けさせ、立ったまま湯漬を食べたのちに出陣した。

饗宴の夜も、信長は鬼気迫る勢いで『敦盛』を舞い、光秀のそばへ近づくや、どんとその胸を蹴りつけた。ひっくり返った光秀が平伏しても怒りはおさまらず、信長は「金柑頭《きんかんあたま》め」と怒声を発し、光秀の髷《まげ》をむんずと摑《つか》んで床に引きずりまわしたという。

家康はじめ列席の諸将が凍《こお》りついたのは言うまでもない。

満座で恥を搔《か》かされた光秀は、潰《つぶ》れ蛙《がえる》のごとく平伏したまま顔をあげることもできなかった。

そのとき、信長はしきりに腰へ手をやったが、脇差《わきざし》のないことに気づいて冷静さを取りもどし、近習の導きもあってどうにか上座へ戻った。そして、部屋の隅に侍る森《もり》乱丸《らんまる》に命じて、備中の秀吉から届いたばかりの書状を披露させた。

「書状の中味は、信長さまへの援軍要請にございます」

いよいよ毛利方と決着をつけるときが到来したので、是非とも織田家棟梁《とうりょう》の信長自身に出馬願いたいというもので、特徴のある秀吉の伸びやかな筆跡で記されてあった。

「信長さまは怒るでもなく、淡々と明智さまに命じられました。『今宵《こよい》で饗応の役を解くゆえ、急ぎ坂本《さかもと》へ立ち戻り、戦《いく》さ仕度《じたく》をととのえよ』と」

さらに、誰もが耳を疑うような台詞《せりふ》を発した。

「『斎藤利三には腹を切らせよ』と、信長さまは仰いました。それだけではありませぬ。『備中以西は切取り次第、丹波《たんば》一国ならびに坂本城をふくむ周囲二郡は返上のこと、屹度《きつと》申しつける』と、仰せになったのでございます」

要するに、光秀が心血を注いで治めてきた三十万余石の領地を返上せよとの命であった。それが怒りにまかせた衝動から発せられたものなのか、それとも、従前から決まっていたものなのか、あるいは、重臣である斎藤利三に引導を渡さねば領地を召しあげるという威《おど》しの意味なのか、道三には臆測《おくそく》すべくもなかった。

いずれにしろ、光秀にとっては寝耳に水、とうてい受けいれがたい命にちがいない。

なにしろ、家中の要《かなめ》でもある重臣を亡き者にしたのち、領地のない裸も同然で備中へおもむき、しかも、二頭立ての馬のごとく優劣を競ってきた秀吉の指揮下で戦えと厳命されたのである。

「座はどよめくどころか、咳《しわぶき》ひとつ聞こえてきませんでした。徳川さまもご重臣方も、息継ぎすら忘れておられたのだとおもいます」

「明智さまは、どうしておられた」

「表情を窺《うかが》い知ることはできませなんだが、断腸《だんちょう》のおもいであられたことは想像に難くないものと。のちに、近習のあいだで囁《ささや》かれた噂《うわさ》によれば、明智さまは口惜しさを抑えきれなくなられたのか、徳川さまのために用意していた数多《あまた》の珍品をことごとく、配下に命じて安土城下の橋の下に取り捨てさせたとか」

「ほほほ、なるほどのう」

どうしたわけか、兼和は疳高《かんだか》い笑い声をあげた。

「動かざる石を動かすとは、ひょっとしたら、そういうことかもしれぬ」

すかさず、道三は尋ねる。

「兼和さま、それはどういうことにござりましょう」

「どなたかが意図して腐った魚を信長さまの御膳に載せ、しかも、稲葉一鉄さまに囁いて訴訟を起こさせたとしたら」

「まさか、さような策を講じられるお方がおられるのですか」

問いを発しつつも、道三は押し黙った。

策を講じられる人物がひとり、頭に浮かんだのかもしれない。

兼和はつづける。

「そのお方は仰った。富士遊覧にはお供できなんだが、こちらから詫《わ》びを入れれば、信長さまにはいつでも会うことができる。そのときに、進言申しあげてもよい。朝廷との連絡役《つなぎ》は今後、長岡藤孝どのが適任であろうとな」

朝廷側がそのつもりなら、洛中《らくちゅう》の押さえは藤孝でも充分につとまる。そうなれば、諸将から「天下」と目されてきた京をふくむ五畿内に、光秀の居場所は無くなってしまうことだろう。

日海の脳裏には、策士の顔がはっきりと浮かんでいた。

雑賀《さいか》の鷺森御坊《さぎもりごぼう》でまみえた人物である。

「近衛《このえ》さまなら……」

動かぬはずの石を動かしてみせることができるかもしれない。

道三によれば、光秀は今ごろ、坂本城で戦さ仕度をしているはずだった。

おそらくは数日後に亀山《かめやま》城へ移り、丹波勢を集結させることになろう。

斎藤利三を処罰するつもりなら、内示が通達されておらねばなるまい。

信長の上洛は今のところ、七日後の二十九日前後になりそうだという。

兼和は興奮を抑えきれない。

「じつはな、近衛さまにお願いされて、明智さまの行く末を占《うらの》うてみたのや」

「ほう、それはそれは。是非、お伺《うかが》いしたいものですな」

「卦《け》には『西に凶あり、東に吉あり』と出た」

「『西に凶あり、東に吉あり』でござりますか」

「ふむ」

西の相手が毛利ならば、東は誰なのであろうか。

「近衛さまは、さぞや、お喜びになられるにちがいない」

「兼和さま、わたくしなんぞにはわかりかねます。いったい、誰にとっての凶で、誰にとっての吉なのか」

「ほほほ、神さんのみぞ知るや」

さきほどから、心ノ臓が飛びださんほどに高鳴っている。

何もかも聞かなかったことにしたいと、日海はおもった。

五

信長は四国の情勢について、今年になって大きな決断をおこなった。

長宗我部元親《ちょうそかべもとちか》に御墨付きを与えた「四国切取り次第」の約束を反故《ほご》にし、すでに奪っていた阿波《あわ》からの撤退を命じたのだ。光秀は石谷頼辰《いしがいよりとき》を通じて元親への説得をおこなったが、四国統一を宿願とする元親が同意するはずもなかった。

信長は元親の子の烏帽子親《えぼしおや》であることも忘れ、皐月七日の時点で三男信孝《のぶたか》に朱印状を与え、信孝を総大将とする四国討伐軍を編成する旨を家中に知らしめた。朱印状には、讃岐《さぬき》は信孝、阿波は三好康長《みよしやすなが》の領地とし、信孝を三好家の養子にする旨が明記されており、残りの伊予《いよ》と土佐《とさ》については、信長自身が淡路《あわじ》へ遠征した際に割譲の方針を取りきめるものと記されていた。

元親は慮外に置かれるどころか敵対視され、交渉の矢面《やおもて》に立っていた石谷頼辰は面目を失った。信孝は信長の命にしたがって四国渡海をおこなうべく、今や摂津《せっつ》の住吉《すみよし》に兵を移動させつつある。

そうした情勢の最中、明智家重臣の斎藤利三に切腹を命じる裁定が正式に下された。

利三は石谷頼辰の実弟であり、信長の裁定はどう考えても長宗我部元親を切り捨てる方針と無縁ではない。光秀ならば、それがわからぬはずはなかろうし、秀吉と裏で火花を散らした四国進出策においては、敗北を認めざるを得ない心境であったろう。饗応での不始末に端を発し、稲葉一鉄の訴訟、信孝への四国進撃命令、斎藤利三への切腹命令、さらには、領地を召しあげられたうえでの中国進軍命令と、光秀にとっては憂慮すべき事態が矢継ぎ早に重なった。

日海からみれば、光秀が朽ちかけた吊り橋のうえを歩いているようにも感じられる。奈落の底には地獄へ通じる深い闇《やみ》があるだけだ。

皐月二十八日、日海のすがたは愛宕山《あたごやま》五坊のひとつである威徳院《いとく》にある。

里村紹巴に誘われ、洛中からわざわざ足を運んできた。

威徳院では、光秀主催による連歌の会が催されている。

病と偽って断ることもできたのに訪れた理由は、もしかしたら、これが光秀に会える最後の機会かもしれぬという予感がはたらいたからだ。

連歌を詠《よ》む連衆は九人、明智光秀と長子光慶《みつよし》、家臣の東行澄《とうゆきずみ》、里村紹巴と弟子の昌叱《しょうしつ》ならびに心前《しんぜん》、連歌師の猪名代兼如《いなわしろけんにょ》、愛宕西之坊威徳院住職の行祐《ぎょうゆう》、同上之坊大善院《だいぜん》住職の宥源《ゆうげん》である。

九人は五七五の発句《ほっく》、七七の脇句と順に詠みつなぎ、戦勝祈願として百韻《ひゃくいん》を巻いて愛宕神社に納める。それが愛宕百韻の目途であった。

廊下《ろうか》の端に座ることを許されたのは、光秀の近習と僧坊の僧たちを除けば、日海くらいしかいない。光秀とも面識があったので、おそらく、警戒もされずに見学を許されたのだろう。

愛宕百韻は、光秀の発句からはじまった。

「ときは今、あめが下《した》しる五月《さつき》かな」

少しあいだを開けて、行祐上人《しょうにん》が短冊に筆でさらさらと書きながら脇を詠む。

「水上まさる庭の夏山」

さらに、里村紹巴が短冊に綴《つづ》りながら発句を詠んだ。

「花落つる、池の流れをせきとめて」

つづいて「風に霞《かすみ》を吹き送るくれ」と脇を詠んだのは、宥源上人である。

日海は気配を殺し、じっと耳をかたむけた。

連歌とは流れである。心のありようを歌に託して詠みあげ、これを酌み取《くと》った別の者が感じたままの気持ちを歌に託していく。百韻もの歌を繋《つな》ぐのはけっして平坦《へいたん》な道ではなく、途中には山や谷もある。うねるような流れを断ち切らずに繋ぐことができれば、連衆の気持ちはひとつになり、おのずと一本の太い道がみえてくる。

連歌の醍醐味《だいごみ》は、その場に居る者にしかわからない。

短冊に記された歌そのものよりも、むしろ、詠み人の声や抑揚や表情を直《じか》に感じることのほうがたいせつなのだと、紹巴は教えてくれた。

——ときは今、あめが下しる五月かな
初表で発句を発したとき、光秀の表情はあきらかに昂揚していた。

いつも冷静沈着であるがゆえに、ほかの連衆にも常ならぬ心情は伝わったにちがいない。

字面《じづら》だけをみれば、梅雨の叙景を詠んだにすぎぬが、歌には毛利討伐のために出陣するという意志が込められている。

だが、日海は別の解釈をせざるを得ない。

発句の「とき」は「土岐《とき》」であり、つぎの「天が下しる」は「天下を治《し》る」にほかならぬ。つまり、土岐家の末裔《まつえい》でもある光秀が、天下取りの意志を歌に託したのではあるまいか。

紹巴も危うさを詠みとったのか、つぎの発句で「池の流れをせきとめて」と、諫《いさ》めるように重々しい声音《こわね》を発してみせた。ところが、連衆の心は一様ではなく、歌が繋がるにつれて、いかようにも変容していく。

宥源上人は初裏《しょうら》の二句目で「立ちつづく、松の梢《こずえ》やふかからん」と、懊悩《おうのう》する光秀に同情を寄せ、紹巴も脇で「波のまがひの入海《いりうみ》の里」と気持ちを寄せていった。

さらに、紹巴の弟子の兼如も「しばしただ、嵐の音もしづまりて」と、光秀の不安げな心中を慮《おもんぱか》り、行祐上人も「ただよふ雲はいづちなるらん」と、揺《ゆ》れる心の行く先を質《ただ》すかのような脇をつける。

二表では、光秀自身が「葛のはの、みだるる露や玉ならん」と、みずからの迷いを吐露《とろ》し、さらに、二裏では「みだれふしたる菖蒲《しょうぶ》菅原《すがわら》」と、激しく心の揺れるさまを詠んでみせた。

そして、三表では、兼如が「賢きは、時を待ちつつ出づる世に」と、光秀に自重を促《うなが》すかのような歌を詠み、宥源上人が「行く行くも、浜辺づたひの霧晴れて」と詠んだ発句に、紹巴が「一筋白し月の川水」と、希望を見出《みいだ》すような脇をつける。

光秀は次第に昂揚する気持ちを抑えきれなくなり、三裏では「旅なるを、けふはあすはの神もしれ」と、強い決意をしめすかのごとく声を震わせ、いよいよ終盤に差しかかった名残《なごり》表《のおもて》では「たちさわぎては鴫《しぎ》の羽がき」と、みずからの心境を隠しもしない。

さらに、名残裏では「縄手《なわて》の行衛《ゆくえ》、ただちとはしれ」と、馬に笞《むち》をくれるがごとき歌を詠み、紹巴の弟子の昌叱に「いさむれば、いさむるままの馬の上」と、あきらめとも励ましともつかぬ発句を詠ませている。

百韻の結びは、光秀の長子光慶がただ一句だけ詠んだものであった。

紹巴の弟子の心前が「色も香も、酔をすすむる花の本」と詠んだ発句にたいして、感極まりながら「国々は猶《なお》のどかなるころ」と、声を絞りだすように脇をつけたのだ。

光秀は昨日のうちにひとり愛宕山へ参拝し、そのままひと晩参籠《さんろう》した。

何らかの決意を秘め、連歌の会へのぞんだにちがいなかった。

いかに歌詠みの手練《てだれ》を揃《そろ》えた会とはいえ、百韻の連歌を巻くのは並大抵のことではない。

ただ、日海は瞬《また》きのあいだの出来事のような気がしていた。

この場に居なければ、連衆たちの心のありようはわかるまい。

光秀は不退転の決意をもって何事かを為《な》そうとしており、連衆たちもすべてわかったうえで同調したり、さりげなく諫めようとしながら、最後には気持ちをひとつにさせていった。それはまさに、奔流《ほんりゅう》のごとき流れとしか言いようのないもので、不覚にも日海は溢《あふ》れる涙を抑えきれなくなったのである。

夕暮れになり、みなが散会したのちも、日海は威徳院の伽藍《がらん》の隅に座っていた。

「まるで、碁盤《ごばん》と対峙《たいじ》しておるようやな」

気配もなく喋《しゃべ》りかけてきたのは、紹巴にほかならない。

「頼みがある。これを山門の外まで届けてくれぬか」

「えっ」

手渡されたのは、短冊であった。

紹巴の筆跡で記されているのは「ときは今、あめが下しる五月かな」という光秀の詠んだ発句である。

「山門まで行けば、使者がおる。その者に渡してくれぬか」

何故《なにゆえ》、自分に頼むかと聞き返そうとおもった。

が、紹巴は、いっさいの問いを受けつけぬ殺気を放つ。

日海は短冊を受けとり、重い足を引きずるように伽藍をあとにした。

山門は夕闇に閉ざされている。

恐る恐る足を運ぶと、門の脇から声が掛かった。

「こっちだ、こっちに来い」

呼びかけてくるのは、地獄の使わしめであろうか。

身を寄せて相手の正体がわかった瞬間、日海は動顛《どうてん》してその場に頽《くずお》れかけた。

「……あ、荒木《あらき》、村重《むらしげ》さまであられますか」

「ほほう、わしのことがわかるのか」

有岡城《ありおか》で目見得《めみえ》の機会を得て以来だが、ぎょろ目を剝《む》いた強面《こわもて》の顔をみまちがえるはずはない。

「……ど、どうして、ここに」

「わしは今、猿の庇護《ひご》を受けておるのじゃ」

「猿」

羽柴秀吉のことであろう。

「庇護を受けておる以上、それなりの役に立たねばなるまい」

もちろん、信長は与《あずか》りしらぬことだろう。裏切った村重を憎むあまり、妻子をことごとく斬首させたのだ。知れば村重はもちろん、秀吉も無事では済むまい。それほど危ない橋を渡ってまで、秀吉は何を欲しているのだろうか。

「天下さ」

「えっ」

「ふふ、戯《ざ》れ事《ごと》じゃ。紹巴に渡されたものを寄こせ」

「これに」

日海が短冊を手渡すと、村重は発句を重々しく口ずさんだ。

「ときは今、あめが下しる五月かな。なるほど、おもしろい」

和歌の素養がある村重ならば、光秀の気持ちを解すこともできよう。

「お覚悟を決められたようじゃな」

と、静かに漏《も》らす。

それにしても、何故、紹巴は村重に短冊を託すのだろうか。

「決まっておろう、生きのびるためじゃ。この短冊には千鈞《せんきん》の重みがあるやもしれぬ。それはのちになってわかること。いずれにしろ、紹巴は猿に賭けた。碁打ち名人のおぬしなら、わかるであろう。これから何が勃《お》きるかを。そして、結末を予測してみせることもできよう。されど、石を置こうとしている者の正体はわかるまい。それはな、誰にもわからぬ。人知の及ばぬところで、この世の行く末を定める対局がおこなわれようとしているのじゃ」

村重は短冊を懐中に仕舞い、くるっと踵《きびす》を返した。

急ぎ備中の秀吉陣中へおもむき、百尺竿頭《ひゃくしゃくかんとう》に立つ光秀の心境を伝えるのであろう。

夕闇に溶けこむ「裏切り者」の背中を目で追いつつ、日海は頭《こうべ》を垂れるしかない。

焦る気持ちを抑えきれなくなってきた。

今すぐにでも愛宕山を離れ、洛中に戻らねばならぬ。

だが、戻ったからといって、何ができるというのか。

何処《どこ》に駆《か》けこむでもなく、誰に会うのでもなく、住み慣れた塔頭《たっちゅう》に籠《こ》もるだけのことではないのか。

人知れず膝《ひざ》を抱え、嵐が過ぎるのを待つしかない。

それ以外にいったい、無力の自分に何ができるというのか。

「わたしは……」

一介の碁打ちにすぎぬ。

日海は自問自答しながら、漆黒《しっこく》の闇を睨みつけた。

本能寺にて

一

翌二十九日夕、日海は寂光寺《じゃっこうじ》に立ちもどり、信長の上洛を知った。

「宿所は本能寺《ほんのうじ》や」

と、日淵《にちえん》が教えてくれたのだ。

「ふふ、いかにも信長さまや。御自ら率いてこられたのは、三十人ほどの小姓衆と女房衆だけらしい」

嫡男の信忠《のぶただ》は信長の上洛に先立ち、七十ばかりの手勢を率いて宿所の妙覚寺《みょうかくじ》へはいっていた。菅屋《すがや》長頼《ながより》、福富秀勝《ふくずみひでかつ》、野々《のの》村正成《むらまさなり》、猪子《いのこ》高就《たかなり》といった名のある馬廻《うままわ》りたちは各々で町屋に居を定めているようだが、村井《むらい》貞勝《さだかつ》の率いる京都所司代の役人を合わせても兵の数は五百に届かない。

何せ、光秀の擁《よう》する兵力は一万三千を数えていた。

これに拮抗《きっこう》できる兵力は、堺《さかい》に近い住吉に陣を敷く織田信孝の四国討伐軍で、佐和《さわ》山《やま》城主の丹羽《にわ》長秀《ながひで》も後見役に付けられてはいるものの、信孝は総大将に指名されたばかりなので、兵たちは士気の乏《とぼ》しい寄せ集めにすぎなかった。

信長にしてみれば、光秀の軍勢こそが自分を守るべき精鋭なのだ。

日淵などもそう信じて疑わず、日海もいざ洛中へ戻ってみれば、堅固な忠心で織田家を支える光秀がよもや裏切るまいという気になってくる。

愛宕山での出来事はまぼろしにすぎず、すべては杞憂《きゆう》に終わるにちがいない。

そうであってほしいと心から願っても、荒木村重に短冊を手渡した事実をなかったことにはできない。

やはり、凶事が勃こる公算は大きいのだ。

それならば、今から本能寺へ出向き、信長に注進すべきではないのか。

日海が逡巡《しゅんじゅん》していると、日淵からとんでもないはなしがもたらされた。

「明日、信長さまは本能寺に御公家《おくげ》衆を招き、茶の湯の会を催されるそうじゃ。座興として囲碁もおこなう。それゆえ足を運ぶようにと、一雲斎針阿弥《いちうんさいしんあみ》どのから使いが寄こされた」

「日淵さまも、ごいっしょしていただけるのですか」

縋《すが》るような眼差《まなざ》しを送ると、日淵は首を横に振った。

「わしは参らぬ。安土宗論《しゅうろん》で懲《こ》りたゆえな。そのかわり、利賢《りけん》が参る。お召しがあるかどうかはわからぬが、信長さまの目の前で対局せねばならぬやもしれぬゆえ、覚悟を決めておくがよい」

「覚悟にございますか」

「どうした、顔色が悪いぞ。合戦場へおもむくわけでもあるまいに、何を案じておるのじゃ」

合戦場へおもむくようなものだと、日海はおもった。

二度と生きては戻れぬかもしれぬ。本能寺が墓場になることも充分に考えておかねばなるまい。

「そういえば、曲直瀬道三どのが不吉なことを言うておられた。明日は陽の光が月のように欠け、一日じゅう薄暗くなるそうじゃ。朔日《ついたち》ゆえ、夜空に月はない。夜は灯《あか》りを灯《とも》さねば何もみえぬ、漆黒の闇に包まれるらしい」

「漆黒の闇にございますか」

陽光が月陰に遮《さえぎ》られて欠けたようにみえる仕組みを、日海は道三に教わっていた。ただ、おそらくそれは、不吉な出来事の勃こる兆《きざ》しにまちがいない。

眠れぬ夜を過ごし、翌日、日海は寂光寺からさほど遠くもない本能寺へ向かった。

日蓮《にちれん》宗本門《ほんもん》流の大本山でもあり、さすがに寺地は広い。

東は西洞院大路《にしのとういんおおじ》、西は油小路《あぶらのこうじ》通《どおり》、北は六角《ろっかく》小路、南は四条《しじょう》坊門《ぼうもん》小路に囲まれた方一町におよび、信長の命で境内の周囲には高さ三尺ほどの石垣と土居が築かれ、外周には幅二間《けん》余りの堀が巡らされてあった。

威厳のある山門を潜《くぐ》れば、豪壮な伽藍を擁する本堂が聳《そび》えており、大小の子院も三十余を数えた。信長が寝起きする御殿や膳所、厩《うまや》などもあり、一見すると寺院にはみえない。ちょっとした城塞《じょうさい》である。

とはいうものの、何百何千もの兵を依拠させておくだけの備えはない。安土からたった一日の道程《みちのり》にすぎぬので、信長が小姓たちだけを率いて気軽に上洛したとしても、首をかしげるほどのことではなかった。

本堂へおもむくと、すでに、公家衆は集まっているようだった。

年若い同朋衆に導かれ、御殿の一角へ通される。

「おい、日海、こっちだ」

陽気に呼びかけてくるのは、囲碁の好敵手を自負する利賢であった。

一雲斎針阿弥が寄こした使者によれば、茶の湯の会の主賓《しゅひん》は太政大臣《だいじょうだいじん》の近衛前久《さきひさ》だという。ほかにも勅使《ちょくし》の勧修寺晴豊《かじゅうじはるとよ》、前関白の九条兼孝《くじょうかねたか》、関白の一条内基《いちじょううちもと》、右大臣の二条昭実《にじょうあきざね》ら、四十人ほどの錚々《そうそう》たる公家衆が招かれていた。

近衛さまは仲直りなされたのだなと、日海は察した。

そうであるなら、為政者を消し去る企《くわだ》ても無くなったのではないか。

期待したのは信長の命を惜しんだからではなく、凶事に巻きこまれるのを恐れたためだ。

下手《へた》なことはできない。

——明智さまは裏切るやもしれませぬ。どす黒い企ての黒幕は、近衛前久さまにござります。

などと、信長に注進すれば、確乎《かっこ》とした根拠を求められるだろう。

愛宕山で光秀が詠んだ発句を披露しても、一笑に付されるだけだ。

股肱《ここう》の臣下を疑った罪に問われ、首を刎《は》ねられるにちがいない。

安土問答でも、信長は容赦《ようしゃ》なかった。

根拠もなく他人を陥れる輩《やから》は、厳罰に処せられよう。

やはり、注進はできぬ。そんな勇気はない。今はただ、光秀が口惜しさを噛《か》み殺《ころ》して西へ兵を向け、前久が鋭い牙《きば》を隠しつづけるのを、日海は静かに期待するしかなかった。

信長は村井貞勝に命じて、公家衆からの贈り物を断らせている。ただし、豪商たちからの贈り物は断っていない。ことに、博多《はかた》を牛耳《ぎゅうじ》る島井宗室《しまいそうしつ》からは、天下《てんか》三肩衝《さんかたつき》のひとつに数えられる楢柴《ならしば》を奪ってやろうと狙《ねら》っていた。日淵が戯れて申すには、宗室の楢柴を手に入れることが茶の湯の会を催した目途と言っても過言ではないらしい。

「日海、早う来い」

興奮醒《さ》めやらぬ利賢ともども、公家衆のあとにつづいて客間にはいる。

「おお、見事じゃ」

公家たちが其処此処《そこここ》で、感嘆の声をあげていた。

信長は茶の湯の会を開くにあたり、安土より三十八点におよぶ茶道具の名器を携えてこさせた。

右筆《ゆうひつ》の記した御茶道具目録には、舶来品の唐物《からもの》がつぎのように列記されている。

――九十九髪茄子《つくもかみなす》、珠光小茄子《じゅこうこなす》、円座《えんざ》肩衝、勢高《せいたか》肩衝、万歳大海《まんざいたいかい》、紹鷗白《じょうおうしろ》、犬山か

づき天目、松本、宗無《そうむ》、珠光茶碗《ちゃわん》、数の台ふたつ、堆朱竜《ついしゅりゅう》の台、趙昌《ちょうしょう》の菓子、古木と小玉《こぎょくかん》澗の絵、牧谿《もっけい》のくわい、ぬれ烏《がらす》の各絵、千鳥《ちどり》の香炉《こうろ》、二銘、珠徳《しゅとく》の浅茅《あさじ》茶杓《ちゃしゃく》、相良高麗《さがらこま》、同鉄火筋、開山五徳《かいさんごとく》の蓋置《ふたおき》、火屋《ほや》香炉、宗及《そうぎゅう》炭斗《すみとり》、貨狄《かてき》、蕪《かぶら》なし、筒瓶《つつびん》青磁《せいじ》の花入《はないれ》、切桶《きりおけ》、同かえり花、締切の水指《みずさし》、柑子《こうじ》口《くち》柄杓《ひしゃく》立《たて》、天下《てんか》一合子《いちごうす》水翻《みずこぼし》、藍、立布袋《たちほてい》の香合《こうごう》、宮王《みやおう》、田口《たぐち》釜《かま》。

諸将や商人から献上されたものから、名物狩りで奪ったものまで、それひとつで一国の価値があるとも言われる垂涎《すいぜん》の宝物群が、黒い天鵞絨《ビロード》に覆われた床几《しょうぎ》にずらりと並べられていた。

ただし、天下三肩衝のうち、信長の所有する新田《にった》と初花《はつはな》はない。わざと目録にも載せなかったのは、宗室の楢柴を手に入れたのち、三つ揃えて披露目《ひろめ》をしようという信長の意図が透《す》けてみえる。

日海は小さな茶入れのまえに佇《たたず》み、しばらくそばから離れられなくなった。

「九十九髪茄子か」

利賢が眸子《まなこ》を好奇に輝かせる。

九十九髪茄子は、政僧佐々木《さ さ き》道誉《どうよ》から将軍足利義満《あしかがよしみつ》に献上された東山御物のひとつ、持ち主を転々と替え、最後は松永久秀《まつながひさひで》から服属の証《あか》しとして信長へ献上された。

――ふふ、わしに言わせれば、若造は若造じゃ。

耳を澄ませれば、久秀の高笑いが聞こえてくる。

「憎めぬ御仁《ごじん》であられたな」

つぶやきは小さすぎて、利賢にも聞こえていない。

やがて、公家衆は信長の座所へ連れていかれ、日海と利賢は別室で待たされることとなった。

信長にとっては正親町《おおぎまち》天皇御前の馬揃え以来、一年と三月ぶりの上洛である。よほど興が乗ったのか、武田討伐や西国出陣について熱く語り、途中からは「京暦から三島暦に改暦したほうがよいのでは」というはなしまで持ちだし、公家衆を大いに慌てさせたという。

なお、本能寺には五日ほど滞在し、毛利討伐へ向かうまえに淡路へ立ち寄り、信孝の閲兵《えっぺい》にのぞむようだとのはなしも漏れ聞こえてきた。朝廷は再三にわたって「関白か太政大臣か征夷大将軍のいずれでもよいから任官してほしい」と打診していた。公家衆は推任を受ける旨の言質《げんち》を得たかったようだが、信長からの返答はなく、毛利討伐ののちへ持ち越される運びとなった。

別室でじっと待たされていると、胸騒ぎを禁じ得なくなる。

近衛さまはいったい、何を考えておられるのだろうか。

「もうすぐ、日が暮れてしまう」

なかなか、お呼びは掛からない。

「退屈やなあ」

利賢はさきほどから、欠伸《あくび》を嚙み殺している。

何やら部屋の外が騒がしくなったので、廊下を行き来する寺小姓に聞いてみると、信忠の一行が妙覚寺からやってきたという。

公家衆は信忠に挨拶《あいさつ》を済ませ、潮が引くように去っていった。

近衛前久も帰ったと聞き、日海は落胆せざるを得ない。

本能寺に居残っているあいだは何も勃こらぬであろうと、根拠のない見込みを立てていたからだ。

日が暮れると、信長は島井宗室や神屋《かみや》宗湛《そうたん》などの商人を招き、信忠一行もくわわって酒宴がはじまった。

日海たちは僧籍ゆえか、いっこうに声が掛からない。

膳さえも運ばれてこず、忘れられたように留めおかれた。

「帰っちまうか」

利賢は冗談半分に言ったが、空腹のせいか目は笑っていない。

日海は空腹すらも感じていなかった。

「碁でも打つか」

利賢が投げやりな口調で言う。

部屋の端に碁盤が置かれているのはわかっていた。

なるほど、碁盤を囲めば余計なことを考えずに済むかもしれない。

「わかった、一局手合わせ願おう」

日海が立ちあがろうとするのを制し、利賢が重そうな碁盤を運んでくる。

「ふふ、名人を動かすわけにはいかぬゆえな」

「からかうのはやめてくれ」

「ならば、五子《ごし》の手合で受けるか」

「のぞむところ」

碁盤の枡目《ますめ》が、仄白《ほのじろ》い灯火《とうか》に浮かびあがる。

——ぱちり。

利賢は左辺に黒石を置いた。

二

日海は麝香《じゃこう》の匂《にお》いを嗅《か》いだ。

お守り代わりに袂《たもと》へ入れておいた匂い袋だ。

――わたしとおもって、肌身離さずお持ちください。

真葛《まくず》の顔が、揺れる灯火の向こうに浮かんでは消えた。

すでに、二局が終わっている。

利賢は負けた口惜しさを紛らわすべく、外の厠《かわや》へ向かった。

どれほどの刻《とき》が経《た》ったであろうか。

さきほど、碁を打ちながら少し眠ってしまった。

月もないので、大まかな時刻を推しはかる術《すべ》はない。

酒宴は疾《と》うに終わり、御殿のなかは静まりかえっている。

信忠たちは宿所の妙覚寺へ戻ったにちがいない。妙覚寺はここから北へ六町ほど、東隣に建つ二条御所には誠仁親王《さねひとしんのう》が依拠している。いざとなれば、ひと駆けで到達する近さだが、日海にはその六町が数倍にも遠く感じられた。

本能寺は、張りつめた静寂《しじま》に包まれている。
肌寒いな。
ぶるっと、日海は身を震わせた。
廊下の向こうから、何者かの跫音《あしおと》が近づいてくる。
利賢ではない。
襖障子《ふすましょうじ》の手前で、跫音は止まった。
日海は身構える。
すっと、音も無く襖障子が開いた。
「うっ」
おもわず、声を漏らす。
立っていたのは、信長にほかならない。
「へへえ」
日海は平伏した。
「苦しゅうない」
信長は疳高い声を発し、碁盤を挟んで正面に座る。
利賢が座っていた丸茣蓙《まるござ》のうえだ。

「名人日海、ひとつ対局をいたそう」

「はっ、かしこまりました」

信長は白と海老茶《えびちゃ》の対比も鮮やかな片身替わりの着物を纏《まと》っており、いつになく寛《くつろ》いだ表情で盤上の星に黒石を置いていく。

「五子の手合じゃ」

「はっ」

返事をする暇もなく、左下隅に黒石を置かれた。

予想に反して、慎重な石の置き方だ。

信長とは初めての対局でもあり、一挙手一投足を目に焼きつけておかねばとおもう。しかし、そんな余裕はない。みずからの鼓動の高鳴りを聞きながら、喉《のど》の渇きに耐えつづけるしかなかった。

日海が白石を打つと、信長はかぶせるように黒石を置いてくる。

ともに高目からはじまり、日海が手堅く縦横へかけつぎで繋ごうとすると、信長は斜めに跳ねたり、横に二間開いたり、定石とはちがう手を打ってきた。やがて、盤面は左下隅から右上隅の攻防へと移り、いまだ布石の段階で白石は隅に追いやられていく。

「二眼は生き、一眼は死ぬ。死活とは、よう言うたものよ」

信長のつぶやく意図がわからない。

少なくとも、局面を説いているのではあるまい。

「織田にとっての二眼は、光秀と秀吉じゃ。実力の拮抗する者を競わせてこそ、織田が生きのびて繁栄する余地はある。どちらかが欠けて一眼になれば、死にじゃ。定石どおり、織田は滅びよう。ふふ、囲碁とは面白いものじゃ。盤上に石を置いていくと、霧が晴れたように世の中の動きがみえてくる」

大局観のことを述べているのだろうか。

それとも、光秀の謀反《むほん》を予期しているのか。

白石を打つ日海の指が、小刻みに震えだす。

「いかがした。右上隅じゃ。黒石の詰めの甘さを見抜けなんだか。ふふ、名人ともあろう者が悪手を打ったな。おぬし、何を恐れておる」

鋭く切りこまれ、返答に詰まった。

「愛宕山で光秀は連歌を巻いたとか。発句ははて、何であったか。乱丸に聞いたような気もしたが、忘れてしもうた」

一瞬、息ができなくなった。

盤上に並んだ白石と黒石が、合戦場で対峙する敵味方の布陣図にみえてくる。

「光秀は裏切るまい。あやつは二番手でこそ力を発揮する。そのことを自分でもようわかっておるからな。裏切るとすれば、秀吉のほうかもしれぬ。あやつはわしを映し鏡にして生きてきた。二番手では気が済まぬ男ゆえ、畿内から遠ざけたのじゃ。されど、今わしを裏切るとすれば、信忠かもしれぬ。あるいは、信孝ということもあり得よう。いずれにしろ、信用ならぬのは身内じゃ。強者の庇護のもとにある臆病者は、ほんのわずかなきっかけで奈落へ堕《お》ちたがる」

信長のはなしは、日海の耳にほとんど聞こえていない。

対局は中盤へ差しかかっている。

右上隅では白石と黒石とが鬩《せめ》ぎあい、戦いは中央へと拡がる気配をみせていた。

額《ひたい》に汗が滲《にじ》んでくる。

けっして、不利な情況ではない。

にもかかわらず、勝てる気がしなかった。

ふと、我に返ってみれば、部屋の片隅に誰かが佇んでいる。

「ぬわっ」

日海は仰天して、腰を抜かしかけた。

「狼狽《うろた》えるでない。弥助《やすけ》じゃ」

黒檀《こくたん》のごとき肌を持つ者、イエズス会巡察師のヴァリニャーノが遠い国から連れてきた従者にほかならない。

弥助は天井から碁盤を見下ろし、小首をかしげてみせる。

「ふふ、不思議がっておるようじゃ。こやつにも、あとで囲碁を教えてやるとよい」

「……は、はい」

「弥助の生まれた国が何処《いずこ》にあるのか、ヴァリニャーノが教えてくれた。そこはとんでもなく広い平原でな、鼻の長い象や首の長い麒麟《きりん》がおる。白と黒の縞模様《しまもよう》に彩られた馬の大群が移動し、猛獣たちがそやつらを喰らおうと狙っておるそうじゃ。弥助はな、その猛獣すらも手槍一本で倒す強者であった」

ところが、土地をめぐる他部族との抗争に敗れ、人質となって殺されかけた。命を救ってくれたのが、葡萄牙《ポルトガル》の商人であったという。弥助は別の商人に売られ、船で葡萄牙へ連れていかれた。そして、仕える主人を何人か替え、最後はイエズス会巡察師のヴァリニャーノとともに極東の地へ渡来してきた。

「日の本へたどりつくまでに、途方もない年月が掛かった。そのあいだに葡萄牙はなくなり、西班牙《イスパニア》が欧州《エウロッパ》の覇権を握るようになった。屈強な水軍を持つ西班牙は、隣国の明《みん》を狙っておる。されど、膨大《ぼうだい》な陸地を席捲《せっけん》できるだけの兵力を送りこめぬゆえ、手助けしてくれぬかと泣きついてきおったのじゃ。おもしろい、手助けしてやろうと、わしはおもった。西班牙からは水軍を貰《もら》う。それが出兵の条件じゃ」

信長は顎《あご》を撫《な》でまわし、碁盤をうえから覗《のぞ》きこむ。

「弥助のたどった道筋から、わしは世の中の大きさを知った。知った以上、行かねばなるまい。どのような手を使ってでもな」

雑賀の鷺森御坊で近衛前久に聞いたはなしをおもいだした。

安土城に招かれたヴァリニャーノは、信長にアレキサンドロス大王の逸話を語ってきかせたという。欧州から天竺《てんじく》にいたる広大な版図を手に入れた大王は、武力で奪った都にみずからの名を冠していった。信長も大王と同じように、世界じゅうにみずからの名が冠された都を築きたいのではあるまいか。

それが野心からではなく、平和を希求する善意から発想されたものならば、前久も信長の夢に寄り添いたいと言っていた。はたして、信長の真意が何処にあるのか、かならずや、そうした機会がめぐってくるゆえ、探ってみよと命じられたのだ。

もしかしたら、今がその機会なのであろうか。

日海は盤上をみつめ、白石を置こうとする。

そのとき、外の空気が変わった。

何やら遠くのほうで、爆竹を鳴らすような音がしている。

信長は平然と、盤上の中央寄りに黒石を置いた。

廊下の端から、たたたと跫音が近づいてくる。

「ご注進にござります」

森乱丸であった。

髪を乱し、廊下にかしこまる。

そのあいだにも、人々の声や筒音らしきものが聞こえてきた。

信長は表情も変えずに口を開く。

「これは謀反か、如何《いか》なる者の企てぞ」

「はっ、攻め手の旗印は桔梗《ききょう》かと」

「明智か」

「さように」

乱丸は一礼し、立ちあがりかける。

「待て、腰の光忠《みつただ》を置いていけ」

「はっ」

乱丸は腰帯から差料《さしりょう》を鞘《さや》ごと抜き、片膝立ちになって恭《うやうや》しく差しだす。

「されば、これにて」

「ふむ、存分に戦ってまいれ」

乱丸は滑るように後退《あとじさ》り、くるっと踵を返して廊下の向こうに消えた。

鬨《とき》の声が次第に近づいてくる。

「日海、日海、逃げるぞ」

乱丸と入れ替わるように、利賢がやってきた。

待てと制止する暇もなく、部屋へ飛びこんでくる。

「あっ」

利賢は信長をみつけ、棒立ちになった。

信長は表情ひとつ変えず、独り言のようにつぶやく。

「是非に及ばず」

立ちあがると同時に、備前長船《びぜんおさふね》の名刀を抜きはなった。

──ひゅん。

目にも止まらぬ捷《はや》さで、利賢の首を刎ねる。

「くっ」

心ノ臓が止まりかけた。

弥助が転がった首を拾い、片袖《かたそで》の袂に包む。

偽首《にせくび》にするつもりであろうか。

「弥助よ、行け」

信長に命じられ、弥助は脱兎《だっと》のごとく駆けだした。

信長は血濡れた光忠を畳《たたみ》に刺し、どっかり胡座《あぐら》を掻いて短刀を抜く。

「ふっ、松永久秀に貰った薬研藤四郎《やげんとうしろう》じゃ」

鈍く光る刃《やいば》を後ろにまわし、左手で摑んだ髷を惜しげもなく切ってみせた。

「名人よ、こっちに来て、髪を剃《そ》ってくれぬか」

差し招かれて、日海は立ちあがった。

転びそうになりながらも、信長の背後にまわりこむ。

震える手で短刀を握ると、首を返した信長に睨みつけられた。

「肚《はら》を決めよ」

叱責《しっせき》された途端、震えが止まる。

息を詰め、一気に剃髪《ていはつ》を終えた。

髪だけでなく、自慢の八の字髭《ひげ》も落とす。

さらに、信長は自分で鏡をみながら眉《まゆ》を落とし、睫《まつげ》まで抜いてみせた。唇に薄く紅を塗り、にやりと笑ってみせる。

「時を稼ぐためじゃ」

信長は立ちあがり、廊下へ飛びだす。

そして、ふいに首を捻《ひね》り、刺すような目で睨みつけてきた。

「約束せよ、わしの最期《さいご》を誰にも喋らぬと」

返事をしようにも、干涸《ひか》らびた喉から声を搾《しぼ》りだせない。

約束を交わしたとて、みずからの生死すらも定かではないのだ。

「ふはは、従いてまいれ」

不敵に笑う為政者の背中を、日海は必死に追いかけた。

三

囂々《ごうごう》と、鬨の声が轟いていた。

明け初めた東の涯《は》ては、血の色に染まっている。

光秀の軍勢は雲霞《うんか》のごとく迫り、たちまちのうちに本能寺を呑みこんでいった。

無数の鉛弾《なまりだま》を撃ちこまれたあと、山門は脆《もろ》くも破られ、最初に御厩《おうまや》が潰された。

──ひひぃん。

嘶《いなな》いているのは、信長の愛馬たちであろうか。

調教のために家臣となった馬術家の矢代勝介《やしろかつすけ》をはじめ、御厩では侍四人と中間《ちゅうげん》二十四人が討ち死にした。台所口では小姓の高橋虎松《たかはしとらまつ》たちが激しく敵を押しかえしたが、こちらも討ち死にを遂げている。

一方、御殿では乱丸以下、坊丸《ぼうまる》、力丸《りきまる》の森三兄弟をはじめ、小河愛平《おがわあいへい》、金森義入《かなもりぎにゅう》、菅屋角蔵《すがやかくぞう》、魚住勝七《うおずみしょうしち》、武田喜太郎《たけだきたろう》といった小姓たちが奮戦している。これに、外から駆けつけた馬廻りの湯浅甚介《ゆあさじんすけ》、大塚又一郎《おおつかまたいちろう》、山田弥太郎《やまだやたろう》などもくわわったが、多勢に無勢で抵抗の余地は残されていなかった。

明智勢の先鋒は、斎藤利三の臣下である。

「信長を捜《さが》せ、信長の首を獲るのじゃ」

組頭《くみがしら》たちは、鬼の形相《ぎょうそう》で叫んでいた。

これに応じるかのように、白い帷子一枚の信長らしき人物が広縁にあらわれた。

弓を取って矢を放ち、つぎつぎに敵を射抜いていく。

だが、すぐに弓の弦《つる》が切れたので、六尺余りの槍《やり》を握った。

襲いかかってくる雑兵《ぞうひょう》めがけ、槍の穂先を突きだす。

「ぶひぇっ」

鮮血が噴きあがるさまを、後方から睨みつける目があった。

頭を丸めた信長にほかならない。

小姓たちも女房たちも、誰ひとり信長と判別できる者はいなかった。

もはや、従者は日海ひとりだけだ。

「あやつは影じゃ。乱丸たちは、影のために戦っておる」

どっと、屈強な一団が雪崩《なだ》れこんできた。

「わが名は安田国継《やすだくにつぐ》なり。そこにおわすは怨敵《おんてき》信長」

安田と名乗る鎧武者《よろいむしゃ》が、駆け寄せて槍を突きあげる。

すかさず、乱丸が横から飛びこみ、みずからを盾にした。

「おう、森乱丸か。あっぱれじゃ」

安田の槍は、鎧を着けぬ乱丸の胸を串刺しにしている。

さらに、信長の影に襲いかかり、左肘《ひだりひじ》をごっそり削った。

「くわっ」

影は槍を捨て、広縁から離れる。

生き残った小姓たちが安田に殺到したのを見届け、信長と日海は奥の部屋へ走った。

すでに、御殿には火が掛けられている。

部屋のなかには焦臭さが充満していた。

「げほっ、げほげほ」

袖で鼻と口を隠しながら、日海は信長の背中に縋りつく。

いったい、何処まで部屋はつづくのか。

いくつもの部屋を通りぬけ、信長は廊下へ躍《おど》りでた。

目の前には襖ではなく、納戸《なんど》へ通じる板戸がある。

板戸を開くと、狭い部屋のなかに二枚の畳が山形に立てられていた。

畳の内には丸莫蓙が敷かれ、内縁に切り込みを入れた三方まで用意してある。

信長は薬研藤四郎を鞘から抜き、三方のうえに抜き身を置いた。

「さいはおるか」

呼びかけると、納戸の隅から、手燭《てしょく》を持った白塗りの女房があらわれた。

「御屋形さま、さいはここに」

「おう、よくぞ逃げずにおったな」

「はい」

「影はもうすぐ来よう。ここで腹を切ったら、段取りどおり畳に火を掛けよ」

「かしこまりました」

「さいよ、ここで死ねば、わしは永遠に生きる神仏と化すであろう。ただし、何人《なんぴと》にもわしの屍骸《むくろ》をみつけさせてはならぬ。焼け跡から骨を探させてもならぬ。骨は砕き、粉にして、おぬしが呑みくだせ。わかったな」

「はい、仰せのとおりに」

覚悟を決めた女房の顔は、菩薩《ぼさつ》のごとく神々《こうごう》しい。

信長は正面の壁に向かい、右手を伸ばして軽く押す。

壁がすっとひっくり返り、地下へ通じる階《きざはし》があらわれた。

「抜け穴じゃ、従いてまいれ」

心許《こころもと》ない手燭の火が揺れた。

信長の背に従いて隧道《すいどう》をしばらく進むと、石の壁に突きあたる。

見上げれば、鉛色の空がみえた。

どうやら、空井戸《からいど》のようだ。

ぶらさがった縄梯子《なわばしご》を摑み、歯を食いしばって上りきる。

外に出てみると、八町ほど西の辺りが黒煙に包まれていた。

おそらく、本能寺であろう。

火柱も高々と昇り、粉塵《ふんじん》の向こうには甲冑《かっちゅう》武者が殺到している。

ここは錦小路《にしきこうじ》の一角だ。

見慣れた景色のはずが、初めて訪れたかのように感じられる。

大路に桔梗紋《もん》の幟《のぼり》が行き交うなか、町屋の人々が逃げまどっていた。

「参るぞ」

信長は顔を土で汚し、通りの北側へ向かった。

正面にみえる建物は、南蛮寺《なんばんじ》にまちがいない。

「おい、待て」

明智方の徒士《かち》が、町人に声を掛けていた。

関所らしきものを設《しつら》え、怪しい者を捕まえては、ひとりずつ誰何《すいか》している。

信長に目配せされ、日海は法華《ほっけ》経を唱えはじめた。

「おい、そこの坊主ふたり」

強面の徒士に呼ばれて立ち止まり、信長はお辞儀をしてみせる。

「ご覧の通り、法華にござります」

「ふむ、そのようじゃな。本能寺から逃れてまいったのか」

「いいえ」

「ならば、寺は何処じゃ」

「寂光寺にござります」

「ふうん、ちと怪しいな」

徒士が下から信長を覗きこもうとする。

と、そのとき、すぐ後ろで別の徒士が叫んだ。

「黒い化け物が暴れておるぞ。生首を抱えておるようじゃ」

すわとばかりに、関所の連中が駆けだす。

雑兵どもは手柄を狙っているのだ。

日海は両手を合わせ、弥助に感謝した。

「よし、参ろう」

信長は通りを横切り、堂々と南蛮寺へ踏みこんでいった。

宣教師のすがたはなく、信者らしき女たちが十字架に祈りを捧げている。

野良着《のらぎ》姿の馬子らしき男が信長のすがたをみとめ、大袈裟《おおげさ》に手招きをしてみせた。

「こちらにござります」

奥の部屋を通りぬけ、勝手口から裏庭へ出た。

厩があり、大きな黒駒《くろこま》が飼い葉《は》を食んでいる。

信長の愛馬、大黒《おおぐろ》にまちがいあるまい。

大黒は主人を見定めると、ぶるると鼻を鳴らしてみせた。

「旦那《だんな》、お約束の後金を頂戴できますやろか」

馬子は上目遣いに信長をみつめ、野卑な笑いを浮かべる。

「おう、そうであったな」

信長は大黒の首を愛《いと》しげに撫で、鞍《くら》の内側に手を突っこんだ。

手に握られたのは金子《きんす》ではなく、白々と光る抜き身である。

「ひゃっ」

馬子は一瞬で首を刎ねられた。

信長は血振るいを済ませ、刀を鞘に納める。

大黒の鞍に素早く飛び乗り、日海の手を握って軽々と引っ張りあげ、鞍の後ろに座らせた。

「どう、どう」

巧みな手綱《たづな》捌《さば》きで馬首を返し、馬体を北のほうへ向けさせる。

左手正面には御所の杜《もり》がみえ、右手正面には鴨川《かもがわ》が流れていた。

「参るぞ」

ばしっと笞をくれるや、大黒は土を蹴りあげる。

「ぬわっ」

振り落とされそうになりながらも、日海は信長の腰に縋りついた。

御所の東を右手に折れ、荒神口《こうじん》から鴨川へ向かう。

水飛沫《みずしぶき》を撥《は》ねあげて浅瀬を渡り、山中越の峠道《とうげみち》をめざした。

正面に聳える吉田山《よしだやま》の西麓には、兼和の拠《よ》る吉田神社がある。

雷神を祀《まつ》る吉田山は都の北方を守る鬼門であり、洛中と琵琶《びわ》湖を結ぶ起点とも考えられていた。

鹿ヶ谷《ししだに》を経て北白川《きたしらかわ》からは、一里ばかり緩やかな上り坂を進む。

近江《おうみ》との国境《くにざかい》にある山里は夏でも涼しく、以前は延暦寺《えんりゃくじ》の僧兵たちが旅人から関銭を取っていた。信長が関所も関銭も撤廃し、自在に通行できるようになったのだ。

山中関からは志賀《しが》峠を越え、七曲がりしながらうねる急坂をひた走る。

街道脇に立つ道祖神には目もくれない。

大黒は四里の道程を駆けに駆け、ついに唐崎《からさき》へ到達した。

静謐《せいひつ》な琵琶湖がみえる。
ここから北へ一里も陸路を進めば、光秀の築いた坂本城へ達するはずだ。
日海は腰にしがみつきながら、信長の熱い血潮を感じていた。
湖畔《こはん》に咲く薄紅色の花は、立葵《たちあおい》であろうか。
ふたりは大黒から下りた。
おもわず転びかけ、信長に助けられる。
汀《みぎわ》には桟橋《さんばし》があり、一艘《そう》の小舟が繋いであった。
琵琶湖の対岸には、安土城が聳えているはずだ。
「さあ、もうひと息じゃ」
信長は小舟に乗り、手を差しのべてくれる。
遠慮がちに手を握ると、ぐいっと強い力で引っぱられた。
勢い余って、信長に抱きついたまま舟上に倒れこむ。
すっと、小舟が滑りだした。
信長は起きあがろうとしない。
「何やら、よき匂いがする」
うっとりした顔で漏らし、静かに眸子を瞑《つむ》る。

日海はたゆたう波に身を任せ、死んだように息を潜めた。

四

父のことも母のこともおぼえていない。

物心ついたときから、寺院の塔頭で寝起きしていた。

それゆえか、誰かに甘えたいとおもったことはない。

甘えることや慈《いつく》しまれることの喜びを知らずに生きてきた。

琵琶湖の波音を聞きながら、生まれてはじめて心の安らぎをおぼえた。

抗《あらが》い難い強い力に抱かれて、身も心も解きはなたれたように感じたのはけっして錯覚ではあるまい。

沖島《おきしま》のみえる対岸の汀に着いたのは、八ツ刻のことであった。

陸にあがれば、正面に安土城の天主が聳えている。

信長は天主を見上げたあと、黙然と歩きだした。

安土城下は騒然としている。

本能寺異変の報がもたらされたにちがいない。

「明智じゃ。明智が攻めてくるぞ」

町の其処此処から、怒声や悲鳴が聞こえてくる。

荷車に家財道具を積んで逃げだす者たちも大勢見受けられた。

喧噪《けんそう》を縫《ぬ》うように歩き、百々橋口《どどばし》へつづく大路の手前で足を止めた。

正面に建っているのは、十字架の掲げられた三階建ての建物だ。

「セミナリヨ……」

陽気なオルガンティーノ神父の顔をおもいだし、涙が出そうになった。

信長は躊躇《ためら》いもみせず、セミナリヨへ向かう。

正面口ではなく、脇道から裏へまわりこみ、高台へとつづく石段を上りはじめた。

「着いたぞ」

雲はちぎれ、杏《あんず》色の夕陽がすがたをみせた。

竹垣に囲まれた高台には、柿葺《こけらぶ》きの平屋が築かれている。

蹲踞《つくばい》や水屋もあって茶室のような設えだが、部屋にはいってみると八畳ほどもあり、縁側から西側の崖下《がいか》をのぞめば、紺碧《こんぺき》の琵琶湖を一望にできた。

脳裏に浮かんだ疑念は、何故、城へ戻らぬのかということだ。

安土城に籠城《ろうじょう》すれば、柴田勝家《しばたかついえ》や羽柴秀吉や丹羽長秀などの援軍が到達するまで、幾日かは稼ぐことができる。信長さえ生きていれば、分裂した織田軍団の再興をはかることもできない相談ではなかろう。

信長はこちらの心根を見透かすように、ゆったりと喋りかけてきた。

「留守を預けた蒲生《がもう》賢秀《かたひで》のもとには、さほどの兵力はおらぬ。女房や子どもたちを日野《ひの》へ逃すのがせいぜいであろう」

されば、何故、安土へ舞いもどってきたのか。

光秀がまっさきに狙うのは、信長の分身とも言うべきこの安土城にきまっている。

「瀬田《せた》城主の山岡景佐《やまおかかげすけ》に命じておいたのじゃ。洛中に異変があったときは、即刻、瀬田の唐橋《からはし》を落とせとな」

舟上では気づかなかったが、瀬田の唐橋は落とされていたにちがいない。そうでなければ今ごろ、安土城下は明智の軍勢で溢れている。

「三日じゃ。三日の猶予《ゆうよ》はある」

信長はそう漏らし、上座に腰を下ろした。

日海は水屋で水を汲《く》み、信長のもとへ差しだす。

戸棚を探ってみると、糒《ほしいい》と香の物もあった。

糒を水で戻し、香の物といっしょに膳をこしらえる。

とりあえず、腹ができると、信長は生気を取りもどした。

「町人どもが喋っているのを聞いたか」

「……い、いいえ」

「信忠はどうやら二条御所に籠もり、腹を切ったらしい。ふん、わしを見限って逃げればよかったものを。あやつに預けた精鋭があれば、援軍を待たずとも一戦交えることはできた。されど、まあよい。終わったことじゃ。一瞬の判断の過ちが命取りになる。情に流されれば、滅びるだけのはなしじゃ。猪武者《いのししむしゃ》の信忠には、それがわかっておらなんだわ」

世継ぎの命すらも、さほど惜しんではいない様子だ。

信長はいったい、何を目論《もくろ》んでいるのであろうか。

「一度死んでみるのもわるくない」

「えっ」

「世の中がようみえる。たとえば、光秀は誰と通じておったのか。信長亡きあと、誰と誰がどう争うのか。そして、勝ち残って日の本に覇を唱えるのは誰なのか。そうしたことどもが、手に取るようにわかるであろう。考えようによっては、裏切り者を炙《あぶ》りだす好機となるやもしれぬしな。さて、何処まで死にとおすか」

信長は戯れたように言い、声を殺して笑う。

さらに、一転して物憂げな表情を浮かべた。

「光秀と秀吉には、まだはなしておらなんだが。ともに、明国へ渡海を果たそうとおもうておった」

遠くをみつめる鳶《とび》色の瞳《ひとみ》は、何を語ろうとしているのだろうか。

「申したであろう。弥助の歩んだ道筋から、わしは世の中の大きさを知った。欧州から天竺までまたがる広大な版図に、おのれの名を点々と刻んでいきたい。本気じゃ。もはや、夢物語ではない。それはな、わしの使命なのじゃ」

おもわず、尋ねてみたい衝動に駆られた。

何のためにでござりますか。

何故、都という都に「ノブナガ」の名を冠さねばならぬのか。

それは他国を野蛮《やばん》な方法で征服するのと、どうちがうというのか。

おのれの使命を果たそうとすれば、熾烈《しれつ》な争いが燎原《りょうげん》の火となって拡がるだけのはなしではないのか。

いったい、あなたは何を為したいのか。

天子をも超越する神にでもなりたいのか。

「わからぬ。何を為したいかなど。ただ、海の向こうへ渡りたい。さきのことは渡ってみねばわかるまい」

光秀や秀吉にたいして、海の向こうへ渡ってみねばわからぬが従いてこい、とでも言うつもりだったのであろうか。

明確な目途もない進軍を、賢いふたりが是とするとはおもえない。

光秀や秀吉にとって、天下とはせいぜい畿内五ヶ国のことなのだ。

武をもって洛中の覇権を握り、朝廷より征夷大将軍の位を拝命したうえで武家の棟梁になる。それこそが全国津々浦々に散らばる諸大名の目途にほかならず、五畿内の範疇《はんちゅう》でしかものを考えられぬ諸大名にとって、信長はじつにとらえ難い人物として映っていたにちがいなかった。

人は本能から、とらえ難きものや理解できぬものを排除しようとする。

松永久秀も荒木村重も、そして明智光秀も、理解し難い生き物であったがゆえに、信長を滅しようとしたのではあるまいか。

羽柴秀吉でさえ、信長の命を欲しがっていたのかもしれぬ。

たまさか、近くにいなかっただけのことであろう。

日海は、単騎で沃野《よくや》を駆けぬける信長の雄姿を脳裏に描いた。

美しいおすがただ。

信長さまはただ、広大な沃野を駆けぬけたいだけなのかもしれない。

そんなふうにもおもう。

信長はゆらりと起きあがり、部屋の隅からずっしりと重い碁盤を携えてきた。

「久秀から貰うた正倉院《しょうそういん》の碁盤じゃ。昨夜の勝負、途中であったろう。さあ、石を並べてみせよ」

「はい」

日海は戸惑いもみせず、白と黒の石を並べはじめた。

盤上に彩られていく絵模様を、信長は満足げにみつめている。

ほどもなく、昨夜とまったく変わらぬ盤面ができあがった。

「振り向いてみよ」

命じられたとおりに振り向き、日海は息を呑む。

眼下の琵琶湖は一面、真紅に染まっていた。

夕陽は落ちる瞬間、眩《まばゆ》いほどの輝きを放つ。

「絶景であろう」

「……は、はい」

「ところで、おぬしのその匂い、麝香であるか」
信長は問いつつ、黒石を摘《つ》まみあげる。
その黒石を、まんなかの天元《てんげん》に打った。
――かつん。
石の響きが脳天まで突き抜ける。
ひゅっと、部屋に夕風が吹きぬけた。
ふと、みやれば、信長の眉間《みけん》に風穴が空いている。
硝煙《しょうえん》が白々と立ちのぼっていた。
日海は身じろぎもしない。
振りかえらずとも、誰が撃ったのかはわかった。
麝香の匂いに導かれた刺客が息を殺し、狙いを定めていたのだろう。
驚きもなく、悲しみもない。
類《たぐ》い希《まれ》なる英傑の骨は、安土の土に還《かえ》るのだ。
後世、誰かに「首級は何処にあるのか」と聞かれても、けっして真実は語るまい。
語らぬことで永遠に生き、本人が望むとおり、神仏と化すやもしれぬからだ。
「……そ、それで、よろしゅうござりますね」

返事はない。

信長の顔は、微《かす》かに笑っているようにもみえる。

その目は、日の本の行く末などみつめていない。

ただ、虚空だけをみつめていた。

二十五年後、師走

本能寺で信長の影は腹を切った。

女房のさいが髑髏《どくろ》の骨を砕いて呑みくだしたかどうかなど知る由もない。

納戸の奥に抜け穴があったことも、抜け道から外へ逃れたことも、今となってみればまぼろしのごとき出来事にすぎぬ。それゆえか、納戸の壁からさきのはなしを口にすることはできなかった。

月日がどれだけ流れても、信長の最期を語りたくはなかった。

たとい、首を刎ねられたとしても、語らなかったにちがいない。

家康は信長が本能寺で灰になったと知り、少しばかり残念そうな顔をした。

ほんとうは、そのさきの物語を聞きたかったのだろう。

突きぬけるような晴天にもかかわらず、駿府《すんぷ》の城下には強い風が吹いている。

「福寿草やあ、福寿草……」

往来の向こうから、花売りの声が聞こえてきた。

一文字笠《いちもんじがさ》をかぶった花売りの女が、ゆったりとした歩調で近づいてくる。

黒染めの被布《ひふ》を纏った日海は足を止めた。

鉢植えを求めようとしたのではない。

花売りの正体がわかったからだ。

「真葛」

女は一文字笠をかたむけた。

「お久しゅうございます。日海さま、いえ、本因坊算砂《ほんいんぼうさんさ》さまとお呼びいたさねばなりませんね」

「日海でよい。あれから、息災にしておったか」

「あれから」

小首をかしげる真葛に、日海は悲しげな笑みをかたむけた。

「さよう、あれからだ」

おぬしは漆黒の琵琶湖をみつめ、吐きすてるように言った。

――わたしは引鉄《ひきがね》を引いただけ。

的《まと》に掛けた者の死を雇い主に告げる気はないと、意志の籠もった瞳で訴えかけてきたではないか。

「あのお方の最期は、おぬしとわしのふたりだけしか知らぬ」

「さようにござります。あのお方が安土に眠るのを存じているのは、日海さまとわただけ」

日海は深くうなずき、潤《うる》んだ眸子を向けた。

「今はどうしておる」

「諸国を転々と」

雇い主を代えながら、細々と間諜《かんちょう》の役目をつづけているという。

「あれから、さまざまなことがあったな。されど、わしの時は止まったままだ」

「わたしも同じにござります。ゆえにこうして、お顔を拝見しにまいりました」

「年を取ったであろう」

「いいえ。日海さまはいつまでも日海さまでござります」

真葛はにっこり微笑《ほほえ》み、まっすぐにみつめてくる。
おもわず、手を伸ばしかけた。
肩を抱き寄せたい衝動に駆られたのだ。
「また、会えようか」
「ええ、いずれまた」
いっそ、ともに暮らさぬかと言いかけ、日海はことばを呑みこんだ。
離れていても、ふたりの絆《きずな》が断たれることはあるまい。
離れて暮らすことで、愛しい気持ちも募るのであろう。
「待っておる」
日海はつぶやき、真葛の後ろ姿に頭を垂れた。
吹き寄せる向かい風が、左右の袖を震わせる。
絹地《きぬじ》の袂に手を入れ、匂い袋を取りだした。
今も微かに、あのときの匂いは残っている。
――おぬしのその匂い、麝香であるか。
信長のことばが耳に焼きついて離れない。
蒼穹《そうきゅう》を見上げれば、白い雲が飛ぶように流れていく。

日海は眸子を細め、涯《は》てのみえぬ平原に愛馬を疾駆させる勇者のすがたを描いていた。

取材協力　※敬称略

齊藤讓一（日本棋院　囲碁殿堂資料館）

南雄司（囲碁史会会員・古碁彙《い》萃《すい》研究会）

主要参考文献

『信長の親衛隊　戦国覇者の多彩な人材』（谷口克広／著、中公新書、一九九八年十二月）

『織田信長　最後の茶会　「本能寺の変」前日に何が起きたか』（小島毅／著、光文社新書、二〇〇九年七月）

『信長の血統』（山本博文／著、文春新書、二〇一二年九月）

『ここまでわかった　本能寺の変と明智光秀』（洋泉社編集部／編、歴史新書y、二〇一六年十月）

『信長はなぜ葬られたのか　世界史の中の本能寺の変』（安部龍太郎／著、幻冬舎新書、二〇一八年七月）

『信長公記　戦国覇者の一級史料』（和田裕弘／著、中公新書、二〇一八年八月）

『明智光秀　残虐と謀略　一級史料で読み解く』（橋場日月／著、祥伝社新書、二〇一八

年九月）
『もし本能寺の変がなかったら信長はアジアを統一した』（井沢元彦／著、宝島社新書、二〇一九年五月）
『戦況図解　信長戦記』（小和田哲男／監修、サンエイ新書、二〇一九年七月）
『信長家臣明智光秀』（金子拓／著、平凡社新書、二〇一九年十月）
『本能寺前夜　明智光秀の苦悩と真実』（山名美和子／著、SB新書、二〇一九年十一月）
『明智光秀と斎藤利三』（桐野作人／著、宝島社新書、二〇二〇年二月）

――本書のプロフィール――

本書は、二〇二〇年十月に刊行された『絶局本能寺異聞』を改題、加筆修正したものです。